21世纪文学之星丛书

2017年卷

短篇小说集

那年那月那些人

聂耶 / 著

作家出版社

作者简介：

聂耶，80后，工作于株洲市公安局芦淞分局。毕业于鲁迅文学院二十三期中青年高研班，全国公安文联会员，湖南省作协会员、湖南省小说协会理事，株洲市作协理事、株洲公安文联理事。在《湖南文学》《朔方》《啄木鸟》《小溪流》《北方文学》《当代人》《天池小小说》《短小说》《都市小说》《东方剑》《文艺报》《文学报》《人民公安报》等报纸杂志，发表小说、散文、文艺评论百余篇，小说曾被《中华文学选刊》《短篇小说选刊》《小小说选刊》《意林》等杂志转载。

目录

总序

袁鹰

中国现代文学发轫于本世纪初叶，同我们多灾多难的民族共命运，在内忧外患，雷电风霜，刀兵血火中写下完全不同于过去的崭新篇章。现代文学继承了具有五千年文明的民族悠长丰厚的文学遗产，顺乎20世纪的历史潮流和时代需要，以全新的生命，全新的内涵和全新的文体（无论是小说、散文、诗歌、剧本以至评论）建立起全新的文学。将近一百年来，经由几代作家挥洒心血，胼手胝足，前赴后继，披荆斩棘，以艰难的实践辛勤浇灌、耕耘、开拓、奉献，文学的万里苍穹中繁星熠熠，云蒸霞蔚，名家辈出，佳作如潮，构成前所未有的世纪辉煌，并且跻身于世界文学之林。80年代以来，以改革开放为主要标志的历史新时期，推动文学又一次春潮汹涌，骏马奔腾。一大批中青年作家以自己色彩斑斓的新作，为20世纪的中国文学画廊最后增添了浓笔重彩的画卷。当此即将告别本世纪跨入新世纪之时，回首百年，不免五味杂陈，万感交集，却也从内心涌起一阵阵欣喜和自豪。我们的文学事业在历经风雨坎坷之后，终于进入呈露无限生机、无穷希望的天地，尽管它的前途未必全是铺满鲜花的康庄大道。

绿茵茵的新苗破土而出，带着满身朝露的新人崭露头角，自然是我们希冀而且高兴的景象。然而，我们也看到，由于种种未曾预料而且主要并非来自作者本身的因由，还有为数不少的年轻作者不一定都有顺利地脱颖而出的机缘。其中一个重要的原因，乃是为出书艰难所阻滞。出版渠道不顺，文化市场不善，使他们失去许多机遇。尽管他们发表过引人注目的作品，有的还获了奖，显示了自己的文学才能和创作潜力，却仍然无缘出第一本书。也许这是市场经济发展和体制转换期中不可避免的暂时缺陷，却也不能不对文学事业的健康发展产生一定程度的消极影响，因而也不能不使许多关怀文学的有志之士为之扼腕叹息，焦虑不安。固然，出第一本书时间的迟早，对一位青年作家的成长不会也不应该成为关键的或决定性的一步，大器晚成的现象也屡见不鲜，但是我们为什么不在力所能及的范围内尽力及早地跨过这一步呢？

于是，遂有这套“21世纪文学之星丛书”的设想和举措。

中华文学基金会有志于发展文学事业、为青年作者服务，已有多时。如今幸有热心人士赞助，得以圆了这个梦。瞻望21世纪，漫漫长途，上下求索，路还得一步一步地走。“21世纪文学之星丛书”，也许可以看作是文学上的“希望工程”。但它与教育方面的“希望工程”有所不同，它不是扶贫济困，也并非照顾“老少边穷”地区，而是着眼于为取得优异成绩的青年文学作者搭桥铺路，有助于他们顺利前行，在未来的岁月中写出更多的好作品，我们想起本世纪20年代和30年代期间，鲁迅先生先后编印《未名丛刊》和“奴隶丛书”，扶携一些青年小说家和翻译家登上文坛；巴金先生主持的《文学丛刊》，更是不间断地连续出了一百余本，其中相当一部分是当时青年作家的处女作，而他们在其后数十年中都成为文学大军中的中坚人物；茅盾、叶圣陶等先生，都曾为青年作者的出现和成长花费心血，不遗余力。前辈们关怀培育文坛新人为促进现代文学的繁荣所作出的业绩，是永远不能抹煞的。当年得到过他们雨露恩泽的后辈作家，直到鬓发苍苍，还深深铭记着难忘的隆情厚谊。六十年后，我们今天依然以他们为光辉的楷模，努力遵循他们的脚印往前走去。

开始为丛书定名的时候，我们再三斟酌过。我们明确地认识到这项文学事业的“希望工程”是属于未来世纪的。它也许还显稚嫩，却是前程无限。但是不是称之为“文学之星”，且是“21世纪文学之星”？不免有些踌躇。近些年来，明星太多太滥，影星、歌星、舞星、球星、棋星……无一不可称星。星光闪烁，五彩缤纷，变幻莫测，目不暇接。星空中自然不乏真星，任凭风翻云卷，光芒依旧；但也有为时不久，便黯然失色，一闪即逝，或许原本就不是星，硬是被捧起来、炒出来的。在人们心目中，明星渐渐跌价，以至成为嘲讽调侃的对象。我们这项严肃认真的事业是否还要挤进繁杂的星空去占一席之地？或者，这一批青年作家，他们真能成为名副其实的星吗？

当我们陆续读完一大批由各地作协及其他方面推荐的新人作品，反复阅读、酝酿、评议、争论，最后从中慎重遴选出丛书入选作品之后，忐忑的心终于为欣喜慰藉之情所取代，油然浮起轻快愉悦之感。“他们真能成为名副其实的星吗？”能的！我们可以肯定地、并不夸张地回答：这些作者，尽管有的目前还处在走向成熟的阶段，但他们完全可以接受文学之星的称号而无愧色。他们有的来自市井，有的来自乡村，有的来自边陲山野，有的来自城市底层。他们的笔下，荡漾着多姿多彩、云谲波诡的现实浪潮，涌动着新时期芸芸众生的喜怒哀伤，也流淌着作者自己的心灵悸动、幻梦、烦恼和憧憬。他们都不曾出过书，但是他们的生活底蕴、文学才华和写作功力，可以媲美当年“奴隶丛书”的年轻小说家和《文学丛刊》的不少青年作者，更未必在当今某些已经出书成名甚至出了不止一本两本的作者以下。

是的，他们是文学之星。这一批青年作家，同当代不少杰出的青年作家一样，都可能成为21世纪文学的启明星，升起在世纪之初。启明星，也就是金星，黎明之前在东方天空出现时，人们称它为启明星，黄昏时候在西方天空出现时，人们称它为长庚星。两者都是好名字。世人对遥远的天体赋予美好的传说，寄托绮思遐想，但对现实中的星，却是完全可以预期洞见的。本丛书将一年一套地出下去，十年二十年三十年五十年之后，一批又一批、一代又一代作家如长江潮涌，奔流不息。其中出现赶上并且超过前人的文学巨星，不也是必然的吗？

岁月悠悠，银河灿灿。仰望星空，心绪难平！

1994年初秋

序

用自己的眼睛看世界

吴秉杰

今年的“21世纪文学之星丛书”的评审，明显看到有两类小说：一类是写“自我”的，第一人称，自我叙述与叙述自我，题材比较狭窄，通常可以概括为“二人行”或“三人行”。主观的视角，比较适合于表达情感和心理；通过自我接触和描写世界，也可以说是一种“小孔成像”的原理。作者都比较年轻，某种意义上这类写自我的小说也可以理解为是一种“成长小说”。另一类不一样，它完全以外部世界为表现对象。直接针对这个世界发声，没有前一类作品的思绪跳跃、才情纵横、心理曲折，却有一种实实在在的生活图像。聂耶的《那年那月那些人》便是后一类创作，人物和故事摆在我们面前，完全传统的写法，朴素而有力。聂耶的传统现实主义也受到了评委比较一致的肯定。但我想，既然这两类小说都是要用自己的眼睛看世界，主观的视角和客观的视角都联系着外部世界的变化与影响，这两种不同的形态与写作方法其实也可以适当地交流一下，取长补短，以利于下一步更能够开拓和拓展自己的小说创作。

聂耶的这部小说集，共有三十八篇短篇小说构成，没有中篇。这在丛书的出版中是比较少见的。他的小说篇幅都在五千字左右，是真正的短制。还有些作品只两三千字，可谓小小说，亦属特色。他的这些精练的写作也受到了大家的鼓励，颇合古典笔记小说多为一人一事的精义。当然篇幅短小并不能降低对作品艺术表现力和作者艺术眼光的要求，一花一叶一世界，这是很高的标准。至于作者能否追求与做到这一点，则是另一回事。可能聂耶小说的短小形态和比较单一的写法，也暴露了他创作中的一些弱点，短篇小说有实、有虚，有含蓄的部分，也有延展的部分，聂耶还要全面地发展自己的创作能力。这便是我上面说到的要在保持自己特色的基础上，还要吸收别的小说养分的意思。

《那年那月那些人》的题材比较丰富多样，有写警察警务工作与生活的，如《海哥》《耿直》《周泰》等；有写小镇人物传奇的，如《王麻子》《刘七爷》《一姐》等；有写北漂人生的，如《保安姜富民的北漂生活》《寒夜》等；有写大学生活的，如《党员马力》等。一般而言，我认为前两类写得较好，这都与作者来自公安战线及特殊的生活经历有关。后两部分作品则平平无奇。聂耶的小说都是塑造人物的，善于抓住人物特征，且在时代生活变迁中描写人物命运，这是聂耶小说的贡献。《海哥》《刘七爷》《王麻子》《一姐》等都给人留下了较深刻的印象。短篇要表现人物的命运或产生命运感是不容易的，一种是“暗示”，一种是“明示”，前者多表现在主观自我叙述的作品中，后者则如聂耶，显示的是故事艺术逻辑的力量。仅仅写到命运和命运感还不够，把人物与外部世界连接起来并与读者交流的是情感，情感对命运作出评价，表明态度（作者的或人物的），于是，就要提供有价值的情感，这是使小说具有生命力并得以长久地保存下去的基础。情感价值可以说对于主观叙事和客观叙事的创作同等重要。聂耶的这本小说集中比较出色的作品，便是具有这种能和读者沟通、交流的情感价值。虽说是传统笔法、传统写作方法，但太阳每天都是新的，传统的故事人物小说也不乏艺术感染力和艺术生命力。

用自己的眼睛看世界，体现了一个作家的艺术个性。它需要有发现，有感悟与感受，有情感潜伏其中。从自己的生活经历与观察出发，写别人的故事，比那些单纯叙述自我的小说更有些难度。其陷阱是，不知不觉中便会“从众”用了别人的眼睛看世界，用了大众的、习惯的视角或是社会的、流行的视角讲述人物和故事，丧失了小说独到的追求。另一个陷阱是，倘若我们过于追求故事的独特性和传奇性，忽略了普遍的情感价值，小说也不能够真正地触动人心，传之久远。希望聂耶和像他一样的以客观面貌出现的讲故事的小说能注意到这两点，用较高的标准来要求自己的创作。无论是主观叙事还是客观叙事，他（她）的作品都不应该仅仅是能打动同类人、同龄或同时代的人，而是要能吸引和打动不同时代的更广大的人群，这是一个大作家的标准，也是“21世纪文学之星”应有的追求。

聂耶的小说不需要我多作评说。于是，多提些要求，权作序。

王麻子

王麻子全名叫王福顺，家里是开锁匠铺的。

先锋镇原本有好几个锁匠铺，但没有一家的生意能超过王麻子家，渐渐地他们就都不做了，有的搬走了，有的改了行，最后只剩下王家。

虽然大家都喊他王麻子，但他的脸上并没有长麻子，这就好像叫张半仙的人，并不是半个神仙；叫李大傻子的人，也不一定是弱智一样。这只是一个外号，外号的来由有很多种，有的是神似，有的是形似；有的是出生就带来的，有的是半路喊出来的。王麻子属于后者。

小学六年级那年，王福顺的青春期如约而至，青春痘密密匝匝地如雨后春笋般从他脸上冒出来，将他原本秀气稚嫩的脸毁得一塌糊涂。也是从那时起，王麻子这个外号正式代替了他的本名。

王麻子成为一个锁匠与他的家庭不无关系。他家是锁匠世家，传到王麻子这已经是第三代。王麻子在这种环境里长大，自然摆脱不了做一个锁匠的宿命。又因为脸上那些纵横交错的青春痘，年幼的王麻子羞于找同龄人玩耍，他将所有时间都花在研究开锁和修锁上。到了初中，王麻子对锁的掌控已经达到出神入化的地步，他只需要一根铁丝，就能打开任何一把锁。

老王是个脑子非常活泛的人，他看出儿子身上潜在的商机，便利用赶集到处发布消息，说现在市面上劣质锁横行，随便用一根铁丝就能套开，毫无安全可言。自己愿意义务帮大家检验锁的品质，并承诺来他店里验锁的人，如果锁是正品，他愿出三倍的价钱收购；但如果锁能被铁丝套开，只需要在他店里买一把他推荐的安全锁即可。这消息放出去后，整个南乡都沸腾了，没有人相信自家的锁是劣质品，更不可能被铁丝打开，这种发横财的机会，谁会错过呢。到了约定的那天，王家锁店门口果然人山人海。大家把带来的锁摆在地上，垒得像谷堆一样高。

很多老一辈的人都记得那天的盛况。刚满十六岁一脸稚气与青春痘的王麻子用一根铁丝击碎了所有人的发财梦。不管是铜锁、铁锁、钢锁，还是轴心锁、弹子锁、链条锁，甚至是电视机盒子那么大的保险柜，没有一个能在王麻子手上挺过十秒钟的时间。它们就像一片片豆腐，被王麻子拿捏在手里，轻易地压扁、揉碎、捣烂，然后丢弃在脚下。

开锁表演从上午一直持续到傍晚，围观的人经历了从半信半疑到目瞪口呆再到麻木无语又到期盼奇迹最后到失望而归的心理过程。老王发了一笔横财，王麻子则“一战成名”。

那之后，王麻子的开锁绝活俨然变成了先锋镇的一张活名片，和镇上的瓷器、鞭炮一样远近驰名。那些南来北往经过先锋镇的外地车辆，常常要在镇上停留。他们一边享受镇上原汁原味的农家饭菜，一边到王家的锁店去欣赏绝妙的开锁表演。

王家的生意想不好都难。一个孩子都能打开的锁，这锁还保险吗？这些人在被王麻子的开锁技术震惊之余，纷纷大方地掏出身上的钞票，在老王的店里选择最贵、最保险的锁带回家。那阵子，老王整天乐呵呵的，梦里都会笑醒。店里新雇了两名伙计，但就是这样还常常感到人手不足。王麻子自然是不读书了，他成绩糟透了，能混到初中毕业已经很不容易。现在终于可以告别枯燥的功课，天天在家里玩锁，这对他是一件快乐的事情。

快乐的时光总不长久。一天晚上，王麻子留下一张纸条后，离家出走了。当时还有另一种说法，说是外面来人将王麻子接走了。老王的老伴死得早，王麻子是他从小独自拉扯大的，儿子突然不辞而别，把他的心伤透了。老王无心打理生意，他关了店门，带着两个伙计到处寻找。半年时间，老王去了许多地方，只要听说了哪怕是一点点关于王麻子的传言，他就会连夜坐火车从一个城市赶往另一个城市。但一切都是徒劳的，王麻子就这么彻底地从先锋镇，也从老王的世界里消失了。

老王的精神很颓废，店里的生意一落千丈。他成天萎靡地坐在柜台后面，不说话，也不做事，所有活都交给伙计代劳。

第二年开春，老王意外地收到了王麻子寄回来的信和汇款单。王麻子说他和朋友在外面做生意，行情不错，就是忙，没时间回来，要父亲好好保重身体。镇上人只能从老王不断去银行取钱的频率判断王麻子发财了。老王找人把老房子推了，然后在原址上建起一栋三层高的小洋楼。他把一楼改装成店面，在楼下做生意，在楼上休息。大家从老王那里知道不少王麻子的消息：他结婚了，找了一个漂亮老婆；他当爹了，有了一个大胖小子。老王将儿子寄来的一张全家福照片放大后挂在店里的正墙上，一抬头就可以看见儿子、儿媳妇和孙子冲他幸福地笑。王麻子已经变成了先锋镇的传奇，镇上的人有事没事都爱到老王的店里坐坐，他们和老王摆龙门阵，一直聊到天黑吃晚饭才意犹未尽地离开。

时间一晃过去了两年。一天，派出所的社区民警刘大海带着通缉令来到店里，他要老王劝儿子自首。大家这才知道，原来消失了这么些年的王麻子走上了贼道，成了一只被全国通缉的“耗子”。通缉令上说王麻子是盗窃团伙的头目，他们牵涉盗窃案件十几宗，盗窃金额超过百万元。

王麻子的身份是被刘大海揭穿的。在一次作案时，墙角一个隐秘的监控探头拍到了王麻子的侧面，他脸上的痘痕非常清晰，刘大海只看了一眼就想到了老王挂在墙上的全家福。王麻子因盗窃数额特别巨大被判了无期徒刑，那年他三十岁。

一晃眼，王麻子在监狱里度过了近二十个春秋。他表现不错，获得好几次减刑的机会，终于在五十岁那年刑满释放。王麻子的父亲已经过世了，老婆带着儿子改了嫁，他无处可去，只能回到先锋镇。

刑满释放的人回到原籍，都要到当地派出所报到。回来当天，刘大海带着王麻子在镇上吃了顿饭。

“日子嘛，往前看，谁都有犯错的时候。一辈子很长，咱们都得慢慢活。”那天刘大海说了很多话，他喝醉了。王麻子眼睛红红的，他也喝醉了。

王麻子又干起了老本行，帮人修锁、换锁，配钥匙。他只会这个，其他事情做不来。他没有改变屋子里的摆设，只是在一楼的大厅里添置了一套木桌椅，摆了一套茶具。来活的时候，他戴着老花镜，拿出工具做事；没活的时候，他坐在厅堂里喝茶。他家里从来不缺客人，有时候来的是镇上的老邻居、老伙计，有时候来的是道上的朋友，有来拜师的，有来切磋的，还有邀他出山的。

“年纪大了，又关进去这么久，手艺早丢了。”王麻子淡淡地摆摆手，“喝茶！”

“手艺真丢了？”刘大海也爱打趣他。

“真丢了。”王麻子笑笑。

刘大海也常来王麻子这里喝茶，他的重点不是喝茶，而是来“捡漏”。那些道上的人前脚刚从王麻子家里走出去，后脚就被海哥堵了个严实。他们身上或多或少都有案子，一抓一个准。

“你知道现在外面的人怎么称呼我？”王麻子和刘大海开玩笑。

“喊你啥？”刘大海眯着眼问。

“他们都喊我钓鱼佬，天天帮派出所钓鱼。”王麻子大笑。

“你还好意思埋怨。这些来看你的‘耗子’没有一个手脚干净的，来你家路上，他们都要顺手到集市上偷一把。你回来后，镇上的发案率上升了好几个百分点，你也确实该帮派出所做点事呢。”刘大海没好气地说。

“这哪里能怪我呢！”王麻子咧嘴一笑。

镇上再发生了盗窃案，刘大海就直接来找王麻子，一点也不拐弯抹角。

“这是两起入室盗窃案的现场照片，你看看有啥线索？”

“你还真不把我当外人啊！”王麻子笑着拿起照片说，“利用口香糖开锁是老套路，现在都不流行了。但看这门锁上还有工具的划痕，应该是新手，手劲不小。现场翻得比较乱，人很急躁，年龄不会太大。”

“那有啥破案线索？”刘大海接着问。

王麻子想了想说：“周边我认识的人里面没有手法这么差的。如果是外地过来的，肯定不会错过两天后的赶集。你可以留意一下集市上的生面孔，年轻男性，新手，最少有两个人，随身携带作案工具，应该容易抓。”

果然，两天后的集市上，刘大海将两名外地来的盗窃嫌疑人抓了个现行。

“神了，和你分析得一模一样！”破案后，刘大海专程到王麻子家道谢。

“瞎猫遇见死耗子！”王麻子哈哈大笑。

年底时，市里发了一起盗窃案。市中心一家金器店被盗，丢了五块金砖，二十多条金项链，价值超过两百万元。这个案子做得很专业，盗窃者里面应该有熟悉地形的本地人，有开锁的行家，还有一定的反侦查能力，公安局居然找不到一点破案的头绪。

市局向各区县的下属单位发了协查通报，要求彻查辖区内有盗窃前科的人员，王麻子自然也在排查范围之内。

接到通报后，刘大海就往王麻子家赶。

王麻子竟然不在家。据邻居说，前几天有一伙外地人来找过王麻子，从那之后，王麻子就不见了。刘大海的心颤了一下，该死的王麻子不会是重出江湖了吧？

刘大海将王麻子失联的情况作为线索反馈了上去。没想到，第二天市局就来人接刘大海去专案组报到，他们在金器店附近的监控录像上发现了王麻子的身影。

监控镜头里的王麻子穿着白色的套头衫，戴着褐色的棒球帽，正在街边的盲道上来回踱步。这是案发前一天的视频录像，被盗的金器店就在王麻子身后的街上，相隔不到二百米的距离。王麻子的穿着打扮发生了很大的变化，如果不是专案组的人提醒，刘大海只会以为是一个寻常的三十岁左右的年轻人。

“他是我们先锋镇人，叫王福顺，外号王麻子。他右脸上有痘印，好辨认。以前他曾因为盗窃被判无期徒刑，开锁很厉害。前两年他刑满释放后，在镇上独自生活。他父母过世了，老婆和他离了婚，现在独自经营一家锁店。他从牢里出来后，一直很安分，年龄也大了，按道理不可能再出来作案。”刘大海向专案组介绍。

“世事难料。在巨大的利益面前，他能守得住？而且他有技术，有人脉，干这个案子水到渠成。”专案组里有另外一种声音。

“那他现在人在哪里？”刘大海问。

“我们对他进行了监控，他现在住在城边的一个小招待所里。”

“让我去和王麻子谈谈！我认识他几十年了，如果是他做的，我有信心说服他自首。”刘大海说得很坚定。

午夜十二点，刘大海偷偷溜进了招待所，王麻子住在三楼第一个房间。

王麻子见了刘大海一点都不惊讶：“海哥，明天早上六点，你来城郊公园西门找我。”

“你不说清楚，今晚我就抓你。”刘大海一脸少有的严肃。

“海哥，相信我，一切自然会水落石出。”

第二天早上五点钟，刘大海及专案组的人就已经将城郊公园的西门包围得严严实实。

六点，海哥出现在门口。五分钟后，另一个年轻人走了过来。

“儿子，自首吧，你不能走爹的老路啊！”王麻子快步向前说道。

“我的事情不要你管。你从小就没有管过我，现在你有什么资格管我？”年轻人反驳道。

“法网恢恢疏而不漏，总会被抓的。”王麻子继续说。

“……”

“你可别学我，一关就是一辈子啊。”

“……”

“就算没有被抓，难道你想躲一辈子，一辈子见不到太阳？”王麻子苦苦劝说。

“你说完了没？我要走了。”年轻人嘴角动了动，一转身，准备离开。

“你别执迷不悟啊。”王麻子冷不丁一下扑上去，将年轻人撞倒在地上，然后死命地压在他身上。

海哥等人迅速从周围靠了过去。

“海哥，我们自首，海哥，我们自首……”王麻子突然声嘶力竭地叫起来。四周的警察一拥而上。

“这到底是怎么回事？”在审讯室里，刘大海问王麻子。

“当年我坐牢后，老婆和我离了婚，儿子也跟着老婆走了。他们从来没和我联系过。直到几天前，几个年轻人找到我，其中就有我儿子王祥。他说他妈死了，现在和兄弟们过，缺钱。他的兄弟手上有一笔大买卖，需要他出面找我去帮忙。”王麻子缓缓地说。

刘大海盯着王麻子：“继续说。”

“我自然没有答应。但我怕儿子走上邪路，就偷偷跟着他们进了城。他们在道上找了其他同伙，然后策划了这场入室盗窃案。我儿子只是初犯，我希望能给他一个机会。”王麻子缓缓地说。

“只要他老实交代，我尽力帮你。”刘大海拍拍王麻子的肩膀。

王祥被抓后，在王麻子的劝说下，如实供出了其他同伙和赃物的下落。这起黄金盗窃案圆满告破。

刘大海没有食言，他帮王祥办理了取保候审的手续，又让王麻子带着王祥回了先锋镇。

回到家，王麻子将插在书柜缝隙里的医院诊断书拿给王祥看，他已经是肝癌晚期，时间不多了。王麻子说自己年轻那会儿，也喜欢往外面跑，什么刺激玩什么，哪里刺激去哪里。等年龄大了，才真正懂了“平平淡淡才是真”的含义。王麻子还说，儿子，你也别出去折腾了，家里什么都有。这些年我对不住你，对不住你妈，咱俩能最后聚在一起，也是缘分。你陪陪爹，让爹也陪陪你。等我走了，你如果在乡下住不习惯，就把这房子、这店都卖了，做点自己想做的事去吧。

王祥什么话也没有说，抱着父亲“呜呜”地哭了。

三个月后，法院开庭审理此案。考虑到王祥是初犯，有自首情节，还有立功表现，而且家里情况特殊，判处他有期徒刑三年，缓刑三年。

王麻子是在第二年去世的，他在最后的时光里过得很快乐，街坊邻居常听见爷俩的笑声从店里溢出来。

王家的锁匠铺没有关门，王祥成了它的新主人。他购进了几台新机器，又在网络上开了网店，专门出售各种定制的锁。他的锁品种很多，有密码锁、指纹锁、声控锁……在网上卖得很不错。

刘大海闲暇时，会过来看看，看看王祥，又看看墙上王麻子的全家福。

老王家的锁匠铺后继有人，海哥感到很欣慰。

海 哥

过完年，海哥明显感到身体不如以前了。门口的公鸡叫了三遍，他才从梦里醒过来。坐起身，脑袋仍是昏沉沉的，犯迷糊。

海哥想起年轻那会儿。天刚微亮，他就一个鲤鱼打挺从床上翻起来，外面公鸡打第一遍鸣，他已经穿衣出门了。四野静悄悄的，风“嗖嗖”穿过树叶的声音，野虫子在草里低语的声音，甚至是邻居家里微弱的鼾声，一点也逃不过他的耳朵。天上突然飞过一群鸽子或者麻雀，他瞟一眼就能报出具体的数字。可现在，全变了。

从家里到集市，路不远，但山路弯弯扭扭的，走路得好一会儿。年轻那会儿，海哥两条腿摆起来，像踩着风，想停都停不下来。而现在却像是灌满了铅，还未走过一半路程，就有点喘不过气来。

这条路海哥走了许多年，四十年还是五十年，记不清了。海哥在镇上读了小学、初中，接着参加工作，结婚、生子，又送走父亲、母亲。一眨眼女儿大了，大学毕业后留在省城工作。去年，女儿结了婚，还怀了孩子。老伴不甘寂寞，跑到省城陪女儿去了，海哥便独自留在先锋镇工作、生活。

海哥全名叫刘大海，是先锋所的一名社区民警。先锋所是先锋中心派出所的简称，海哥在这里工作了大半辈子。

派出所里的同事都喊他“海哥”，不管是和他年龄差不多的老民警，还是刚进来的愣头青，就连所长王新亮也这么叫他。其实从外表看，刘大海早过了称“哥”的年纪，已经跨入了“叔”或者“伯”的范畴。他黑发下的银丝一大片一大片的，像冬天田埂上密布的枯草，密密麻麻地在月光下反射出银色的光。但这里没有人喊他“海叔”或者“海伯”，不知道是怕把他给喊老了，还是大家觉得喊“哥”才更显得亲切。或许是这么多年一直喊下来，喊的人和听的人都习惯了。反正“海哥”就这么自然而然地成了他的称谓。先锋所里的人这么喊，先锋镇上的人也这么喊。

海哥是南方人，但长得“一点也不南方”。这是大家对他的评价，褒义词。他个头高、身板厚，没当警察前，是村里数一数二的干活好手。杀猪、宰牛，做木工，干农活，他样样拿手。后来赶上好政策，他穿上警服，吃上了国家饭，这些手艺就摆弄得少了。一是公安工作忙，没时间；二是怕人嚼舌根子，说警察不务正业。他把全部精力都投入到工作中，不管是有案子还是没案子，天天村前村后地忙活。收集破案线索、登记人口信息、调解邻里纠纷……或许是长期在户外奔走，海哥的皮肤晒得黝黑黝黑的，像是水塘里掏出来的泥鳅，黑得发亮。

也许在多数人的眼里，警察是严肃、冷酷的，他们办事利索，说话老到，就连眼神都锐利得让人不寒而栗。但海哥的出现完全颠覆了这种普遍的看法。他大大咧咧的性格，爱笑，爱说话，和人聊不上三句，“哈哈哈”震天的笑声已经传得好远。他和什么人都聊得来，整个就是一“话痨”。这是大家对他的另一个评价。

“海哥，我们当警察的，嘴巴还是要严实一点才好。”王所长不止一次地提醒他。

“生成的眉毛画成的相，我这性格改不了啦。”海哥两手一摊，一脸的无奈。旋即他一抬头，开聊了：“王所，你知道不，这个性格啊，决定命运，像我这样的人吧……”

一看海哥又要开始长谈了，王所长赶紧摆摆手，走开了。

干刑侦工作，海哥不适合，为什么？抓人前他和同事聊，蹲点时他和路人聊，抓到犯罪嫌疑人他和犯罪嫌疑人聊。他那张嘴巴见什么人说什么话，聊起来没完没了。分管刑侦的副所长受不了，求着所长把海哥安排到治安口。没想到海哥搞社区工作是上鞋不用锥子——针（真）行。他凭借那张能说会道的嘴，和辖区群众聊出了深厚的情谊。海哥工作了近三十年，全市优秀社区民警，海哥榜上有名；全省优秀社区民警，照样有他的名字。

有人说，海哥亏就亏在这些虚名上。他参加工作时间早，是公安局里的老前辈。那些当年和他一起进来的同事，有的当了局长、副局长，有的当了所长、队长；派出所的领导都换了几拨，唯独海哥还在原地踏步。究其原因，就是因为这些荣誉，先锋派出所是全省优秀派出所，先锋社区是全省优秀社区，海哥是全省优秀社区民警，如果海哥调离这里，或者不搞社区工作，那局里这面省优市优的大旗也将不复存在。

这些话传来传去，终究还是传到海哥的耳朵里，可他却一点反应也没有。

“海哥，你觉得亏不？”同事忍不住问。

“为国家做事，有啥亏不亏，知足常乐。”刘大海哈哈一笑，一转身，又下社区忙活去了。

先锋所建所时间早。最初的时候，这里叫先锋警务站，一个镇设立一个警务站，类似于现在的社区警务室。站里就两个人，一个民警一个协警。后来搞警务改革，先锋镇以及周边的几个警务站合并成先锋派出所。又过了几年，先锋派出所和附近的几个派出所合并成南乡警署。警署类似于现在的城市分局，就有那么点规模了。它管着南乡的十二个乡镇，警署里民警加协警有近两百号人。但没过两年，政策又变了，警署重新拆分成若干个派出所，这里也变回了原样，只是多了“中心”两个字，改成了先锋中心派出所，管辖着先锋镇以及相邻的四个乡镇。

其实无论名字怎么变来变去，要做的还是那些事，巡逻、抓贼、安保、维稳、调解邻里纠纷……处理的事情或者大一点，或者小一点。做事的也还是那么几拨人。

有那么一阵子，派出所里人心惶惶的，没有人知道明天会调动到哪里去，上面的政策又会有什么新的变化。镇上发了好几起盗窃案，谁也不想管。海哥这才罕见地在所里拍了桌子起了高腔：“他妈的个巴子，尽玩些虚的。有这些瞎琢磨的时间，不如出去抓几个‘耗子’。”

“耗子”是本地方言，小偷的意思。小偷只是一个统称，在道上细分为很多种类。如按作案地点分，在轮船上作案的，叫“大漂洋”；在火车上行窃的，叫“蹬大轮”；在城里行窃的，叫“扒手”；而在我们这乡下，则称“耗子”。如按偷盗手段分，那就更细了，用镊子夹钱包的，叫“尖角”；用刀片割口袋的，叫“舔刀”；晚上翻墙入室的，叫“爬梁”；偷鸡摸狗的，叫“细贼”……行有行规，贼亦有贼道，这里面的水深着呢。说这话时，海哥显得很豪气，像是也沾上了那么点江湖的味道。

每个月“逢五”“逢十”，是南乡赶集的日子，也是“耗子”活动的高发期。

赶集的场子坐落在先锋镇的南边。从派出所出门顺着国道往南走，大概过去两公里，可以看见一片旷地。早先这里是一个砖厂，后来不知什么原因垮掉了，只留下了一片空地。赶集的日子，外边的商贩和周边临近村镇的居民都聚集在空地上，自发地形成一个简易的集市。有人出售家里养的猫、狗下的崽子，用一只鞋盒装着，眼睛还没睁开，颤颤巍巍地缩在一团取暖；有人带来鸡、鸭刚生的蛋，蛋壳上还沾着草屑，带着微微的热度和一股子家禽粪便的气味；有人出售刚从地里摘出来的新鲜蔬菜、水果，全是时令货，嫩绿的叶子上沾着露水；还有卖衣帽鞋袜的，都是城里卖场的换季货，款式过时了，便拿到乡下来碰碰运气，折扣普遍低得吓人。这些人和货物一股脑儿地堆进空地，把这块空间填塞得拥挤不堪。而那些晚到的没有来得及挤进空地的赶集人则如同宣纸上滴下的墨迹，往空地四周不断地浸染开去。源源不断的人群经常造成国道堵塞，偶尔还会引发交通意外。

先锋镇是本市与外市的连接点，这条穿镇而过的国道是唯一的交通要道。每年镇上发生在国道边的交通事故有十几起，其中大半与这个临时集市有关。交通事故虽然不归派出所负责，但如果因交通事故引发了纠纷、上访，甚至是群体性事件，派出所照样脱不了干系。而作为先锋镇的社区民警，海哥是这些后果的第一责任人。他配合交警在事故现场布置过警戒线，参与过事故双方的调解会，处置过因觉得赔偿不公拖着尸体堵政府大门的愤怒家属。他脸上被人吐过唾沫星子，衣领被人扯坏过，肚子上还挨过不知道哪个角落飞过来的拳头。好在海哥皮实、耐打，人缘也不错，在他手上终究没有闹出什么惊天动地的大事。海哥能理解那些人失去亲人后的愤怒，虽然有些愤怒直接起源于赔偿金额的多少。

这个临时集市就像一个烫手的山芋，取缔违背民意，存在又隐患不断，让派出所很是头疼。海哥向上级部门打了数次报告，还跑到县政府、市政府去反映情况，想申请一笔资金，对空地进行改造。那段时间里，海哥一改往日啰嗦的习惯，说话言简意赅，走路风风火火，他把所有闲暇的时间都用来研究市场的改造和如何向上级部门汇报上。所里流行的口头禅也从见面问“处警了没”“有案子没”，变成了“有消息没”。

快过年的时候，省里一位领导到下面来检查工作，临着国道边的先锋镇是车队的必经之路，镇政府和派出所必须提前安排人手对国道沿线的人流进行疏导控制，保证车队的正常通行。但因为那天不是节假日，又没有赶集，派出所只是按照惯例派了两名值班的民警上路站岗。结果，领导的车队行进到先锋镇时，突然遭遇到一大拨赶集的人流，车队被堵在国道上，足足堵了半小时。

王所长一张脸黑了半个月。听说因为这事，他被局长骂得狗血淋头。除了海哥，谁会有这么大的号召力能在平常的日子聚集起这么多人赶集，而且又能将车队过身的时间拿捏得如此准确。王所长脾气憋在心里不能发作，一是海哥辈分高，二是没有任何证据。有同事听见他在办公室里对着墙壁发牢骚：“老实人不干老实事！”

不知道是因为海哥递上去的申请报告终于起了成效，还是因为堵路事件引起了领导重视，上面不久就拨下一笔专项资金。因为是专款专用，集市改造的工程弄得又快又好。不到半个月，原来的空地就被改造成一个井然有序的半封闭市场。

虽然挨了一顿训，但解决了困扰派出所多年的隐患，王所长的脸色缓和了不少。中午在所里吃饭时，他破天荒地开起了海哥的玩笑：“海哥，真人不露相啊！”

“啥真人假人，能办事的就是好人。”海哥嘿嘿一笑。

改造后的集市犹如鸟枪换大炮，提升了好几个档次，再加上临着国道，交通便利，人气很旺，一度成为南乡最大的交易市场。随着集市名气、人气的增长，先锋派出所的报警量和发案率也节节高升。赶集时，远近的“耗子”全聚集到这里。男的、女的、老的、少的，一个人跑单来的，两个人搭帮来的，三四个人组团来的……集市上那些值钱的东西，稍不留神就被他们“顺”走了。王所长被这些案子闹得头疼，安排海哥天天在集市蹲守。

海哥走到集市时，天已经敞亮了。赶早市的人不多，星星点点的。有认识海哥的商贩或顾客争先和他打招呼。

“海哥，早啊。”

“海哥，吃饭没？”

海哥边走边一一回应。

集市弄得越来越好了，海哥的步子放缓下来，走走停停的，看看人，又看看货，心里凭空多了些自豪。张老头的儿子又长胖了，虎头虎脑地蹲在他爹的摊位上玩耍；刘家大嫂子出院后，恢复得不错，气色圆润多了；这集市里多了好些蔬菜、水果，自己连名字都喊不上来，价格还贵得吓人……

人群里有“耗子”混了进来，海哥眼睛扫过去，雷达一样，分秒间就把他们“挑”了出来。

“‘扁脑壳’，上个月刚拘留了你，今天又想过来撞运气？”海哥冲着一个背影吼道。

被换作“扁脑壳”的中年男子转过身，很尴尬地跑过来，“海哥，看您说的，我今天是来赶集的，买点东西就走。”

“我今天没事，全程陪你逛。”

“怎么能麻烦您呢，我还有事，我先走。”“扁脑壳”灰溜溜地离开了。

海哥拐了个弯。

“铁伢子，带着朋友过来赶集呢。”

“海，海哥！您来了。”“铁伢子”是个小年轻，模样只有十七八岁。

“你都来了我还能不来？今天要是丢了东西，我谁也不找，就找你。”

“别别别，海哥，你这不是冤枉我哦。我走还不行吗？”“铁伢子”和另外两个伙伴赶紧开溜了。

……

五十九岁那年，海哥病了一场。也没有什么征兆，只是多年的伤病积攒在一起暴发出来。医生说是病毒性感冒引发了身体上其他的一些问题。主要原因还是年纪大了，身体的抵抗力下降了。

“我不服老，你看我这胳膊、这大腿，我得干到六十岁再说。”海哥病好后回到所里，他当着王所长和大伙的面，拍了拍胸脯。

大家都笑了：“海哥，你离六十岁也就差几个月了。”

“一个月还有三十天呢，干满再说。”海哥狡黠地一笑。

海哥终于还是退休了，大伙给海哥办了一场欢送会，本来只有所里的同事参加，后来不知消息怎么传出去了，几乎整个先锋镇的居民全来了。派出所的大坪里面热热闹闹地摆了十个大圆桌。海哥的老伴、女儿、女婿都来了，他们要接海哥去省城生活。海哥走的时候很多人流了泪，镇上好些孩子是海哥看着长大的，他们抱着海哥的腿不让他离开。

王所长眼睛红红的，把海哥的手握了又握。

海哥退休了，最高兴的要数那些“耗子”，这些年他们被海哥憋坏了。海哥一走，镇上的发案率大幅反弹，大多集中在赶集的日子。

“这些‘耗子’还想翻天呢？！”王所亲自上阵，带着民警天天守在集市上。情况好转了一点，但仍不时有案子发生。“耗子”认识所里的民警，但民警却不认识“耗子”，他们被对方牵着鼻子走。

“王所长，海哥走的时候不是交给你一个大信封，说如果发了案子，可以拿出来参考吗？”有人提醒道。

“是哦，你不说我差点忘了。”王所长连忙回到办公室，从抽屉里找出信封。信封里面是一个厚厚的笔记本，密密麻麻地记录了海哥这些年来打过交道的“耗子”的信息，有照片，有前科资料，有家庭住址，有盗窃习惯，有朋友关系网……内容分门别类，细致翔实。大家一边围着看一边咋舌，说：“好家伙，一百多页，都赶上一本贼道上的百科全书了。”

接下来的事情就轻松多了，王所长把海哥的笔记复印了十几份，所里的民警人手一份。集市上只要发了案子，民警比照着作案类别、相片资料直接过去抓人就行了，就和在自家菜园子里摘萝卜似的，一抓一个准儿。就算没有发案子，那些榜上有名的“耗子”只要一接近集市，民警就盯着他们，让他们无从下手。

“真是活见鬼了，这些警察一个个比海哥还厉害。”“耗子”们一次次无功而返，最后干脆来都不来了。先锋镇上的治安前所未有地好转了。

“真是多亏了海哥，也不知道他现在怎么样呢？”一眨眼，海哥退休大半年了。大伙和他通过几次电话，他总说自己忙，匆匆就挂断了。看来他带孙子很辛苦，大伙都这样猜测。

又快过年了，中午民警们都在食堂吃饭，电视里在播放一个访谈节目。记者正在采访一位戴着口罩、墨镜、贝雷帽的老人，他是城里便衣反扒队的队长，专门组织那些身体不错，又赋闲在家的老大爷、老大妈，帮助警察在超市、农贸市场、汽车站等地方盯梢抓小偷。他很健谈，说自己也是从公安局退休的，身体还不差，想发挥余热，为社会做点贡献。

“那不是海哥吗？”王所长眼尖，大喊了出来。

大伙仔细一观察，那身形，那外貌，特别是那说话没完没了的劲，除了海哥还有谁呢？

“城里的‘耗子’这下要倒霉了，有海哥在，他们这个年一定会过得很难受！”王所长有点“幸灾乐祸”地说。

“就是，就是。”食堂里传出一片欢笑。

刘七爷

七爷本名叫刘得志，刚过知天命之年。他是刘家的满崽，排行老七，上面有六个姐姐。

刘老太爷恪守“不孝有三，无后为大”的古训，孙子没出世前，他天天在家和儿子、媳妇吹胡子瞪眼睛发怪脾气。为完成父命，刘得志的爹妈只得没日没夜地捣腾，直到带“把”的老七出世，刘老太爷这才消停下来。那一年，刘老太爷八十有三，志得意满地去了。过世前，他没忘给这个小孙儿留下一个敞亮的名字：得志；刘得志。

刘得志名字敞亮，人却平淡无奇，他是镇上的剃头匠，十六岁入行，一干就是大半辈子。老话说“三百六十行，行行出状元”，但做一辈子剃头匠真不能算志得意满，起码在大家的眼里，很是辜负了刘老太爷起这个名字的初衷。可是除了剃头，他还能干啥呢?

在镇上，大家称那些脑瓜子灵泛、会做事、会来事的人为“能人”，而与之对应的则是“呆人”。“呆”是当地的一种土话，指某人脑壳里面一根筋，做事不会变通，有笨、傻、蠢的意思。刘得志就是这样一个“呆人”，他说话慢，做事憨，三棍子打不出一个闷屁，是那种家里房子着了火，还慢悠悠挑着桶子去河里担水的木脑壳。只是没想到，他这种性格当剃头匠，却是上鞋不用锥子——针（真）行。

刘得志性格又憨又慢，反而让顾客觉得做事细致、沉稳。毕竟是刀口上的营生，出不得半点差错。更何况刘得志脾气好，耐得住顾客的调摆和折腾。顾客说后面的头发要剪短，他就把后面的头发剪短；顾客说顶上的头发要打薄，他就把顶上的头发打薄；顾客说这个发型不好看，要换一个，他就重新剃一个……一个脑袋来来回回折腾个把小时，这是常有的事情。换了其他的剃头师傅早就撂担子了，但刘得志硬是“霸得蛮，耐得烦”，颇有本地人倔强的个性。刘得志的好口碑，也就这么随着时间的推移，一点点地积攒下来。

村里那些成天下河摸鱼、上山打鸟、一闲着就到处捣蛋闯祸的熊孩子，特别忌惮刘得志。他们平日在家里称王称霸，可到了刘得志这里，一个个全成了霜打的茄子——蔫了。他们规规矩矩地坐在凳子上，老老实实地配合刘得志剃头。为什么？因为孩子们都知道，这个“呆师傅”又憨又倔，为剃好一个头，可以和他们耗上一整天的时间。不管剃头的孩子怎么闹腾，最终都逃不过被剃头的结果。与其将自己一天的玩耍时间都耗费在这张凳子上，还不如早剃完、早结束。

在很长一段时间里，“剃头”这个词俨然成了镇上整治顽皮孩子的良药。家里有小孩调皮捣蛋时，大人只要说一句“再不听话，带你去剃头”，就会吓得小孩噤若寒蝉。

一晃眼，几十年的时光就如同镇外的江水一般缓缓地流淌过去。刘得志结了婚，有了孩子，他从大家口里的小七变成了老七，从七哥变成了七叔。等到孩子在外地成家立业，老伴病逝，他也就由七叔变成了七爷、刘七爷。

虽然年岁大了，但每个月“逢五”“逢十”镇上赶集的日子，刘七爷是一定要挑着挑子出来的。几十年来，风雨无阻。刘七爷这个挑子很有些年岁了，一头是小柜式的座凳，下有抽屉，放着理发工具；另一头是个桶式的脸盆架，置一小型方斗旗杆，斗内放置肥皂，杆上系着刮刀布，架上放脸盆，桶内备供洗头的热水。有老话说：“剃头挑子一头热。”说的就是这么一套行头。

赶集的日子，刘七爷的生意总是不错。他价格公道，手艺和人品在方圆几十里叫得响亮，好些人赶集就是奔着他来的。来顾客的时候，他将人引至座凳，把一块小碎花方巾围在理发者的脖子上，接着拿出一把褐色牛角梳，一把银色长柄剪刀，说一声“坐好，别动”，就开工了。他双手又稳又活，长柄剪刀在牛角梳子的指引下，贴着头皮上下左右轻巧地滑动，夹着微风和凉意，让人昏昏入睡。抽一根烟的工夫，头就剃完了。刘七爷把小碎花方巾从理发者脖子上解下来，提到边上抖掉头发，右手在理发者脑袋上轻轻一拍，喊一声：“成了！”理发者这才如梦初醒地站起来，摸摸脑袋，交钱，走人。

刘七爷会剃的发型不少，他一辈子都琢磨这个，手艺自然与时俱进。但要说他最擅长、最喜欢的，那还得数剃光头。这些年，先锋镇上满街的光脑壳，全是经他的手剃出来的。刘七爷剃的光头，精神、豪气、溜光锃亮，苍蝇站在上面都得摔跤。只可惜现在喜欢剃光头的人越来越少了，镇上那些新开的土不土、洋不洋的美容店、发廊，抢走了他不少生意，这让刘七爷感到很失落。

“好好的头发染成红色、绿色，还吹啊、烫啊，弄得跟个鸡毛掸子似的顶在头上，那算啥玩意儿！”刘七爷不止一次地表达心中的不满。

不赶集的时候，刘七爷坐在门口晒太阳，他家就在先锋派出所的斜对面，中间隔着一条小马路。派出所里总是人来人往，办身份证的、迁户口的、改名字的、改年龄的、报案的、告状的、上访投诉的……男的、女的、老的、少的，有认识的熟面孔，也有从未见过的陌生人。

镇上的人从派出所办完事出来，看时间还早，都会到刘七爷的晒谷坪坐一坐，聊聊天，顺便理个发。聊天的内容多是一些家长里短的小事：镇上的老孙家又添了个胖孙子，月底准备办满月酒；老夏家买了一台新汽车，是外国牌子；隔壁镇上的老蔡在城里找小姐按摩被抓了，媳妇闹着要离婚……刘七爷只管剃头，他说得少，听得多。

来刘七爷这里的人一拨一拨的，来了，又走了，难得有空闲的时候。有时候民警下班了，也会见缝插针来剃个头。一直等到屋前屋后的炊烟袅袅升起，刘七爷才终于歇了下来。他把行头一一收进挑子里，拿扫帚把坪里的头发扫到一堆，装进撮箕，然后就缓缓地回屋。

派出所主管刑侦工作的易所长，常来刘七爷这儿坐坐，他一个月才剃一次头，更多的时候是来打听线索。什么线索？自然是关于所里的案子。刘七爷在先锋镇待了大半辈子，整个镇上的人和事全在脑袋里装着，甭管是大事、小事、好事、坏事，他心里门儿清。

镇上开锁匠铺的老王家被盗，丢了两万元现金。刘七爷给易所长分析："开锁匠铺的被撬了锁，这是秃子顶上的疤——明摆着。外面的人借他个胆也不会去偷锁匠铺，而且还那么巧，正好是老王准备去银行存钱的前一天。老王的儿子王大勇三十有五，也没结婚，成天在外面打牌赌博，听说是输多赢少……"

易所长回去一调查，正是老王的儿子监守自盗。

还有一次，李寡妇家刚生出来的一窝猪崽被人偷走了。李寡妇家住得偏僻，岔路多，路口又没有摄像头，这个案子不好破。

易所长去找刘七爷，七爷“嘿嘿”一笑，说：“生猪崽有讲究，猪崽出生头七天必须吃奶，偷走也养不活。七天后，猪崽开始吃料，这才能挪窝。所以偷猪崽的只能是内行。偷的时间必须控制在第七天之后，不能太晚，晚了猪崽有可能被猪贩子买走。乡下不同于城里，除了猪贩子没有人清楚别人家猪崽的喂料时间，而在镇上，经常走动的猪贩子只有三个……”

易所长立刻将三个猪贩子都传唤到派出所，经过调查问话、线索比对，果然在其中抓出了偷猪贼，并顺藤摸瓜捣毁了一个贩卖猪崽的外地盗窃团伙。

“七爷，您是真人不露相！这镇上谁要是还说您是‘呆人’，我第一个不答应！”易所长在刘七爷家聊天时，高兴地说。

“那都是虚的，过日子才是实的。嘴在人家脸上，让他们说去吧。”刘七爷笑着摆摆手。

这一年，农历大年二十八，先锋镇后山的野塘里发现了一具尸体。报案人是几个孩子，他们跑到野塘里摸螺蛳，潜水时摸到了衣服。

这起命案发生在春节期间，社会影响很大。局里发了话，限期七天破案。先锋派出所和刑侦大队成立了联合专案组，对尸体以及现场周边进行调查走访。死者是女性，短发，死时穿秋衣秋裤，没有鞋子，死亡原因系窒息性死亡。根据尸体腐烂情况，死亡时间在一周之前。行凶者为了掩盖死者身份带走了死者的外衣及证件，并用石头将死者脸部砸烂。由于发案地点偏僻，人迹罕至，案件陷入了僵局。

易所长急得嘴巴上了火，他在先锋派出所干了快十年，年年都是先进个人，眼看着年底就要提拔了，却突然遇上了这个恼人的命案。按照局里的规定，如果辖区内有命案未破，别说提拔，连单位和个人年底评优评先的机会，都会被一票否决。

七天破案期限眼看就到了，案子依然没有头绪，易所长抱着试一试的心态到刘七爷这里讨线索。

“你们检查了尸体的头发没有？”刘七爷问。

“头发？”

“你们打捞尸体那天我看了，死者是年轻妹子，短发，但她的头发是被人故意剪短的，剪得很乱，没有哪个妹子会留那样一个参差不齐的短发。她的头发中间有一绺染过，是深蓝色，不在阳光下细看很难分辨。而且看头发下垂的角度，她生前头发应该是拉直过的。”

“继续说！”易所长一听，知道有戏。

“我猜测死者生前应该是黑直发，中间一绺染成深蓝色，这种发型在我们这很少见，但我恰恰看到过一次。大概在半个月前，那天也是赶集，一个年轻妹子从集市的北边走过来，二十岁左右，身材偏瘦，个头不高，穿得很时尚，不像本地人。当时和她一起的还有一个中年男人，个子也不高，一米七左右，光头，戴着一副墨镜。那个光头剃得很一般，不敞亮。”

“半个多月前的事情，您记得这么清楚？”易所长问。

“我剃了一辈子头，对头发的记忆尤为深刻。那个妹子的齐腰直发非常耐看，和瀑布一样，染的那一绺深蓝色也恰到好处。虽然我不喜欢染发，但我得说那个妹子很适合那个发型。”刘七爷慢慢地回忆。

“七爷，真有您的，我立刻安排人调查。”

有了七爷提供的线索，专案组在查找尸源上有了方向。民警按照七爷对死者发型的描述，找模特拍摄了一张女性上半身背影照片，齐腰直发，中间一绺染成深蓝色，然后往先锋镇北面的乡镇开始地毯式排查。第二天晚上，就传来了好消息，北边村里一名姓吕的女孩进入了警方的视线。该女孩正是一头齐腰直发，中间一绺染成深蓝色。她在半个月前和男朋友一起回老家过年，并曾到先锋镇赶集采购年货。但后来因为临时有事，和男朋友一起提前回了深圳。她平时和家里联系很少，只是每个月按时打钱回来。所以她回深圳后，老家也没有人怀疑她会出事。而更有利的消息是，她的男朋友正是留着一个光头。

尸源查清楚了，专案组立刻远赴深圳对死者的男朋友实施抓捕。男子被抓捕后，如实交代了他和女朋友吵架，情绪失控后掐死她的经过。为了毁尸灭迹，他将尸体丢弃在郊外的野塘里，并砸烂了女孩的脸，剪短了她的头发，烧掉了外衣和鞋子。他原以为只要以后按时寄钱给女孩家，就不会引起怀疑，而只要躲过风头，时间会消泯所有的线索。可他没有想到，他只去过先锋镇一次，他的光头和女孩的长发就被刘七爷长久地记在了心里。

这个案子破得很漂亮，媒体对案子进行了跟踪报道，先锋派出所得到了局里的表彰。易所长得到了提拔，刘七爷的名字作为线索提供人也上了报纸。

“瞎猫碰上了死耗子，运气！”说这话时，刘七爷正在坪里给顾客剃头，他的周围等了不少人，都是慕名而来的。

晚上夜深人静，刘七爷轻轻地从床上爬起来，他走出家门，在晒谷坪里郑重地给刘老太爷坟头的方向上了一炷香，然后将登有他名字的报纸烧了。

谭鞋匠

谭鞋匠是三峡移民那一年迁到先锋镇来的，一家三口，两个大人，一个孩子。政府给他在镇上的国道边划了一块宅基地，砌了一栋两层高的小楼，他便在这安了家。

谭鞋匠自然姓谭，四十岁出头的样子。他个高，体瘦，皮肤很白，是那种略显病态的白，对着阳光可以看见他皮肤下细密的血管。他真名叫什么，没有人知道，他老婆喊他老谭，他儿子也喊他老谭。这就奇怪了，但毕竟是人家的私事，谁也不好细问，于是街坊邻居也都跟着喊他老谭。

在老谭没来前，先锋镇上是没有鞋匠的。镇上有裁缝、有电工、有剃头匠、有木匠、有泥瓦匠、有挑粪工、有唱戏的草台班子、有念经化缘的和尚，但唯独没有鞋匠。这也是个奇怪的事情，也许是本地的人手巧，鞋子破了面，找块碎布，拿上针线，三两下就能缝上；鞋子漏了底，弄块皮子，用强力胶一粘，太阳下捶紧晾干，穿上又能走个十天半个月。本地人不讲究式样，要的是实惠。没有顾客，过往的鞋匠在先锋镇自然立不住脚，他们有的迁走了，有的改了行。老谭搬来后，便成了镇上唯一的鞋匠。

俗话说“行商坐贾”，修鞋的撑不起一个铺面。他们要不是在集市上摆个小摊儿，要不就挑着挑子走街串巷地揽生意，所以鞋匠多半算是“行商”。老谭却不同，他在家等生意。

老谭将房子靠国道一面的墙拆了，把内侧的卧房改成一间对外的门面。他添置了木柜、矮桌、长椅，还有各种工具，然后请人做了一个红底白字四边鎏金的招牌，挂在门的正上方。招牌上写着四个大字：“老谭鞋店”。下面还有一行小字：“百年老店”。老谭选了一个良辰吉日，在门口点了十串震天响的鞭炮，鞋店就算正式开张了。

开张那天恰逢赶集，来了不少看热闹的人。这么多年过去了，先锋镇终于又来了一个鞋匠，大家觉得很新鲜。

“百年老店？那不是修了一百年的鞋子，吹牛吧？”

“修鞋的想在这里养家糊口？我看难，招牌再大也没有用。”

“不知道这个鞋匠能支撑多久？”

……

人群里说什么的都有。

老谭一点也不在意，他带着老婆、孩子在店里招呼客人，端茶倒水，分发瓜子糖果，介绍店里主营的各项业务，气氛热热闹闹的。一直到黑了天，人们才三三两两地离开。

等过了头几天的热乎劲儿，来老谭店里的人就明显少多了。再有街坊邻居路过鞋店，也只是远远地往里面瞧一眼。鞋店门口冷冷清清的，里面也是安安静静的。

没顾客的时候，老谭坐在柜台后面的工作台上摆弄鞋子；有客人来了，他抬起头，笑着打个招呼。有业务谈业务，没业务，他旋即又埋头继续手上的活计。

忙完了手上的活，老谭会看看书、读读报，他还喜欢听听京剧。镇上的时间流动得很慢，他心里很平和。

老谭的儿子也常在店里玩，他在镇上读小学，刚读一年级，长得虎头虎脑。下午放了学回来，他趴在老谭的工作台上做作业。毕竟是孩子，做着做着便走了神。他有时候偷看老谭摆弄鞋子，有时候偷偷地拨弄那些修鞋工具。老谭的工具都放在台子上，一排排整齐地码着。小孩看看这个，又看看那个，心痒痒的，哪一件都想玩玩。

等到屋前屋后的房顶上升起袅袅炊烟，鞋店就打烊了。在家吃过晚饭，老谭会牵着老婆、孩子去外面走一走。他们去镇上的小火车站，看“呜呜”叫唤冒着黑烟的火车头；去水库边看撒网捕鱼的村民，还有光屁股游泳的孩子；或者顺着国道一边走一边数南来北往的汽车……

镇上没事干的闲人很多，但一家人结伴出来散步的却从来没有。大家看着老谭一家在夕阳下被拖拽拉长的背影，觉得很稀奇，又觉得很温馨。

来鞋店的次数多了，大家渐渐看出老谭和以往鞋匠的不同处：一是老谭店里修鞋的工具特别多，且齐，鞋拐、鞋撑、三角刀、锤子、钳子、锉子、锥子、钉针、螺丝、扳手、起子……大的、小的、长的、短的，各种型号各种类别，足有上百件，专业；二是老谭技艺了得，什么鞋子都能修补，布鞋、皮鞋、胶鞋、运动鞋、高跟鞋、长筒靴……他用碎布，用小牛皮，用针线，用强力胶，用细头钉子……因鞋用料，讲究！

如果非要说点老谭的缺点，那就是慢，用他的话说叫“慢工出细活”，用镇上人的话说叫“呆”。这也符合老谭的性格，他说话做事都是慢条斯理的，和本地人的火暴性子截然不同。

有顾客把破损的鞋子送到老谭店里，老谭并不急着动手修补。他把顾客引到沙发上坐好，泡一杯好茶，然后才不紧不慢地提着鞋子回到他的工作台边。他先要把鞋子从里到外细看一遍，边看边聊几句闲话。

“看这鞋，您脚有点内八字？”

“是。”

“在外面跑得多吧，鞋底磨得厉害。”

“是，我是跑业务的。”

“鞋缝里有土，不是本地的？”

“佩服，我刚从外地回来。”

老谭“嘿嘿”一笑，这才拿起台上的工具，动手修鞋。

鞋子修好了，他还要给鞋子“包个浆”，或擦净或打油，拾掇拾掇，然后送到顾客手里。顾客把鞋接过来，简直有点诚惶诚恐，这鞋还是自己送来的鞋吗？面子焕然一新。顾客把鞋子翻过来倒过去，怎么也找不着鞋子之前破损的地方。

除了修鞋，老谭也制鞋。夏天里穿的凉鞋，冬天里穿的皮靴，小孩穿的虎头软底毛绒鞋，老人穿的千层底老布鞋，漂亮妹子穿的高跟鞋，年轻伢子穿的尖头皮鞋，他都能制。

给顾客定做鞋子，不用对方说尺寸，只说好要什么料子、什么款式，老谭绕着顾客走两圈，再看着顾客走几步，就行了。制鞋要三天，三天后来取。到了取鞋的日子，顾客来了，新鞋搁在柜台上，顾客拿起鞋往脚上一套，软硬恰到好处，尺寸分毫不差。

镇上开饭店的包老板，年轻时候出过车祸，动手术后走路有点跛，左腿比右腿短一点。老谭给他制作的鞋子，外表看和正常鞋子无异，但里面的鞋底却厚薄不均，正好弥补包老板脚的缺陷，让他能和普通人一样行走自如。经常上山砍柴的李大个子，在老谭这里定了一双登山鞋，鞋钉很深，抓地很牢，在山上跑起来如履平地。老马家的孙儿在市里读初中，老谭给他制了一双白跑鞋，这鞋子鞋底弹性十足，又轻巧又合脚，他穿着在全市的运动会上长跑得了第一名。

老谭能制鞋，自然也能仿制鞋。镇上年轻伢子、妹子看电视、电影，里面的主角穿的鞋子精致漂亮，高端大气，自己也想弄一双来过瘾。他们便将鞋子的款式用手机拍下来，然后找到老谭的鞋店要求仿制。老规矩，做鞋要三天，三天后来取。鞋子制出来了，和照片一模一样。他们把鞋子穿在脚上，走到大街上，谁也看不出是一件仿品！

老谭的名声随着这一双双的鞋子越传越响，大家早已不喊他老谭了。在外面遇见他，都很客气地喊他一声谭师傅。

有动歪脑筋的人私下里找到老谭，要在他这里订制一批仿制的高档鞋子，价格好商量。

老谭在工作台上摆弄鞋子，头也不抬，说："仿制一双鞋，那是图个乐；仿制一批鞋，那性质就变了，不做。"

"姓谭的，你一个外地佬，别敬酒不吃吃罚酒！"来人眼里冒出凶光。

老谭这才抬起头，他看着来人，把手一扬，手里的绣花针带着一根细黑线"嗖"地插进说话人边上的墙壁里。对方还在愣神，老谭手一提，线又牵着针飞回手里。老谭继续低头做活，剩下一屋子的寂静。刚才说狠话的人，一瞬间走得干干净净。

说这事的人也是听别人说的，自己并没有亲眼见过。但说起当时来人的凶狠、老谭的冷静，还有那根绣花针"嗖"地飞出去插在墙上的情景，宛如亲眼所见。

"吹牛吧？谁能把针插进墙里，我不信！"围观者里有人质疑。

"你不能，不表示谭师傅不能，有本事你去试试？"说话的人立刻跳起来反驳。

“那……我可不去！”质疑者马上认了屃，引起周围人一片哄笑。

镇上的五保户，穿的鞋子都是谭师傅免费制作的；镇上敬老院里住的十几个老人，脚上的鞋子也是谭师傅捐赠的。平日里，谁家有红白事，谭师傅人不到，包封是肯定会到的。提起谭师傅这个人，镇上没有谁不伸大拇指。如果有人去找他的麻烦，那是电线杆上绑鸡毛——好大的掸（胆）子。

谭师傅的名气已经不只是局限在本地，镇上的人经常看见挂着市里车牌的小车在先锋镇上出没。汽车将谭师傅接出去，事后又将他送回来。

“啧啧，了不得！做鞋子都有专车接送，谭师傅这手艺，硬是上了天呢！”镇上人看着这一幕，啧啧感叹。

一天黄昏，正是鞋店准备打烊的时候。一辆警车从镇外径直开到鞋店门口，车上下来两个民警，快步走进了鞋店，紧接着，谭师傅被他们带上警车离开了。前后不过五六分钟的时间，街坊邻居还没有作出反应，警车已经消失在夜幕里。

“谭师傅这是怎么啦？摊上什么事了？”

临近的街坊邻居纷纷赶到谭师傅家里，大家拿着手电、举着火把，把夜空映得雪亮。

“谢谢大家关心，公安局不是来抓老谭，而是请老谭去帮他们破案呢！平日里他们也经常过来，只不过今天事发突然，他们才开的警车，惊扰大家了，实在对不起！”谭师傅的媳妇站在门口给大家解释。

“谭师傅还能破案？”众人这才联想起平日里那些进出小镇的汽车，看来类似的事情确实不是一次两次。

谭师傅是第二天下午用车送回来的，镇上的人听了消息，全拥到鞋店里，热闹程度丝毫不亚于鞋店开张那天的情景。

“谭师傅，公安局找你干什么了？”

“谭师傅，你是怎么破案的？给我们说说呗！”

……

谭师傅摆摆手示意大家安静，他微微一笑不紧不慢地说：“案子的事情，我现在不能说，等案子破了，大家自然就会知道。”

又过了几天，电视台、报纸大张旗鼓地报道了市公安局破获一起连环杀人抢劫案。报道说：有两名被通缉的亡命之徒在各地流窜作案，几日前他们来到本市，将一名公司的出纳打成重伤，抢走了十多万元货款。

节目重点介绍了市公安局特聘的足迹分析专家谭新荣，他利用自己的独门技术，分析犯罪分子留在现场的鞋印，帮助公安局锁定了犯罪分子的行踪，最终成功地将两人抓获。

大家这才知道，谭师傅的全名叫谭新荣，他家三代都是开鞋匠铺的，对鞋子深有研究。他可以通过一个鞋印的形状、大小、踩在地上的深浅程度，分析出鞋印主人的高矮胖瘦、走路习惯、性格特点。节目最后评价：他是当代的“福尔摩斯”。

上了电视后的谭师傅更火了，鞋店里天天人满为患。他招聘了两个徒弟在店里帮忙，但即便是这样，也常常忙得不可开交。

省城警校特聘谭师傅为刑侦技术专业的授课老师之一，主讲足迹学。每周三中午，警车会准时来先锋镇，接谭师傅去警校上课，晚饭后再送回来。

“果然是真人不露相呢！看来谭师傅离开先锋镇只是时间的问题。”镇上人聚在一起聊天时，话题就多了那么一点伤感。谭师傅这么一个能人，怎么可能会安于在先锋镇当一辈子鞋匠呢？

“我怎么就不能当一辈子鞋匠呢？”说这话时，谭师傅正坐在鞋店的工作台上摆弄鞋子，说，“三百六十行，行行出状元，我这辈子能做个鞋匠，就满足了！”

一姐

先锋派出所的厨师姓王，所里的民警都叫她“王姐”。她还有一个外号叫“一姐”，这是镇上的人给她起的。

“一姐”这个词是新潮玩意儿，以前只在港台娱乐界流行，形容某女明星名气大、粉丝多、身价高，是这个圈子里能呼风唤雨，跺跺脚都能让天地颤两下的第一号人物。后来传到内地，含义得到了极大的扩展。比如说某某歌星，是内地歌坛的“一姐”，说某某节目主持人，是本地主持界的“一姐”，甚至某个部门的女领导，也可以说成是这个部门的“一姐”，等等。并且还相对地衍生出“一哥”“一嫂”等称号。而王姐就是先锋镇女性中的第一号人物，也就是“一姐”。

虽然喊“姐”，但王姐早已不年轻了，她和大多数女人一样，细心地守护着自己的真实年龄，谁也不肯告诉。但我们还是私下使用公安局的户籍查询系统，知道王姐已经年近半百。记得先锋派出所刚成立的时候，她就应聘到这里工作，一晃就过去了十余年。记不清迎来送走了多少位民警，换了多少任所长、教导员，又培训了多少实习的警校学生，唯有派出所那栋上世纪80年代的老房子还风雨飘摇地立在那里，派出所饭菜的口味一直没有变过。

先锋派出所地处县城的北郊，管辖着包括先锋镇在内的三个乡镇。所里民警不多，两只手伸开，十个指头就能把人数完。王姐属于派出所聘用的编外人员，平日里负责民警早中晚三餐的伙食。

派出所的工作机动性大、突发情况多，所里的民警们因为出警、办案，三餐饭常常不准时。特别是碰上了大案子，熬夜更是家常便饭。每天在所里吃饭的人数也不好把握，有的时候全所民警都在，黑压压一大群男同志，一锅子饭都不够吃；有的时候，所里民警又走得一个不剩；还有的时候，本来说好了回所里吃饭的人，半道上遇见事情不回来了。为了安排好伙食，王姐没少费心思。先得记住所里每天的值班表，知道今天谁值班，谁在所里吃饭。还要掌握所里的工作动态，如最近社区检查，所里的社区民警都下村了，中饭、晚饭都在村上吃；掌握一些民警的思想动态，如所里的小圆正和乡政府的一个小伙子谈恋爱，晚上不在所里吃。王姐的记性特别好，心里有一本清清楚楚的账。

平日里，为了给民警改善伙食，又不增加所里的财政负担，王姐带着我们几个年轻民警，把所后面的空地开垦出来，种上丝瓜、黄瓜等蔬菜；又从村里抱来几条小土狗，拴在院里，专门消费那些剩余的饭菜；等狗养大了，还可以给大家打打牙祭。王姐还曾动过在后院盖个猪圈、摆几个鸡笼正经养猪养鸡的念头，不过只停留在嘴巴上，毕竟派出所是国家单位，怕被外人说闲话。

时间长了，我知道了不少王姐的往事。别看王姐现在体型像一个竖着的葫芦，脑袋圆，身子胖，一身的赘肉，年轻的时候她可漂亮了，是先锋镇有名的“一枝花”。王姐性格很要强，她不甘心一辈子守着先锋镇，初中毕业后，便加入了去沿海打工的队伍，狠狠地在外面打拼了好几年。她在工厂上过班，去茶楼、饭店当过服务员，做过化妆品推销员、售楼小姐，应聘过酒店大堂经理，等等。王姐尝试过许多行业和工作，但却一直没有发迹。随着年龄越来越大，王姐顶不住家里人的压力，回到先锋镇，找了个本地的男人结婚生子，安心度日。

我常想，像王姐这么精明能干的人，怎么在沿海发不了财呢？

除了安排伙食，王姐还几乎承揽了所里杂七杂八的各种事情，如派出所宿舍楼屋顶漏雨，她喊来了泥工师傅；派出所茅房里的粪池满了，她喊来了挑粪师傅；派出所窗户、门坏了，她喊来木匠、锁匠。派出所有什么安民告示，或者宣传通知，出门买菜时，她也帮着贴到墙上。王姐在所里当了这么多年的编外人员，她这份自始至终敬岗爱业的精神，让我们肃然起敬。所以，只要是王姐请我们帮忙办理的事情，都会优先帮她办理；她来打听的事情，只要是不违反纪律，多少也会透露给她一点。于是王姐成了派出所和镇上居民的纽带，传递着大大小小的消息。

有一次，村头老王的儿子，把老夏的儿子打伤进了医院，老夏家报了警。事情并不大，但把老王给吓着了，他就一个宝贝儿子，怕被抓进派出所去，于是连夜将儿子送往外地的亲戚家。然后他又托关系到派出所打听，最后找到了他的本家王姐这里。经过我们调查，老夏儿子的伤情并不严重，只是因为门牙被摔断了，满口流血，看上去吓人而已。而且两人都是在校的学生，又是互相动手，都有过错，我们派出所还是偏向于以调解为主。王姐便把这个意思辗转透露给了老王。老王心里有了底，赶紧带着儿子，备了礼物去老夏家，赔礼道歉，又赔偿了全部医疗费，两家也就和解了。

这个事情从头到尾，王姐并没有做什么，抓不抓人也不是她说了算。但镇上的人觉得，这是因为王姐本事大，有能耐。她在派出所工作这么久，所里的人给她面子，所以才把打架的事情轻易摆平了。这个说法刚流传起来的时候，大家只是一笑了之，但传的人越来越多，而且越传越神。王姐越是解释，别人越觉得王姐谦虚，更显得不简单，最后连王姐自己都认可了，别人爱怎么说就怎么说去。于是，大家背地里开始喊王姐叫“先锋镇一姐”，简称“一姐”。说只要是“一姐”愿意办的事情，就没有办不成的。

到了后来，连我们也开始开王姐的玩笑，说：“王姐，你现在可是‘一姐’了，在先锋镇，你可要带好头啊。”

这时候，王姐总会像小女人一样，脸红起来，拿个筷子敲打我们的脑袋，说：“你们这几个兔崽子，拿长辈开玩笑，该打。”

王姐的男人叫“黑皮”，是镇上临时聘用的水电工，长得又黑又瘦。王姐被大家叫作“一姐”后，他来派出所的次数也多起来。我们遇见他，不喊他外号，都尊称他一声“黑哥”，这个是比照着王姐称呼来的，“黑哥”也很享受我们的尊敬。平日里，我们在镇上遇见他的机会很多，他或蹲在马路边的水管处，或爬在高高的电线杆上。看见我们，他总是隔着老远就拼命地挥手，动作很热情。

每次“黑哥”来所里，身后总是跟着好几个人，他是这些人请来帮忙办事的。“黑哥”的最大特点就是，未见其人先闻其声。人还未走进办公室，声音老远就传了进来。他的衣兜里每次都揣着高档香烟，在所里见人就发，也不管你抽不抽。接着，他还会利索地给自己点上一根烟，然后很内行地向我们打听一些案件的发展，或者告诉我们某个案子的所谓内幕，在跟着他来办事的人面前，显出与我们关系的亲密。镇上的人也早就不管王姐的男人叫“黑皮”了，大家都跟着我们一样，喊他“黑哥”，就连比他年龄大的人也不例外。

“黑哥”认识的人越来越多，人脉越来越广。他动了心思，然后不止一次地劝王姐：“派出所工作辛苦，工资不高，吃力不讨好。我们现在认识这么多人，要加以利用，开个饭店，是最赚钱的买卖。”

年底的时候，王姐禁不住他男人的鼓动，辞了所里的工作，盘下了派出所对面两层高的酒楼，转行当了老板。王姐现在是先锋镇的“一姐”，人缘好，而且还有派出所作后盾，她对未来充满了信心。

我们都劝王姐，说开饭店是大事，要三思而后行。但王姐说，她这一辈子都要强，想发财。现在老了，不拼最后一次，心不甘！

王姐的“先锋酒楼”开业那天，镇上有头有脸的人物都被邀请去了，我们派出所也单独设了一桌。鉴于王姐在我们派出所这么多年的贡献，全所民警吃饭时便装出席，送了花篮，放了爆竹。

开业后的一个月里，酒楼的生意都很是火爆，很多时候，隔着一条街，我们都能听见对面酒楼里王姐开心的笑声。更高兴的要数“黑哥”了，他辞掉了修水电的工作，一下子变成了管着十几名员工的酒楼大老板。他耳朵上总是夹着一根高档香烟，腰上挂着鼓鼓的皮包，并且老是喜欢一边打手机，一边用手指头点着员工吆来喝去，很有指点江山的气势。他的声音比以前更洪亮了，就好像那个成语形容的：“财大气粗”。

派出所的日子仍然不紧不慢地往前走着，所里聘了一位新厨师，我们该干什么干什么，谁都有忙不完的事。王姐和我们打交道的次数比以前少多了，她事情太多，店子要打理，要做宣传，做菜要采购原料，菜谱要经常更换，她还要忙着应酬各方面的人。酒店刚开张的时候生意还不错，但等到新鲜劲过去了，生意也就慢慢清淡下来。毕竟先锋镇只是一个镇子，人口不到两万，比不得大城市，谁也没有那么多闲钱天天下馆子请客，何况还有好多家别人开的大小饭店。虽然王姐想了很多办法，但生意终归没有持续地红火下去。

我们也经常凑份子去“先锋酒楼”聚个餐，有时候是同事生日，有时候是因为破了个好案子，更多的时候是为了照顾王姐的生意，去聊聊天，坐一坐。不过王姐从来只肯收成本费，我们硬要照菜谱给钱，她就生气。她说：“你们就那点工资，我还不知道？你们的心意我领了，几顿饭还是吃不穷我王姐的。”

王姐不肯按规矩收钱，我们原本想去照顾生意，反变成了耽误她的生意，我们哪里还好意思再多去“先锋酒楼”。

“先锋酒楼”的生意一天天黯淡下去了，很多次我们出警回来，隔着一条街，只看见酒楼里坐着一两桌客人，远远不够酒楼的开支。

离开派出所的王姐，还是先锋镇的“一姐”吗？当然不是，镇上的大多数人对此嗤之以鼻。

半年不到，“先锋酒楼”因为入不敷出，只好歇业。王姐让出了酒楼，辞退了员工，和我们匆匆地打了个招呼，就和“黑哥”去了省城，住到儿子家去了。我们百般挽留，要她重新回到所里上班，一切照旧，但她红着脸，低下头，婉言谢绝了。

我们知道，王姐一定后悔当初不该轻易离开派出所，是派出所使她有了那么旺的人脉，一旦离开，她和镇上的人就没有什么区别了。她之所以不肯留下来，肯定是出于深深的愧疾。

偶尔地，王姐会从省城打电话给我们，问问所里的近况，比如后院的地现在还种菜吗？养的狗生了几个小崽子？派出所有没有人员的调整？还说，她在省城挺清闲的。

过年的时候，我们突然接到了王姐的电话，她说，她在省城一个农贸市场内，发现了网上批捕在逃的一名逃犯，要我们火速赶过去。我迅速报告了所长，并在网上就王姐说的情况进行了信息比对，确认那个人确实是我们先锋镇的一个逃犯，现在正躲在省城。在当地公安机关的配合下，我们成功地抓住了逃犯，王姐立了一个大功。

在省城再次遇见王姐的时候，看见她的脸白了，更胖了，很有福气的样子。我们都为她高兴。

我们再一次邀请王姐回先锋派出所工作，她谢绝了。她说她在离开派出所后，还能为所里做这些事情，已经很开心了。她现在喜欢在电视、电脑网络、报纸上，搜索和先锋派出所有关的所有信息，她时刻关注着我们。

坐车离开的时候，天下起了小雨。王姐站在马路边朝我们不断地挥手。她的身影在雨中一点点地缩小，最后变成一个黑点，眨眼间就不见了。

我在心里默默地祝福："王姐，好人一生平安。"

易铁柱

当先锋派出所所长易铁柱带着两个值班干警，顶着正午硕大的日头，赶到先锋小学时，事态正在进一步发展。

从警车上下来，易所长抬眼便看见郭小满和人扭打在一起。周围站满了看热闹的人，叫喊声、嬉笑声弄得场面乱哄哄的。

“真是烦什么来什么！”易所长轻轻地嘟囔了一句，一抹脖子上的汗，快步向人群走了过去。

郭小满在先锋村是个狠角。当地习惯把村里有名气、会挣钱的人称为角色，而在角色里面，最厉害的又叫作狠角色，简称狠角。这个词很形象，让人带点敬畏，又带点神秘感。郭小满初中毕业后，把家里的田丢给老人种，自己带着两件衣服就出了门。他在外面走南闯北地折腾了好几年，听说挣了点小钱。去年回到先锋村后，经过上下打点，在年底的村委会改选中，顺利地当选了村上的治保主任。接着郭小满招募了一批本族的砌匠、泥瓦匠，成立了先锋村工程队，打着村委会的旗号，开始在村里四处拉业务，帮人家砌房子、盖猪圈、修围墙，业务弄得红红火火。

去年易铁柱调到先锋派出所当所长，他老婆是郭小满的堂姐，而且两家之间时常走动，关系还相当不错。那以后，郭小满更是打着他是易所长小舅子的牌子，耍手段挤走了临村的其他几个工程队，又垄断了村里的沙石业务。周边的人知道他和派出所的关系，凡事都只好睁一只眼闭一只眼，只要不被郭小满欺负就算万幸，谁也不敢轻易得罪他。

节假日里，郭小满常去堂姐家串门，易铁柱没少旁敲侧击地教育他，但话也只能点到为止，毕竟郭小满是个亲戚，又是村上的干部，不能等同于自己管的犯人，况且派出所很多事情还要村上配合。平心而论，郭小满当治保主任，派出所很多工作开展起来就顺利不少。只要郭小满不违法乱纪，抢点业务、砌个房子什么的，也没有什么大碍。

和郭小满打架的人，叫老何，是城里顺发工程公司下面一个施工队的队长。去年他们公司通过竞标拿下了先锋村的道路改造工程，当时也和村民闹出了一些矛盾，最后通过先锋派出所才解决问题。这次，估计又和先锋小学教学楼重建招标的事情有关。

人群中有孩子率先喊了起来："警察来了！警察来了！"顿时，刚才还热闹非凡的场面突然安静下来，人群像潮水一样往两边退去，从中间分出一条路来。易所长看见老何满脸是泥地抱着郭小满倒在地上，两人手抓着手、脚缠着脚地箍在一起，这一切都因为一句"警察来了"，被瞬间定格。

"都起来。"易所长扫了一眼周围，威严地说道。

声音让眼前静止的画面晃动了一下，人群好像感受到一种压力，都不自觉地晃了晃。郭小满和老何松开了紧抓对方的手，各自从地上爬起来。他们衣服上沾满了尘土，嘴里喘着粗气。

头顶上的太阳又大又毒，空气就好像粘连在一起了，稠密得让人呼吸都感到困难。没有人说话，只听见人群中一阵阵此起彼伏的喘气声。

“大中午的，两个男人抱在一起打滚有啥意思？有劲回去找媳妇使去。”易所长看了看郭小满，又看了看老何，说道。

人群中有人笑出声来，刚才还充满火药味的气氛，缓和了不少。

易所长是先锋派出所的所长，全名易铁柱，大伙都叫他“易所”，到先锋村派出所工作刚满一年。别看先锋村地方不大，但工作环境却相当复杂。村北面与临市的A县接壤，西与临省的B市交界，一条国道穿村而过。在马路边随意拦一辆汽车，就可以轻松地到达外省外市，这让很多犯罪分子，把先锋村当作一个理想的停留地或中转码头。他们躲在这里观望情况，一旦案发，就迅速远走高飞。有这么多危险分子与先锋村相关，这一带治安环境当然不好。赶集时小偷小摸的，翻窗入室顺手牵羊的，抢劫的士司机的，盗窃摩托车的，隔三岔五就会在这里出现。虽然流动人口多，但本地人也不好欺负。先锋村民风强悍，自古有习武之俗，常常为一点小事便大打出手，打断人手脚或致人伤残的事时有发生。当地人酷爱上访，只要觉得派出所工作没有做好，少则一两人，多则几十人，跑到市里去告状，常常弄得所领导的脸色很不好看。

先锋村的事情，让公安局伤透了脑筋，先不说发案率居高不下，频繁的上访也让人大为光火。先锋派出所的所长一年一换，谁也干不长久，不是主动打报告申请调离，就是被告状告得不得不走。去年市局中层干部调整，局里对易铁柱寄予厚望，把他调整到先锋派出所当所长，希望他能打开一个新局面。

易所今年刚满四十岁，平头，国字脸，剑眉，两眼大而有神，像是两个大铜铃，和人对视的时候能射得人睁不开眼。易所到了先锋派出所后，马上动手改变现状：先是制订每日的巡逻计划，不定时地展开清查行动，接着安排民警在发案率高的地段蹲点守候，还定期在国道上设岗盘查过往的车辆。一段时间下来，连续抓获了一批负案在逃的犯罪分子，破获了一批大案要案。同时，针对先锋村民风强悍、民族观念浓厚的特点，易所经常带领民警下村下组，和村长、组长、村民有针对性地一一交谈，化解了几场大规模的械斗。为此，他身上受过伤，还流过血。但前脚出医院，后脚就回到岗位上，该抓的人，抓；该放的人，放，不漏掉一个，也不抓错一个。去年，先锋派出所不但圆满地完成了局里分配的各项任务，还赢得了先锋村群众的信任和尊敬，做到年内上访率为零，易所也成为第一个连任的先锋派出所所长。

先锋小学教学楼重建招标的事情，易所知道。老教学楼还是上个世纪的产物，在去年被鉴定为危房以后，相关部门就积极地筹备重建事宜。今年年初的时候，教育局通过招标，最终选定了最具实力、报价最低的顺发工程公司承建。郭小满的先锋村工程队也参与了招标，只是在投标中，他们提出的每平方米 197 元的承包价格，大大地高于顺发工程公司每平方米 175 元的报价，被淘汰出局。

前两天放暑假了，老何的施工队正式进驻先锋小学。没有想到才开工一天，郭小满就带着人跑来阻工。郭小满认为招标过程存在暗箱操作，所以他的工程队才没有中标，他要求教育局给出此次招标符合公平公正原则的证据，否则就天天带人来阻工。今天之所以发生冲突，是因为老何他们中午去校外食堂吃饭时，郭小满乘机给学校铁门加了把锁，把老何等人锁在了校外。老何进不了学校，便只有砸锁，郭小满出面阻止，于是两人由最开始的口角，上升为拳脚相加，出现了开始的一幕。

易所真烦郭小满，就他的工程队那点斤两，平时也就能盖个猪圈，修个围墙，砌平房都怕有危险，现在要盖四层高的教学楼，不出事才怪。要是换了平时，易所直接骂郭小满一顿，要他回家该干吗干吗去，这事就算了结了。但现在不行，现在郭小满不是以小舅子的身份，而是以先锋村治保主任的身份出现的，他代表的是那一族人的利益。

“姐夫。”郭小满递过去一根烟。

易所摆摆手挡了回去，说：“满伢子，你给我出难题，我哪还有心思抽烟啊！”

“姐夫，我说这事你就别操心了，我肯定会办妥，不行还有村委会，再不行我肯定去派出所找你。”郭小满给自己点了根烟，又把烟丢向后面一起来的族人。

看着现场闹哄哄的样子，易所招招手，抚着郭小满的背，把他带到人群外。

有这么多人看着，易所只和自己一个人说话，郭小满觉得很得意：“姐夫，你看，这大热天的，让您亲自过来，真不好意思。回头去我家，我整一桌好菜，咱俩喝喝酒。”

“先别说喝酒，今天这事你知道多让我闹心吗？”易所眯着眼睛看着他。

“姐夫，这事不怨我，没有招到标，大伙心里都有意见，我只是带个头而已。”郭小满说着，对后面的人群望了望。

“有意见可以走正规渠道处理，这样闹能解决什么问题？”易所反问。

“姐夫，您就别管了，反正也没有你们派出所什么事。”郭小满说。

“怎么没有我的事啊，满伢子，你今天可是存心和我、和派出所过不去。你在这里闹，又是打架又是堵人家校门，别人都反映到市里去了，严重影响正常生产秩序，是违法的。”易所的话语重了起来。

“这话你和我姐说去，你要因为今天这事把我抓走，他们不答应，我姐也不会答应。”郭小满手一指他带来的村民，变得蛮横起来。

“我会和你姐说，还会和你媳妇说，但不是说今天的事，是关于上个月三十号星期六晚上在城里的那档子事。”易所满不在乎，轻轻地从嘴里溜出一句话。声音不大，却让郭小满听得浑身一颤。

“啊，姐夫，这事你可是答应了我的，千万不能让我姐和我老婆知道啊。”一提起这个事，郭小满的声音一下子低了下去。

上个月月底时，郭小满打着和别人谈业务的幌子，把自己“谈”进了城里的按摩院，被警察清查时抓了个正着。当时就准备以“嫖娼罪”，送拘留所拘留十天，同时还要通知家属来签字。别看郭小满在外面飞扬跋扈，但在家里却是个有名的“妻管严”。他老婆是个四川妹子，年轻漂亮，脾气火暴，平时夫妻吵架，每次都能让郭小满浑身挂彩。要是这个事让老婆知道，后果不堪设想。情急之下，郭小满赶紧报出了易所的名字。毕竟是一家人，接电话后，易所只好去派出所领人，鉴于郭小满认错态度较好，拘留改成了罚款。易所还作为家属代签了字，当晚就把人给领了出来。

“那个派出所里还有你的罚款记录，询问笔录上还有你的签字和手印。这事要是说出来，你姐肯定生气，你媳妇嘛……”易所摇摇头，慢条斯理地说。

“别说了，姐夫，我懂了。招标的事情我们有意见，可以按正规渠道提出，不能无理阻工，我这就带他们回去。”郭小满连连点头。

“满伢子，这就对了，我知道你是个讲理的人。”易所说。

易所和郭小满转身走进人群里，大家连忙围了上来。

“易所。”老何抢上来就想说话。

易所摆摆手，说：“老何，我们不是第一次打交道了，你相信我不？”

“当然相信，只是？”老何看了看边上的郭小满，眼神还是有点疑惑。

“你们相信我，那就听我的。关于这次招标合法不合法的问题，我已经和郭主任说清楚了，要通过合法的正当的渠道反映意见，阻工绝对是不行的，也解决不了问题。是不是，郭主任？”易所说完，拍了拍郭小满的肩。

“是是是。刚才我和易所谈了半天，觉得阻工是不能解决问题的，我们有意见还是要通过合理的途径反映，今天我们还是各自回家吧。”郭小满态度来了个大转弯，他的话让跟着他一起来的族人全都一愣。

“郭主任，来也是你喊的，现在就这样空手回去？我们工程队好多天没有接活了，家里还等米开锅呢，没有事做，我们喝西北风啊？”人群中爆发出不同意见。

郭小满尴尬地看着易所，不住地搓手。

易所摆摆手，示意大家安静下来。

“郭主任和我说了工程队的现况，我都了解。最近派出所准备重修澡堂和厕所，房屋外部也要装修。这个业务说大不大，说小也不小，刚才我和郭主任商量了一下，在这里我拍个板，优先交给先锋工程队来负责。这可是样板房，将迎接市里、省里的检查，如果质量过硬，将是先锋工程队一次扬名的好机会。”

“好。”易所刚说完，郭小满带头鼓掌，喊出声来，紧接着带起一片呼啦啦的掌声。

两个月后，郭小满承包的派出所工程完工了，不过郭小满可不怎么开心。派出所业务，易所交给一位副所长全权负责。这个副所长是个细致人，要求甚严，郭小满一点也不敢打马虎眼。材料、人工，哪儿也不敢偷工减料。工程弄完了，算下来只挣了点人工费。好在不久，在迎接省、市两级检查中，先锋派出所工作成绩突出，硬件设施也达标，被顺利地评为国家二级派出所，先锋工程队还得到了“质量信得过单位”的锦旗，这着实让郭小满炫耀了一把。

与此同时，先锋小学新教学楼也正式投入了使用。

每天清晨，易所总是喜欢推开窗子，先锋村村头小学的琅琅读书声，一阵一阵地传了过来，他听着听着，禁不住笑了。

耿 直

耿所是先锋派出所里出了名的急性子，本名耿直，刚过三十岁。平日里耿所说话直来直去，做事风风火火，和他的名字搭配得又直观又贴切。

先锋派出所里的民警对耿所又爱又恨，爱的是可以从耿所身上学到很多办案技巧，他简直就是一本活动的办案百科全书；恨的是只要和耿所一起值班，连吃饭睡觉也难以安稳，耿所的急性子让人一刻也不得消停，只要遇到有案子发生，不管是吃饭吃到一半，还是睡觉睡得正香，他都会立刻拖着值班民警赶赴现场。

来先锋派出所之前，耿直还不是耿所，而叫耿队。他在公安局里的刑侦大队担任技术中队队长，之后才被提拔到先锋派出所当副所长，干的还是他的老本行：刑事侦查。

关于耿直调到先锋派出所来的原因，私底下流传着很多版本，传得最神的是说耿直本来准备竞选刑侦大队副队长，他技术过硬，工作踏实，得到的荣誉证书和奖状有半个抽屉那么多。但因为他脾气火暴，做事耿直，以致局里个别领导对他颇有微词，于是借局里人事调整的机会，将他调至先锋派出所当副所长，美其名曰“磨炼磨炼”。

先锋派出所是公安局里公认的“冷宫”，除了新招进来的年轻民警，没有谁愿意主动调到这里来。同事们都开玩笑说这里就好比是后妈的孩子，姥姥不疼，舅舅不爱。

之所以称先锋派出所为“冷宫”，大概有两个原因。第一是因为先锋派出所地理位置偏僻，位于本市西郊，离市里有个把小时车程。穷乡僻壤，山高路远，很少被上级领导关注。没有领导关注所导致的直接后果，就是派出所领导难以提拔，民警不被重用。所里拨款少，编制少，待遇差，久而久之，把民警调到先锋派出所衍变成一种变相的处罚。凡是那些工作上犯了小过错，或者不服从调配的民警全被调整到先锋派出所里来。用领导的话说，眼不见心不烦。第二个原因是先锋派出所管辖地的治安环境复杂，村民自幼有习武的风气，民风彪悍，家族观念浓重，遇见事情总喜欢用武力解决。处理这些打斗事件时，总牵涉到方方面面的利益，极易引发矛盾，一不小心就会酿成群体上访事件。前几任所长个个被弄得灰头土脸，工作一年后都匆匆调走，生怕待久了沾染上什么晦气。

这次调整对耿所不算是好事，但却让我们这些年轻民警高兴坏了。耿所以前是公安局公认的三大破案能手之一，是众多年轻民警的偶像。局里流传着很多关于他的故事，说他能透过人的眼睛读懂人的心思，说他可以凭一个指纹还原一个人的模样，还说他拳脚了得，曾一个人空手制服三个穷凶极恶的歹徒。当然最具有传奇色彩的，是说他当年凭一己之力破获纵火杀人案。听说那个案件中，现场被完全烧毁，犯罪嫌疑人又具备相当强的反侦查能力，没有给警方留下任何有价值的线索，连市里成立的专案组也没有查出任何头绪。当时在刑侦大队只是一个新兵的耿直对此案产生了浓厚的兴趣，他主动请缨调查此案，花费了半个多月时间重新勘查现场，通过技术手段和耐心比对，终于在一个窗台的缝隙里提取到半枚犯罪嫌疑人的指纹，并且通过这半枚指纹还原出作案人的身高、年龄、体重，然后调取城区几百个监控探头的视频资料逐一比对，又进行了大量的调查走访，最终在发案那年的大年二十九，他千里走单骑，远赴广州，根据自画的一张画像将纵火杀人的犯罪嫌疑人抓获。

三十岁的耿所，正当盛年，也许是过分脑力劳动的缘故，他的头发不像同龄人那些乌黑亮泽，而是稀稀拉拉的，有秃顶的前兆，这使他比真实年龄要显得老了许多。

平日里，我们在所里遇见耿所时，他总会隔着老远就大声发问："今天有人报警吗？有案子吗？"遇到否定的回答后，他总是一言不发地摇摇头径直走过去，等我们回过神来，耿所已经走过去好远了。我们知道，耿所准是回他的"工作室"去了。在派出所的时候，耿所大多数时间会待在他的"工作室"里，常常连饭菜都要我给他送进去。

先锋派出所不比刑侦大队，没有那么多大案重案。在这里，除了扯皮打架就是小偷小摸，都是些小得不能再小的案件。用耿所的话说："一点技术含量都没有。"偶尔发生一起入室盗窃案，案子凌晨刚发，晚上他就已经将犯罪嫌疑人抓捕归案，干净利落，一点也不拖泥带水。

耿所刚来派出所时，挺不适应，从原来的繁忙到现在的清闲，让他浑身痒痒，不知道力气往哪里发泄。左思右想后，耿所决定在派出所里修建一个像局里刑侦大队技术室那样的"工作室"。有了想法后，他立刻带领我们清理出办公楼一楼顶头的杂物间，在里面装上大功率的日光灯，用布帘将窗户封死，在墙上装上黑板、壁灯，寻来桌子、椅子，然后再用木板把房间隔出几个小间，并给每个隔间编上名字。有药剂间，里面堆满了瓶瓶罐罐和各种味道怪异的药品；有化验间，放满了各种化验工具和仪器；有电脑分析室，电脑里存满了各种破案用的视频和音像资料；还有物证间，里面堆满了他出警时弄来的鞋子、手套、被撬坏的门锁、打架用的弹簧刀或者沾着指纹的水杯，等等。完工后，耿所找了个木牌钉在大门上，木牌上周正地写着“刑技工作室”五个大字。我们在这里看耿所做实验，学习从各种物品上提取指纹；从案发现场搜索线索，看他分析案情破解犯罪人员的心理。工作室里的每一件东西在耿所眼里都是宝贝，对破案都有意想不到的帮助。

偶尔，耿所会把在“工作室”里钻研出来的一些成果拿出来试验。比如，他会在中午吃饭的时候弄点自制的药剂，混在饭团里喂给左邻右舍的看门狗吃，弄得那些狗从派出所里走出去时，不是东倒西歪像喝醉了酒，就是一整天趴在大树底下拉肚子。惹得家住派出所门口的李嫂子好几次站在家门口开玩笑说：“耿所，你这药可真够劲，哪天我男人再出去打牌，你也给他吃点，让他蹲一天茅坑。”话一说出来，惹得大家哈哈大笑。耿所也跟着我们笑，一副没心没肺的样子。

其实我知道，耿所并不快乐，起码没有表面上我们看见的那么快乐。好几次我去工作间送饭，看见耿所坐在椅子上望着黑板出神。黑板上贴满了本市主要地段发生的各类案件的简介，有报纸上剪下的新闻报道，有网上下载、打印出来的案件进展情况，还有一些不知道从哪里弄来的现场照片。耿所边看边口中念念有词，还不时地用笔在纸上比画着什么。我猜，耿所在先锋派出所里，更多的感受是一种有力无处使的寂寞。

耿所展示的机会终于来了。一个冬天的凌晨，正轮到我和耿所值班。我接到“110”派警，说先锋村郊外和邻县接壤的地方发生了一起杀人抛尸案。通过电话联系，报警人说看见半夜有汽车开到塘边，几个人抬着东西丢进了水塘，他还依稀听见“绑紧点”“别被人发现”“死了”等字眼。

杀人抛尸案。这是我来先锋派出所后遇见的性质最严重的刑事案件，我飞奔向“工作室”，将情况告诉耿所。我看见耿所眼睛一下子变得炯炯有神，他认真地听完我的叙说，一拍大腿，差不多是喊了出来：“终于碰见大案子了。”

“快，背上枪，多带两个手电筒，我去开车，我们立刻去现场！”

耿所把警服往身上一披，拔腿就往门外跑去。

耿所把汽车开得飞快，车灯的强光，像一把在茫茫的夜色里飞速劈砍的利剑，随着颠簸起伏的山路上下挥舞。大概跑了四十多分钟，随着“吱”的一声急刹，我们到了。

这个水塘位于先锋村的南郊，再往前一公里就和邻县接壤。周围全是大山，方圆几公里看不见人烟。案发地的水塘不大，不到 20 平方米，报案人是一个年过六旬的老伯，住在塘边的茅草棚里。

“先勘测现场，你配合我。”耿所拍拍肩膀示意我。

我举着手电在前面照亮，耿所则在后面仔细地给车轮印和脚印拍照，边拍边分析：“作案的车是越野车，四轮驱动，车轮印很深，抓地很牢，所以在泥地里不打滑。从脚印看，下车的有三个人，分成两拨，分别抬东西的两头。其中一个人力气很大，他一个人抬一头，走得很稳重，鞋子是 43 码，身高估计在 175 ~ 180 厘米，体重有 70 公斤。另外两个人相对矮小，鞋印都是 40 码，脚印有点凌乱，估计偏瘦弱，力气不大。”

“看这烟头。”耿所用镊子从草丛边小心地夹起烟头，装进随身带的塑料袋里，继续分析说，“他们三人丢完东西后，走到这里休息了一根烟的长度，大概三四分钟。东西要三个男人抬，丢完后又休息这么久，说明抬的东西很重，三个男人都有点吃不消。这烟头是本地烟，10 元钱一包到处有买，三个人经济条件都很一般。”

我在一旁边听边连连点头，耿所的分析就好像书上写的侦探小说一样，一环扣一环，有条有理。

“那我们接着干什么？”我问。

“打捞尸体。”耿所说。

“我们捞吗？要不等局里派人来再说？”望着这一潭又脏又臭的死水，我试探着问。

“废话，就这么个小水潭，还要等局里来人，那起码在两个小时以后了。你去问老伯家有没有长竹竿，在前面绑个钩子，我们捞！”耿所说话风风火火。

“好。”我知道耿所的脾气，赶紧去找老伯。

东西拿来了，老伯也跟来了。耿所根据现场脚印找到抛尸地点，脱了裤子就踩到水里。他用钩子一阵试探，不一会儿，就把一个黑麻袋从水底钩了出来。因为被水浸泡，麻袋非常沉。我们三人费了好大的力气，才把麻袋拖上岸来。

耿所戴上口罩和塑料手套，迎着手电筒的灯光，小心翼翼地解开捆住麻袋口的尼龙绳。麻袋刚露出一个小口，一股恶臭扑面而来。我看见口袋里露出来的白花花的肉，恶心得天旋地转。

耿所的眼睛炯亮炯亮，脸如石佛一般，没有任何表情。他埋头继续将麻袋完全打开，一个肥硕的猪头从麻袋里显露出来。

我忍不住叫了一声，又赶紧捂住自己的嘴巴。

耿所撇过头来看了我一眼，我看见耿所的脸由红润转为苍白，最后白得没有一点血色。他缓缓地站起来，从口袋里摸出烟，给自己点上，仰头深深地吸了一口。我和老伯都僵在那里，一动也不敢动。

突然耿所像是醒悟了什么，猛地抬起头来，朝汽车走去，边走边对我喊："你向所长汇报一下这里的情况，然后给镇上干部打电话，问问附近有没有养猪场，我们马上到养猪场去。"

电话打通后，信息飞快地反馈过来。邻镇的郊区，离先锋村不远的地方确实有一个无证养猪场。耿所要老伯不要破坏现场，然后带着我开车奔向邻镇。病死猪事件可不是小事，特别是深夜偷偷摸摸地跑出来处理死猪，这里面肯定有巨大的猫腻。

我们到达邻镇养猪场的时候，正是凌晨三点。整个养猪场灯火通明，远远地就看见很多人在里面跑来跑去地忙碌。养猪场老板对于警车的突然到来没有任何思想准备，但却蛮横地带领着五六个工人提着杀猪刀挡在门口，不准我们进入养猪场。他一口咬定自己没有犯法，公安没有进去检查的权利。

耿所一言不发，上前抓住老板的领口，右脚突然插到他的身后，双手向前一扽，"扑通"一下就将身高一米八几的猪场老板摔在地上，然后将他的手扭到背后，又用身体顶住他的腰，掏出手铐指着那些工人说道："你们老板凌晨的时候，将一头病死猪丢在隔壁先锋村的水塘里，将水塘高度污染。那水塘边还住着人，如果白天喝了被污染的水，肯定会有生命危险，你们要是现在还敢帮他，而且袭击警察，那就犯大事了，你们谁担得起这个责任？"

耿所的举动让我大吃一惊，他怎么会这样鲁莽？怎么会对这个死猪事件如此看重？是不是耿所的心里萌生了什么玄机？

周围的人被耿所的气势镇住了，没有一个再敢上前。老板被耿所一说，也吓坏了，但嘴里还在不断地叫嚣："你有什么证据说我把病死猪丢到水塘里，你这是栽赃陷害！"

"你要证据？"耿所抓住老板的脚，把他脚上的皮鞋脱了下来，说，“这鞋子上的泥还在吧？这鞋印总不能造假吧？你今天凌晨一点左右，开一部越野车，带着你的两个伙计到先锋村处理死猪，你还想怎么抵赖？你现在只有赶紧配合我们工作，否则，别怪我不通情理。”

猪场老板一听，立刻软了下来。他不断诉说自己经营猪场步履艰难，好不容易生意有了起色，又来了一场猪瘟。他说这些猪都是被人预订了的，天亮就会有人来拖货。他把那头死猪丢了，把一些病猪杀了，只是想减少损失。这些猪肉被用户买回去，反正要下锅油炸，高温消毒，吃了也不会有事。

“我知道你也不容易，我们也不是故意来找你麻烦。你现在先把被感染的猪隔离开，把那些病猪的猪肉封存起来，把损失减少到最小，然后再计较你丢病死猪的问题。”

耿所说话又硬又软，把猪场老板“套”了进来。

接着耿所朝我一使眼色，做了个打电话的手势。我立刻明白了，耿所是想把这件事闹大，先锋派出所寂寞得太久了，需要闹出一点大动静来！

我假装上厕所，找到一个僻静处，给市里检疫部门、卫生部门等好几个单位打去了电话，说我们派出所查处到一个病死猪屠宰场，有若干病猪肉天亮后即将流入市场，请他们速来人督查。

两个小时后，相关部门的车辆陆续来到养猪场。跟着他们来的，还有电视台的记者和公安局的领导。

事情办得很圆满，病死猪肉被集中销毁，无证养猪场被查封，老板受到了法律的制裁。但耿所却一点也高兴不起来，他原本想破一个大案子，可最后遇到的却是一个病死猪事件，这让他很丧气。出乎耿所意料的是，这虽然不是一起凶杀案，但却制止了大量病死猪肉流入市场，不亚于破了一个大案。市里面的领导很高兴，点名表扬了公安局，当然也表扬了先锋派出所。

先锋派出所第一次受到了前所未有的重视，市里的领导亲自到先锋派出所来颁发奖状，参观了耿所的“工作室”，并提出了很高的赞誉。接着局里的领导也来了，然后是各个兄弟部门，走马观花地来先锋派出所参观学习。先锋派出所一下子火了，耿所的“工作室”也火了。

病死猪事件过后不到两个月，耿所调到市公安局刑侦支队。又过了半年，耿所调到了省公安厅，去了一个专门从事刑事技术研究的部门。

再次见到耿所，已经是五年后了。那是在省里的一个技术专题座谈会上，当天会议的主讲是耿处，他现在已是省厅某处的副处长了。耿处的头发比以前更显稀疏，鼻梁上架着一副金丝眼镜。但他性子还是和以前一样，风风火火地来到会议厅，风风火火地说完话，散会后又风风火火地离开了。

刑技工作室还留在先锋派出所里，所里的民警没事时，都喜欢进去坐坐，大家说这间房子是派出所的风水宝地哩。

周　泰

在先锋派出所上班的民警可以分为两大类，一类调动很频繁，今年调到先锋派出所，半年或者一年后，又换去其他的部门；另一类则正好相反，调到先锋派出所后，就好像生了根，一干就是五六年，甚至十几年也不挪窝。耿所属于前一类，而周所属于后一类。

周所是先锋派出所的正所长，名叫周泰，今年四十一岁。周所来先锋派出所当所长时刚满三十五岁，正是意气风发干一番事业的年纪，没想到在这里一干就是六年。手底下的兵换了一批又一批，只有他在这里当上了“常委”，再也没有动弹。平日里，偶尔喝茶喝得高兴时，周所也会调侃一下自己的名字，说：“周泰，周泰，否极泰来。”

在先锋派出所里，周所是脾气最好的一个。他说话的时候总是不温不火，不急不慢。白白净净的菩萨脸上，堆满了笑，让人一看就没有了脾气。他从不骂人，就算批评人的时候也是和颜悦色的，以讲道理、举例子为主，谈古论今，纵横上下五千年。他可以从秦始皇统一天下说到科索沃战争，从关公走麦城说到现在的日本大地震，思维活跃，口才极好。不但把我们这些小伙子说得哑口无言，就连常来派出所的那几个老上访户也被周所说得服服帖帖的，再也不来派出所无理取闹。

任所长前，周所曾担任公安局办公室副主任，因写得一手好材料，颇受领导器重。年底调整时，周所被破格提拔到先锋派出所当正所长，本只是在派出所过渡一下，然后再换其他部门。可哪里想到，人算不如天算。第二年，局里人事状况风云大变，领导班子换了大半，最关键的是器重周所的那位领导也去外地走马上任了。周所一下子像是被人遗忘了，遥遥无期地搁在先锋派出所所长的职务上，这一搁就是六年。望着那些同级别的三十岁左右的小字辈，四十一岁的周所常常发出“冯唐易老，李广难封”的感叹。

抱怨归抱怨，周所还是把先锋派出所的工作弄得井井有条。在他来之前，先锋派出所外号叫“三破派出所”：破房子、破厕所、破澡堂。两层高的办公楼是上世纪 70 年代的产物，红砖灰瓦结构，历经多年来的风吹雨打，墙体老化开裂，房顶到处残破。只要是雨雪天气，二楼的宿舍就会不同程度地渗水或者漏水。房间里潮湿阴冷，长期住在这种环境里，民警个个苦不堪言。

所里厕所的历史，追溯起来比办公楼还要早，它还是那种最原始的茅房，下面是一个大粪池，粪池上面用木板搭出几个蹲位。上厕所时，身体只能保持半蹲状态，以免被下面的粪水溅到身上。在春夏季节，无数乱飞的苍蝇、蚊子和遍地乱爬的蛆，吓跑了好几位来先锋派出所视察的领导。

所谓的破澡堂，其实就是一个格子间。这还是之前的所领导考虑到所里民警的卫生问题，找村上的泥水匠砌的。地点选在派出所食堂隔壁的杂物间里，用砖头和水泥沿着墙角砌出一道矮墙，围出一个一平方米大小的格子，再在格子上方安装一个热水器。我们洗澡时，常常可以看见巴掌大的蜘蛛和壁虎在墙上爬来爬去，让人洗澡也难以放心，老生出一种随时会掉到头上的感觉。

前几任所长也曾想摘掉派出所“三破”的帽子，但心有余而力不足。先锋镇本来就是穷乡僻壤，镇上一没企业，二没厂矿，世世代代都是面朝黄土背朝天的农民，靠民间赞助根本不可能。而局里财政又不给予照顾，派出所这么多年来，民警换了好几批，可“三破”却依旧存在，真是“年年岁岁花相似，岁岁年年人不同”。

周所来这里任所长后，充分发挥了他口才好的优势，多次去局里找领导，要编制、要资金、要政策。经过他孜孜不倦地软磨硬泡，局里领导个个都被他说“怕”了，不但答应给先锋派出所调来年轻民警，还下拨了一笔专项经费用于派出所重建。拿到钱后，周所立刻专款专用，只用半年时间，一栋四层高的办公大楼在原址上拔地而起。办公室、会议厅、民警宿舍、食堂、浴室，还有图书馆、健身房等一应俱全，先锋派出所彻底告别了以前的“三破”历史。

有了新办公楼，又增加了新人，民警的待遇也在周所的关照下得到了提高，大家有了积极性，做起事来个个争先恐后，所里呈现出难得的繁荣景象。周所又利用平日空闲的时间，带着我们在派出所周围栽上树苗，种上花草，先锋派出所的形象，让人耳目一新。

天气好的时候，周所总会早早起来，在派出所的前坪里打一套太极拳，然后坐在花坛边上，端着他的紫砂杯慢慢喝茶。遇到有来所里办事的群众，他会和别人拉拉家常、说说闲话。先锋镇包括临近的村子有好几万人，很多人不认识市长、不认识乡长，可没有一个不认识周所。他那么好的脾气，又那么好的口才，任再急躁的人到他这里也会心平气和，任再急躁的事情也能迎刃而解。

周所在所里的这几年，派出所从未被群众上访投诉，也没有发生过一起群体性事件，就连历年来先锋镇积压的一些复杂问题，在周所这里也得到了妥善的解决。先锋镇的男女老少都喜欢周所，都佩服周所。先锋派出所跟着也沾了光，警民关系得到了明显改善，很多村民开始积极主动地给派出所反映情况，寻求咨询或者帮助。

牛二家的大儿子，在外面打工时和别人发生纠纷，将别人打成轻伤后逃跑，随后被网上通缉。周所知道情况后，多次到牛二家给他们夫妻讲法律条文，说道理。一去就是一整天，一边喝茶一边劝慰他们，说轻伤案件可以治安调解，只要赔钱，可以免于坐牢；说孩子还小，不能因这个事情躲一辈子，一辈子抬不起头；说孩子不懂事但大人要懂道理……最终牛二夫妻被周所说服了，他们陪着孩子来派出所投案自首。在周所的调解下，牛二家赔偿了对方的全部医疗费用，对方也不再追究此事，双方皆大欢喜。

李嫂子家和王寡妇家一直不和睦，不是今天李嫂子的鸡吃了王寡妇家的菜，就是王寡妇丢石头砸了李嫂子家的玻璃窗，两个女人经常站在门口对骂，打架也时有发生。为他们的事，派出所不知道出过多少次警，做过多少次工作都不顶用。周所了解情况后，喊来村上的书记、主任和李嫂子、王寡妇在村委会一起协商解决此事，他请大家喝茶，看两家互相指责、争吵。周所也不劝，笑眯眯的，不急不慢地一杯接一杯地给他们添水，任他们吵够了，吵累了，这才谈解决的办法。一天时间就解决了两家几年来的纠葛。大家评价周所高明，他的太极功夫已熟练地运用在生活的各个方面。

除了打太极拳外，周所还有一个嗜好就是喝茶，茶杯从不离手，在他的熏染下，全所民警都开始戒烟戒酒改喝茶。血压、血脂高的喝苦丁茶，上火的喝菊花茶，喝醉酒的喝绿茶，办案累了困了喝红茶。遇到了辣手的案子，一时间想不到对策的，周所也喊我们一起喝茶，几个人聚在一起，一杯一杯地喝，思路清晰了，办法出来了，案子自然也破了。

过年时发生一起“杀人抛尸案”，我第一时间用电话向周所汇报情况，并请求增派警力，周所在电话里只说：“先行调查，不急于定性，一切到现场看后再说。”果然，这次又被周所说中，一个简单的丢弃病死猪事件，和杀人案相差十万八千里。

偶尔，我们同事间也会聊聊天，谈论一下领导。大家聊到周所时，无一例外地全说好，找不到缺点。硬要说缺点的话，那可能就是性格太绵了，没有棱角。不过，在这个年头，有棱角可不是什么优点，像耿所那么厉害的人还不是因为有棱角，才被调到了先锋派出所。

快过年时，全市搞统一行动，集中清理“黄赌毒”案件。破案的事情，自然非耿所莫属。周所组织大家开了动员会，又布置了行动方案，剩下的就是耿所带领大家具体实施。不久，我们就根据掌握的线索抓获了一伙吸毒人员，然后又根据他们的交代，抓出了外地提供毒品的上线。这个案子破得干净漂亮，大家连续加班一个多月，抓获贩毒、吸毒人员十余人，缴获了大部分的毒品和赃款，将先锋派出所多年来的晦气一扫而光。

周所亲自写了一个简报报到了局里，并为先锋派出所申请立集体功。可等了半个月，却等来另一个结论，说局里某领导对案子有新的想法，要求派出所把案件全部移交给市局刑侦大队办理。还说这个案子牵涉面比较广，派出所难以应付云云。

累也受了，汗也流了，事情办好了，功劳却成了别人的，派出所每个民警心里都不好过。耿所听到消息后，更是气得掀了桌子。我们一起到办公室找到周所，要周所带我们去局里讨个公道。周所坐在办公室的沙发上，慢慢地喝茶，仍然是那副不紧不慢的样子。他看着我们，挥挥手说：“山没垮，地没塌，急什么？都回去喝茶，我心里有数。”

移交案子的时候，耿所休病假去了，周所去外地开会了，两个领导在最关键的时候双双不在。派出所工作还是和平时一样，井井有条地进行着。大家各自做着分内的事情，忙进忙出的，好像没有少一个人一样。案卷材料是刑侦大队派人来拿的，没有想到和他们同时来的还有日报、晚报、电视台、电台的记者。接受采访的民警变得都和周所一样，口才极好，采访的效果非常得彩。当天晚上，案子就在电视台法制频道播出了。第二天，日报、晚报也刊登了这则消息，新闻标题很醒目：《先锋派出所破获特大贩卖毒品案》。文章内容非常翔实，从派出所如何发现线索、如何研究案情、如何布控、如何收网，到如何找出毒品来源等，记者写得一气呵成。可见民警提供的素材，是经过周密准备的，再配上提供的相关图片资料，很是吸引眼球。

新闻报道得到了市里主要领导和省公安厅的关注，他们分别给市局发来贺电。但有传言说，局里的某领导很生气，说先锋派出所没经过许可，就把案子“捅”到了媒体，毫无组织纪律。但这又能怪谁呢？周所在外地开会，耿所休病假，所里就那么几个普通民警，来了记者不接待行吗？

等到一切尘埃落定，周所才笑眯眯地从外地开会回来，好像啥事都不知道。当然，我们心里都知道，周所在外出期间，像一个幕后的总导演，一点也不露声色地用手机指挥着我们的工作进程，比如：如何联系媒体，如何接待记者，如何提供素材……周所的太极功夫，又一次运用得出神入化。

这个案子过后不久，局里人事发生了变动，先锋派出所突然之间变成了香饽饽，好几个部门都要到先锋派出所选调民警。有民警去了治安大队、刑侦大队挑大梁，有民警去了城区的一级派出所。周所也高升了，他调进了市政法委。听说，这次是市里某主要领导点了周所的名，说这样的干部还不提拔，那还提拔谁呢？

周所离开先锋派出所的那天，先锋镇上几乎所有的人都来了，还有好多听到消息，从村里面赶来的男女老少，人群黑压压地把派出所前的晒谷坪塞得没有一点缝隙。

周所走时，还是那个样子，笑呵呵的，对着大家挥挥手，不急不慢地说道：“有空，到我家来喝茶。”

蛇王老白

“蛇王”老白是先锋镇的一个传说，关于他的故事三天三夜都说不完。

在老白还被人们喊作小白的时候，他就已经展露出与众不同的一面。那时候先锋镇还只是一个偏远的小村子，叫先锋村，住户不到两百人。村民每天过着种地、养猪、闲暇时打麻将的日子。那时候，小白正上中学，他每天上完课写完作业，就背着竹篓，拿着砍刀，跟着父亲上山打猎去了。当时村子周边还有大片大片的荒山空着，山上野生动物很多。山鸡、野兔、狐狸、豪猪……当然，还有蛇，各种各样的蛇：菜花蛇、大王蛇、银环蛇、蝮蛇、五步蛇、竹叶青。有毒的、没毒的好几十个品种。小白和父亲每次上山都能满载而归，他们把大部分的猎物卖给来乡下收货的菜贩子，留一小部分供家里食用。所以，到上个世纪 80 年代中期，小白家就盖起了村里的第一栋两层高的洋楼。高中毕业后，因为小白成绩不错，他成了村里第一个考出去的大学生。

80 年代末，随着城市化进程的不断加快，特别是一条南北走向的国道从先锋村穿村而过，将先锋村的经济带动了起来。南来北往的车队在带来大量灰尘、尾气的同时，也带来了滚滚的商机。国道沿线的饭店、宾馆、修车店、超市一家比一家规模大，生意一家比一家红火，大笔大笔现金流入了村民的口袋，用“一夜暴富”来形容当时的村民一点也不为过。

那时候的小白已经大学毕业，他在外面闯荡了几年后，回到了先锋村。凭着眼力和经验，小白用极低的价格买下了村口的一栋两层高的旧楼房，然后将房子从里到外装修了一遍，开了一个“白家野味饭店”。饭店以吃野味为主，主打菜是蛇肉。掌厨的是小白从外地请来的一个大师傅，熟悉各种野味的烹调，并且对蛇肉的烹制特别有研究。饭店开张后，生意异常火爆。那些在城里吃腻了的食客，一到周末就从四面八方开着汽车赶到小白的饭店。山鸡、野兔、麻雀、鹌鹑、豪猪、野狗……当然，还有各种各样的蛇，清蒸、红烧、小炒、油炸，让食客们吃得口水四溢，赞不绝口。小白那几年明显发福了，脖子上挂了一根粗重的金项链，手腕上戴着一块劳力士金表。他的脸上总是红扑扑的，堆满了压抑不住的笑。大家已经不喊他小白了，都喊他白老板或者老白。

随着吃蛇的人越来越多，蛇菜价格节节攀升，周边饭店也都相继推出了吃蛇的项目。于是，上山抓蛇的人也成倍增多。有那么一段时间，先锋村的田土荒着，家家户户的门关着，街上静悄悄的，全村的人都在山上抓蛇。若干年后，老人们回忆起当时的情景，还流露出一种惶恐的神情，说：“那真的是一场浩劫啊！漫山遍野都是抓蛇的人，连老鼠都吓得跑光了。”

白老板依然是抓蛇队伍中的佼佼者。不过，每次出门他绝不和别人同行，是地地道道的独行侠。他背着竹篓，拿着特殊的抓蛇工具（这工具是什么样子，谁也没有见过），天还没亮就悄悄上山了。等到中午大家还在山上到处找蛇的时候，他已经满载而归。没有人知道他在哪里抓的蛇，也没有人见过他是怎么抓的蛇。到了后来，别人在山上抓不到蛇了，白老板依然可以每天从山上抓回数条蛇来。有人曾偷偷地跟踪白老板上山，但跟着跟着就跟丢了。那人说，别看白老板身体那么胖，在山上却走得飞快，只见他在树与树之间来回穿插，就像蛇一样，一眨眼就不见了。那人还说，为什么别人抓不到蛇，是因为蛇都躲起来了，只有白老板去的时候，蛇才会爬出来迎接他。白老板是蛇精变的，就和电视剧《新白娘子传奇》里面的蛇精一样，到山上打一声口哨就会有蛇出来。这个传说有点神话色彩，听得大家哈哈大笑。

白老板不但会抓蛇，更做得一手好蛇菜：脆蛇冬瓜汤、番茄蛇粉汤、双菇炖南蛇、猪肉蛇饼、山蛇煲老鸡、蒜香蛇花、爆炒蛇皮，等等。但白老板很少亲自下厨，除非心情特别好，或是店里来了贵客，他才会一展手艺。传说白老板手里有一本全蛇宴的菜谱，有四十多种蛇菜的做法。平常来的客人，他最多只做其中的一道，或者两道。有一年县领导款待香港老板，下了重金，又托了好多人情，白老板才亲自下厨做了一桌全蛇宴，共有十六道菜，每道菜都和蛇有关，吃得香港老板眉飞色舞，在饭桌子上就和县里签订了好几个投资项目。当年有幸目睹那场全蛇宴的人说，那真叫一个群蛇乱舞！一桌菜用了近十条蛇，整个包厢都盈满了蛇肉的芳香，光看看、闻闻都让人垂涎三尺。说话的人边说边咂巴着嘴巴，让周围的听众都忍不住咽了一把口水。

传说后来蛇王老白离开先锋镇的时候，为了不让蛇菜的独门技艺失传，曾把镇上所有饭店老板都召集到一起，将那本记载着四十多种蛇菜制作方法的全蛇宴菜谱让大家传递观看。等所有人传递观看完毕后，就当着众人的面一把火烧掉了菜谱。

按蛇王老白的话说，这就叫命随天定，记住哪个菜的制作，也就是哪个菜选择了你，是有缘；记不住的，则是没有缘分。所以，后来镇上有的饭店老板记性好，做的蛇菜样式多，生意火爆；有的老板记性差，就记得那么一两个做法，则也够养家糊口。而食客们若想把四十种蛇菜全吃遍，那就必须从镇头吃到镇尾，要换几十个馆子，吃几十餐饭。

抓蛇的人多，被蛇咬伤的事件自然也时有发生。有一次，村头王大妈的儿子三宝，在上山抓蛇时被毒蛇咬了手腕，当时就口吐泡沫，双眼翻白。等大家把他抬到镇上的医院时，他整条胳膊已经变黑，人也失去了知觉。医生做了一番检查，两手一摊，说镇上医院设施简陋，无能无力，只能送市里医院救治，并说半小时内不接受治疗就准备后事吧。在这千钧一发时，不知道是谁通知了白老板。等他圆滚滚的身体冲进镇医院手术室的时候，三宝已经只有出的气没有进的气了。白老板来到三宝面前，将三宝从病床上扶起来，然后要旁边的人抓住三宝的双腿双手，自己则抓住三宝的胳膊一顿搓揉，接着抓住伤口就吸了起来，连着吸出十几口黑血后，白老板再从衣服内口袋里摸出一个玻璃小瓶子，将里面绿色的液体倒进三宝的嘴巴里，再倒一点敷在伤口处。不到一刻钟，三宝胳膊上的黑色慢慢退去，生命体征也恢复了平稳。王大妈和亲戚看着转危为安的三宝，一起跪在白老板面前磕头感谢，这件事也成为了蛇王老白传说的一个精彩部分。

我到先锋镇派出所上班的时候，已经是 2007 年，先锋村升级为先锋镇，住户从最开始的两百人，发展到了两万人。因为交通便利，饮食业已经成为了先锋镇的一个支柱产业，特别是蛇菜的名声远近皆知，就连先锋镇镇长、书记在外面吃饭时，都免不了给先锋镇打广告，说我们那里不需要其他产业，就是蛇王留下的菜谱就够我们吃一辈子了。

我和同事们隔些日子就要去镇上的饭店打打牙祭，那些土鸡土狗，池塘里养的草鱼，菜地里种的蔬菜，吃起来确实比城里的饭菜多了一份爽口，当然，蛇菜是必吃之物。有次我们去的是“李家土菜馆”，菜馆的招牌菜叫“龙凤斗”，说白了就是蛇炖鸡。同事特意给我介绍：“这个菜，是以前蛇王老白开店时的拿手菜，在蛇王的全蛇宴菜谱里面排名前五。那时候，这个店子叫‘白家野味饭店’，以蛇菜最为人称道。后来蛇王走了，才改名为‘李家土菜馆’，可惜你没有机会吃到蛇王亲自做的蛇菜。”

“那蛇王去哪里了呢？”我问。

“蛇王老白后来娶了一个漂亮的城里妹子，却一直没有生育孩子。据说是他杀多了蛇，报应到了下一代。于是，他把镇上的房子、店子转让出去，然后和老婆搬到省城发展去了。听说他赚了大钱，开的是和蛇有关的保健品连锁店。”另一个同事说道。

故事的结尾很圆满，我想象在气派的连锁店里，白老板戴着眼镜坐在柜台后面看书喝茶，柜台里站着美丽的老板娘，这一切都很温馨、很祥和。

时间一晃就到了 2012 年年底。有一天早上我接到报警电话，说村后的山坳上抓到了一个偷电缆线的小偷。放下电话，我立刻和刘所长开着警车，赶往事发地点。

小偷是一个五十多岁的老头，穿得脏兮兮的，被村民围着蹲在空地上。他的身边放着一个麻袋和一把长铁钳。老头脸上青一块紫一块的，看来没少挨村民的揍。

等我们将老头带回派出所里，他哭着申起冤来。他说他是本村人，姓白，就住在村后的小溪边，平日里以捡垃圾为生。今天上山他本想抓点野味，正好看见电线杆倒了，旁边又长满了杂草，就想这么久都没有人来收拾，应该是没有人要的。于是他就把电缆线从杆子上扒下来，想拿到镇上的废品收购站换点钱。可没想到刚把电缆线弄下来，那几个村民就出现了，不由分说就是一顿暴打，然后向他要五千块钱私了，他拿不出来，于是村民报了警。

“你这么大年纪了，上山能抓什么野味，你骗谁啊？”我打断他的话。

“我看看有没有蛇抓。”

“你也会抓蛇？”我不禁仔细打量了他一眼。

“会抓会抓，我年轻时就抓过。”老头连连点头。

“白冲喜是你什么人？”站在一旁的刘所长问。

“就是我、就是我，我就是冲喜啊，大家叫我老白。”老头像遇见了救星，猛地从凳子上弹起来，抓住了刘所长的手连连摇动。

“熟人？”我诧异地问刘所长。

“他就是蛇王老白啊！”

“白冲喜？老白？”我差不多惊呼起来。这个身材矮小单瘦，说话唯唯诺诺，没有一丝阳刚之气的老头，和我想象中的蛇王形象相差太远了，我心中有太多的疑惑，一下子却不知从何问起。

老白在派出所待了整整一天，他说了很多话。他离开的时候，已经傍晚了。老白是提着他的麻袋走的，另一只手拿着铁钳。他的身材很瘦小，影子在夕阳下却被拖得很长。

老白因为没有生育能力，老婆和他离了婚，他染上了毒瘾，家业被他吸光了，省城待不下去，只好回了老家。他不好意思和过去的邻居打交道，便在村后溪边的一座破茅屋里过日子，平日里以捡破烂为生，也偶尔上山抓一两条蛇去城里卖了换钱用。那些关于他的传说，都只是一种噱头，最初是为了让他的饭店招揽顾客，后来则是为了让先锋镇的饮食业长盛不衰。

老白的话哪些是真，哪些是假，我无法辨别。他抓蛇真有那么神吗？他做的蛇菜真有那么好吃吗？他真有那么一本神奇的全蛇宴菜谱吗？他是否去过省城，又是否开过连锁店呢……这一切都是谜。只有关于蛇王老白的传奇故事，还在先锋镇一年一年地疯长着，人们还在不断地添油加醋进行神化，吸引来一批又一批的食客光临。

但我知道，我心中的蛇王已经不在了。

傻子阿一

阿一是个傻子。

傻子阿一待在先锋镇已经有些日子了。

阿一不在先锋镇出生，在镇上也没有亲人，他就像风吹来的一样，不知道是哪一天，镇上的晒谷坪里就多了一个睡在草垛上的外乡人。没有人认识他，也没有人知道他从哪里来。阿一自然不是他的本名，大家问他话时，他“啊啊咿咿”地怎么也表达不清楚，大家便干脆喊他“阿一”。

第一次看见阿一是我刚到先锋派出所上班的时候，汽车顺着马路开进先锋镇，刘所长指着路边歪站着的那个人说：“那个傻子叫阿一，是镇上的一个麻烦人物，以后你会常和他打交道。”

我又不是傻子，怎么会经常和傻子打交道。我当时只把这句话当成一个玩笑。

可没想到一上班，刘所长的玩笑就成真了。阿一就像一个烫手的山芋，给我带来了无尽的麻烦。在先锋镇上，他一个人一个月引起的报警数，就占了派出所月报警总量的一半以上，少的时候一天一个，多的时候一天两三个。报警的内容则是五花八门，如阿一拿石头砸坏了邻居家的窗玻璃；阿一坐在饭店门口不走影响了生意；阿一穿走了别人晒在外面的衣服；阿一把镇上的树苗摇断了，等等，都是鸡毛蒜皮的小事。但因为摊上阿一这个说不清道理的主儿，大家都会第一时间拨打“110”电话报警，而作为管区民警的我，只得一趟又一趟地开着警车赶往事发地点。

出警的次数多了，阿一从最开始的惶恐、害怕，逐渐变成了漠然、淡定，甚至后来变成了欢欣雀跃。他向呼啸而来的警车挥手致意，甚至在我下车后，还会一脸傻笑地迎上来，并试图张开双臂，用他那不知道多久没有洗过的沾满鼻涕和口水的衣袖来拥抱我。

而我能怎么处理呢？登记报警人信息，听他们诉说事情发生经过，接受他们的埋怨，安抚他们的情绪，最后将阿一带上警车，送他回余伯的家里。人人都知道阿一是傻子，谁能和一个傻子较真。他们报警只是希望我能赶紧将阿一从他们那里带走，至于带到哪里去、怎么处理，没有人关心这些。

听派出所的老民警说，阿一刚到先锋镇的时候，他们曾开着警车将阿一送往县城的救助站，可没想到，半个月后，阿一又重新跑回了先锋镇。没有人知道他是怎么走回来的，他的衣服很脏，被树枝剐得稀烂，裤脚和鞋上全是泥，两只手黑乎乎的，像猫爪子一样。先锋镇距离县城有五十公里的路程，开车都要半个多小时，走路的话要半天工夫。像阿一这样的傻子，不会问路，也看不懂路牌，走回先锋镇不知要吃多少苦头。

镇上有好心人，拉着阿一到水龙头下洗了脸，有人找来了旧衣服、鞋子给他换上，还有人拿来了热腾腾的包子给他填肚子。大家把阿一放在派出所歇了一晚，第二天民警又再次将他送往救助站。可谁也想不到，一个月后，阿一又奇迹般地出现在先锋镇上。他一身脏兮兮的，看见警察来了吓得浑身颤抖，抱着路边的大树，谁碰他他就咬谁。正巧那天余伯从路边经过，说来也奇怪，他走过去，拍拍阿一的脑袋，阿一竟然出奇地温顺下来。

那次之后，阿一便开始跟着余伯生活了。余伯早年死了老婆，两个儿子都在外地打工，一年都难得回来一次，家里只有他和一条老黄狗做伴，日子过得很寂寞。我们派出所和镇上的干部一起去他家做他的思想工作，于是余伯同意帮忙看管阿一，唯一的条件是给阿一弄一个户口。在派出所、镇政府和村委会三方的努力下，特事特办，不到一个月就把户口弄妥了。阿一更名为“余阿一”，为了补偿余伯的伙食，每个月村上还发给他五十元的补助。

虽然阿一是个傻子，但身体没有什么别的毛病。他跟着余伯生活后，一日三餐有了着落，身体渐渐壮实起来。天气好的时候，他跟着余伯，还有家里的老黄狗，在镇上四处溜达。镇上人都可以看出，余伯很喜欢这个干儿子，他们总是形影不离地在一起，种菜的时候，赶集的时候，或者是坐在晒谷坪里晒太阳的时候。

余伯年龄大了，背有点驼，步子走得很慢。阿一小脑协调有问题，走路时身体一摇一摆的，跟在余伯后面一步的距离，最后面则是那只老黄狗，欢快地在两人之间穿来穿去。夕阳下，这幅场景很温馨，也很感人。

因为有了阿一，余伯的日子也比以前有意思多了，他没事就喜欢和阿一聊聊天：“今天累不？”

阿一摆摆头回答：“啊！”

“中午吃饭吃饱了没？”

“啊！”

“电视好看不？”

“啊！”

阿一的智力永远停留在六七岁的样子，这也使他永远保持着孩子的天真。

我来先锋镇的时候，余伯的身体已经大不如以前了，大多数的时候他坐在躺椅上，在门前的水泥坪里晒太阳。老黄狗趴在他的脚边打盹，阿一则蹲在路边玩小石子。余伯今年快六十岁了，晒着晒着，他就睡着了。没有人管的阿一，便在镇上四处玩耍，然后引发无数的小事端。

阿一有那么一段时间很喜欢扔石头，特别是往马路上扔。也不知道这些南来北往的汽车是怎么惹到了他，只要看见有汽车驶过，阿一就激动得“啊啊”乱叫。扔石头砸汽车可比在镇上砸猫、砸狗、砸窗户玻璃危险多了。试想一辆汽车以每小时一百公里的速度从公路上驶过，哪怕只是一个微小的石头打中汽车的前风挡玻璃，碰撞的威力都不亚于一颗出膛的子弹。让人又可气又可笑的是，阿一经常举着石头站在路边，摆出一个准备投掷或者虚假投掷的姿势，这个姿势比他把石头投出来更吓人，谁也不知道他手里的石头何时飞出来或者飞向哪里，吓得过往的司机减速、鸣笛、叫骂、打“110”报警，乱成一锅粥。而镇上的居民则在边上笑得前仰后合，阿一在他们眼里全然是一个超级笑料，让他们每天开心不已。而看着我们处警将阿一带回家，则是他们另一个笑话。

到了后来，也不知道是镇上谁教给阿一的馊主意，阿一成天拿着一个饭盆在马路边上晃悠。当他看见汽车过来，就一歪一歪地挪到马路中间，挡在车前，右手举着拳头拍打汽车，左手伸出饭盆做索钱状，不给钱就不让路。他那歪着的大脑袋、呆滞的双眼、流着口水的嘴巴，加上嘴巴里“咿咿啊啊”地叫唤，让来往的司机又气又笑。但谁能和一个傻子较真呢？万一汽车被傻子拍出印子或者弄花油漆，那可就太不划算了。所以大多数的司机都会从车里丢个几角钱、几元钱出来，权当交过路费。阿一也不在乎钱数的多少，只要你给他钱，他就马上让路。天气好的时候，阿一在马路上站一天，也能收到个三四十元钱。等到天擦黑了，阿一便用这些钱在路口的超市换一些零食，然后边吃边一摇一摆地走回家去。

阿一的问题已经不是简单的扔石头，或者拦路要钱的问题，他已经成为了我们辖区里的一个安全隐患。阿一天天站的这条马路，是市里连接下面几个县的唯一一条重要马路，每天在这条马路上往返的汽车有上万台。近几年，镇上的经济水平不断提高，大家抱着“靠山吃山、靠路吃路”的方针，在马路两边建满了高高低低的宅院，然后或出租或改建，变成饭店、宾馆、修车店、超市，等等。有的楼房离马路不过一两米，远的楼房也不过五六米，它们从两边不断地向马路中间挤压，把马路挤压成细细的一条线。现在再加上阿一时不时地在马路周边丢丢石头，拦车要钱，弄得本来就拥挤不堪的马路更加隐患重重。每年发生在这条公路上的交通事故，少则十几起，多则几十起。先锋镇已经成了交通事故的高发地带，让司机们闻风色变。

但镇上的居民不这样看，他们乐此不疲地享受着马路带给他们的一切。先锋镇因为马路的通达，路边的饭店、宾馆、修车店、超市很火，南来北往昼夜穿梭的车辆带来了无数的商机。靠路吃路的居民房子越建越高，装修越装越豪华。有交通事故的日子，更是镇上居民的节日。遇见外地汽车撞了路边的大树、轧了镇上人家养的猫狗，撞了房子或者院墙，镇上的居民会自发地成群结队地从镇上各个角落钻出来，扣住肇事车辆，围住肇事司机，不谈到一个满意的赔偿价格不会让对方离开现场。如果肇事方稍有不良言语更会引发村民的群起而攻之，这些因交通事故引发的流血纠纷每年都有好几起，让我们派出所在处理的时候很是头疼。而更加诡异的事情是，几乎每一场车祸的现场我都可以看见阿一的存在，他蹲在撞坏的车前发呆，他绕着救护车打转，或者他站在不远处看着肇事汽车傻笑。我不敢说每一次车祸都是因为他而引起的，但是那个阴影一直留在我的心里。我曾和刘所长说起这个事情，被他劈头盖脑一顿训斥。

“你别吃饱了饭没事瞎联想，外面出了车祸，谁都爱凑热闹，傻子也一样。”

为了处理阿一的事情，我没少花力气。我将关于阿一的事情写了一篇五千多字的情况说明，内容涵盖阿一的身体精神状况，近一年来由他引发的各类纠纷数据，带来的安全交通隐患，以及建议如何处理的对策，等等。这份材料层层上报，从派出所到镇政府、县政府，又传递给民政局、社保局、交通局等相关部门。三个多月后，上面给我的答复是：还在研究。

阿一拦路要钱引发交通隐患的事情，终于还是引起了上级的注意。据说是某领导视察的车队从我们先锋镇路过时，被阿一拦住了，差点还出了交通事故，坐车的领导很生气。三天后，我写的那份洋洋洒洒五千字的情况说明，带着各级领导的批示绕了一大圈后，又回到了派出所刘所长的办公桌上，不同的只是上面写满了各级领导的指示，盖上了各种公章。

一个派出所能有什么解决的办法？如果有解决的办法就不必写情况说明了。于是，我仍然忙碌在由阿一引发的琐事的处警路上，继续重复着安慰司机朋友也是安慰自己的话：“他是个傻子，你别计较。我们会将你的问题反馈给上级部门，领导正在研究，这个问题很快就会解决……”在我的内心深处，甚至有一种不祥之兆：阿一总有一天会被汽车撞死，就好像镇上那些被撞死的猫、狗一样。每天马路上这么多车，假如遇见一个醉酒或者冒失的司机……这只是一个时间问题。

阿一真的出事了，来得很突然。头一天，我还在调解他和邻居家孩子打架的事情，第二天一早，就听说他被车给撞了。那是一辆外地牌照的大货车，司机是个年轻小伙子。他说早上开车的时候，一只黄狗突然从路边蹿到马路上，他下意识地打方向盘躲闪，没有想到路边还有一个人，货车刹车不及，直接把人给撞飞了。交警来看了现场，阿一当场死亡，货车司机因为超速、超载、疲劳驾驶，负全部责任。

我们也赶到了现场，拉起了警戒线。殡仪馆的车运走了阿一，保险公司的工作人员和交警在勘测现场，货车的老板在指挥工人转移货物，修理厂的拖车拖走了肇事车，一切都在有条不紊地进行。不到一个小时，公路就恢复通车了。保险员走了，交警走了，现场只剩下了一摊殷红的血迹，和闻讯而来的余伯。看着余伯呆呆的样子，我们怕他受不了刺激，坚持将他送回了家。

因为事故责任划分明确，双方又没有附加条件，保险公司的赔偿金很快就到位了，二十万元打到了余伯的账户上。这个消息在镇上一下传开了，大家都惊呼余伯发财了！有人懊悔不已，说当初自己瞎了眼，怎么没有把阿一养在自己的身边。更多的人则是嚷着要余伯为阿一做丧事，大伙可以蹭一顿免费的大餐。

一直对余伯不闻不问的两个儿子在外地听到消息，也赶了回来，他们帮着处理阿一的后事，接待亲戚朋友。虽然是丧事，气氛却很欢腾，余伯的两个儿子，还有来吃酒的远亲近邻，每个人都吃得红光满面。这不像一场丧酒，而更像是一场喜酒，二十万元就像是一支兴奋剂，让所有人都疯狂了。大家纷纷向余伯的两个儿子表示恭喜和羡慕。连村长都吐着酒气，拍着余伯的肩膀说："余老头，你儿子阿一上户口，我可是帮了不少忙的，这次村委会建房子，怎么说也要赞助一点……"

余伯冷冷地看着这一切，他什么也没有表示，早早地回屋里休息去了。

阿一走后的第三天，两个儿子敲开了余伯的房门，他们向父亲摊牌，要平分那二十万元。余伯让他们打电话喊来了村长、村书记，还有我——先锋镇的管区民警，然后带着我们一起来到了后山阿一的墓前。

“你们也来看看你们的弟弟吧，还有他留给你们的东西。”

余伯缓缓地说完，然后从怀里掏出一个布包来。我想那一定是那个存着二十万元的存折，余伯希望我们见证分钱的过程，做一个证明人。我看见村长、村书记大张着嘴巴一动不动，我看见余伯两个儿子的眼睛直勾勾地带着渴望。

打开布包，里面果然是一个红色的小本，但却不是存折。

余伯将本子递给我，示意我读出来，我接过红本，念道：“捐助荣誉证书。先锋镇余为民同志向希望工程捐款二十万元，为表彰其支持公益事业的善举，特颁此证。希望工程特许项目管理中心。”

“什么？”余伯的两个儿子同时惊叫起来，他们从我手上抢过荣誉证书，仔细地看着，那眼神凶狠异常。而村长和村书记的眼里，全是失望。

“村长、书记、叶警官都在，你们可以作证，阿一的钱我已经全部捐献给希望工程，这本证书你们如果想要，可以一人一半。”余伯缓缓地对两个儿子说。

谁也没有料到是这个结局。

下山的路，大家都走得很慢，每个人都有自己的心事，唯有老黄狗围着我们跑前跑后。

我今天才知道余伯的全名叫余为民，我觉得这个名字挺好记的。

雄鱼脑壳

“雄鱼脑壳”不是一道菜名，而是我们镇上一个“流子”的外号。“流”这个词语，在《辞海》中，有这样几种解释，与“流子”一语相关：其一，是“水行动”之状，如“川流不息”；其二，“往来无定或流运不停”；其三，“向坏的方向变，如流为盗匪；流于形式”；其四，“古代五刑之一，把罪人放逐到远方，俗称充军”。“流子”基本上具有这些特征，只是他们还不是被放逐到远方的罪人，但湖南人认为“流子”在某种意义上来说，与被流放的罪人相差无几。他们是没有正经职业、居无定所、到处流浪、好吃懒做、不守法纪、寻衅闹事一类人的统称。而“雄鱼脑壳”就是我们镇上“流子”中的典范，从十几岁“打流”到现在，转眼就是几十年光阴。

“雄鱼脑壳”的真名我一时半会想不起来了，只知道姓王，至于叫王德志、王大富，或者是王贵生，那都没有太多的意义，因为小镇上的居民只认得“雄鱼脑壳”这个称呼，你说他的真名，反而没有几个人知道。“雄鱼脑壳”这个外号是什么时候发明出来的，这个也无从考证了，我只知道这和他本人的长相有很大的关系，更具体来说，主要是他脑壳的形状。他的脑壳整体自上而下呈圆锥型，上头小，下面大。到脖子那地方，一圈肉突兀地鼓出来，模糊了下巴和脖子的分界线。再加上他脸上的皮肤黑乎乎的，双眼往外凸出，说话时口水四溅，“雄鱼脑壳”这个外号放在他身上，真是贴切又形象，让人不得不佩服广大劳动人民那种无穷无尽的想象能力。

“雄鱼脑壳”在我来派出所上班之前就已经是镇上的名人了，一提起这个外号，镇上居民眼神里都会流露出太多的复杂神情，欲言又止。直到我上班时间久了，和他们熟谙了，他们才零散地、小心地和我说起一些关于“雄鱼脑壳”的事情，那也是断断续续、谨小慎微的。

我第一次对“雄鱼脑壳”这个名字有印象，是和以前的同事办手续交接的时候，他特意地把一份厚厚的档案放到我面前，要我对此人重点注意。翻开档案第一页，“雄鱼脑壳”四个字跃入眼帘，字体是四号黑体，让人记忆尤为深刻。在个人资料的旁边，附着一张他在监狱里服刑时照的大头照，光头，穿囚衣，双眼凸突，脑壳成三角形。再往下，是他的违法犯罪记录，密密麻麻地写满了一页纸，赌博、盗窃、寻衅滋事、殴打他人、敲诈勒索、吸毒……我掐指算算，今年五十多岁，他几乎人生的一多半时间都是穿梭在拘留所、看守所和戒毒所之间，进进出出的日子基本没有间断过。

接下来的工作中，我听到的关于“雄鱼脑壳”的故事就更多了，好像只要牵涉到他，镇上的每个人都有一肚子的话讲。“雄鱼脑壳”刚生下来，母亲就跟人跑了，靠父亲把他拉扯大。他父亲好赌好酒，脾气暴躁，常拿“雄鱼脑壳”出气。“雄鱼脑壳”十六岁那年他父亲醉酒后打他，被“雄鱼脑壳”

从三楼推下去摔死了，镇上人都觉得这孩子不吉利，谁也不愿意收养他，他被寄养在村里的养老院里长大。没有人管，书自然也不肯读了。“雄鱼脑壳”成天跟着村里的一些坏孩子到处闲游乱窜。开始是偷只鸡，偷包烟，后来发展成入室盗窃，被派出所抓住后，批评教育过多次，也写过检讨，也拘留过，但他依然我行我素。等年龄再大点，“雄鱼脑壳”开始四处打架，整个镇子和邻近周边，都变成了他的战场，他带领本村的孩子和邻村的争地盘、争女朋友、争面子。也许是“雄鱼脑壳”从小被他父亲揍惯了，所以每次打架他都格外拼命，好像要一次性地发泄被他父亲揍时积压的怒火。终于在一次混战中，“雄鱼脑壳”用刀把对方砍成重伤，被判刑四年，那时他才二十岁。

四年后“雄鱼脑壳”从监狱里被放出来，回到了镇上。他仍然没有一点改变的迹象，成天想着歪门邪道怎么样弄钱。他召集以前的旧部，在镇上开地下赌场，放高利贷，雇打手帮人收账。逢年过节还带着一帮兄弟去镇上店铺、厂子里送印在纸上的“平安符”，说是可以保平安，收到“平安符”的店子必须拿出一些钱来进行答谢。给了钱的店铺不一定会平安，但如果没给钱，或者给少了钱，那店铺往后的日子就难过了，不是被人在晚上扔石头砸了玻璃，就是隔三岔五地丢东西，或者孩子出门玩被人家莫名其妙地揍一顿，再或者就是自己家的狗突然被毒死了。事情不大，但让人堵心，就好像被一只浑身长疮的癞皮狗跟着似的，处处让你恶心。所以，一到节日，镇上做生意的人家就人心惶惶的，不知道哪天“雄鱼脑壳”就出现在自家门口了。但这种事，派出所也不好处理，一是事情太小，一块玻璃、一个塑料手表，或者一包香烟，价值不会超过二十元，小孩子被推一把摔一跤，全都是芝麻小事，想立个治安案件都立不上；二是报案的人少，就算警察找上门，也很少有人愿意作证，与其为这么点事得罪“雄鱼脑壳”，还不如花几百元钱买个家小平安，对“雄鱼脑壳”采取避而远之的态度，惹不起，躲得起。常在河边走，哪有不湿鞋的，不久，“雄鱼脑壳”就因为敲诈勒索罪被关了进去。听说这次他敲诈了一个很有身份的外地商人，对方一封信把他告到了省里，现在到处都在发展经济建设，“雄鱼脑壳”撞到了枪口上，被作为典型抓了进去，只轻轻一审，他就冒出了一身的问题，随便弄几条就足够关好几年的，于是“雄鱼脑壳”又进了监狱。

等到“雄鱼脑壳”再被放出来，已经是90年代末期了。“雄鱼脑壳”这次遇见了高人指点，他利用自己的威慑力，在镇上半胁迫半威逼地四处筹得原始资金后，在城里注册了一家建设公司，摇身一变成为商人，开始四处承包修路、盖楼房等基建工程，并垄断临近乡镇的沙石业务。他通过非正常手段把一些竞争对手清除出去，让自己的业务不断扩展开来。不到两年的时间，就垄断了邻近七个乡镇的所有基建工程和沙石运输业务。“雄鱼脑壳”的钱包鼓了起来，他买了小车，盖了新楼，娶了老婆，生了儿子，连外号也被人改成了“雄哥”。“雄鱼脑壳”开始穿梭于高档娱乐场所，和他爸一样，开始迷恋上了喝酒和赌博。打牌时，一晚上随便上十万元的输赢；喝醉了，什么事都敢胡乱答应。有人瞄上了“雄鱼脑壳”的家产，在他喝醉后，诱使他吸上了毒品。一回两回，“雄鱼脑壳”就上了瘾。不到半年时间，他的百万家业就被他给吸光了。“雄鱼脑壳”只得到处借钱，公司垮了，车子、房子也当了，老婆和他闹离婚，带着孩子回了娘家，他的那些徒子徒孙也作鸟兽散。众叛亲离的“雄鱼脑壳”在被债主追得走投无路的情况下，只好把自己送进了戒毒所。

等我分配到派出所工作时，时间已经到了2007年。“雄鱼脑壳”正在劳教所接受一年半时间的劳动改造。而我第一次真实地看见这个先锋镇的传奇人物“雄鱼脑壳”本人时，那已经是我上班后的第二年了。

那天“雄鱼脑壳”到所里来报到，这离他刚从劳教所出来不到一个星期。等我走到办公室的时候，“雄鱼脑壳”已经背对着门，坐在椅子上等待好一段时间了。我边走进门边问：“是‘雄鱼脑壳’啵？”“雄鱼脑壳”听见声音，迅速地回答：“是。”同时站起来，转身面向我，挺直背，然后再弯腰给我鞠了一躬，恭谦地说：“领导好。”接着又从深蓝色的尼龙裤口袋里掏出一包五元钱的“白沙”香烟，摸出一根，双手给我递了过来。他这套动作做得又自然又规范，应该是在监狱里长久形成的习惯。我摆摆手，挡了香烟，说道：“坐吧。”“雄鱼脑壳”这才小小心心地坐到椅子上去。

我仔细地打量着眼前这个男人，圆锥脑壳，平头，往外凸的鱼泡眼，是“雄鱼脑壳”标志性的特征。他个子不高，身材偏瘦，也许是后来吸毒的关系，比档案里的照片瘦了一圈。他皮肤很黑，眼角处布满了皱纹，给人的感觉一点也不“雄”，而是一个很萎靡的乡下老头。他话不多，声音沙哑，但给人一种很沧桑的感觉，是那种阅历丰富的过来人所拥有的，也可以看作是一种见惯了风浪后的平静。我按程序对他的近况进行询问，做记录，然后告诫他回来后要遵纪守法，不能再做任何违法的事情。他一一点头答应，脸上带着很不好意思的笑容。末了，他走出门，又飞快地折回来，把那半包“白沙”烟丢在我的桌上，然后不等我说话，打飞脚地跑了。望着他离开的背影，我真的很难把他同我记忆中那个打架玩命、一晚上打牌输十几万元的“雄鱼脑壳”联系在一起。

日子很平淡地流逝着，“雄鱼脑壳”一晃就回来半年多了。这半年里，他在自家房子门口开了个摩托车维修店，靠修摩托车养家糊口。他离婚后，一直一个人过，这次回来，从外面领回来一个流浪儿，并给这孩子取了个外号叫“鱼嫩子”，和他的外号相匹配。“鱼嫩子”在湖南口语中就是小鱼的意思。“鱼嫩子”有点呆呆的，反应有点迟钝，但一点也不影响“雄鱼脑壳”喜欢他。很多次我去“雄鱼脑壳”的修理店，都可以看见这一老一少在乐呵呵地嬉笑，是那种很开怀、很没心没肺的快乐。我看过“雄鱼脑壳”的档案，如果不是离婚，他的亲生儿子也有这么大了。也许是他人老了，就希望找到一种精神的寄托吧。为了给孩子上户口，“雄鱼脑壳”没少往所里跑。我知道他的情况，也处处明里暗里帮他，终于给孩子上了户口，又落到了他的名下。“雄鱼脑壳”对我尤为感激，在日常社区工作中便处处帮我的忙。先是隔三岔五地就会来派出所给我提供点小线索，比如谁家小子最近又偷东西了；哪两家人闹矛盾，不趁早调解就会出大事……后来又帮我下村去张贴“便民告示”，发放宣传办理二代身份证的小传单。有“雄鱼脑壳”的帮忙，我的社区工作轻松了很多，还为所里破了不少案子。

没车修理的时候，“雄鱼脑壳”喜欢在镇上到处乱窜，他很努力地去和邻居们改善关系，遇上别人家红白喜事他都要去打个下手。开始的时候，镇上的居民对“雄鱼脑壳”还是有忌讳的，不想和他多搭话，不会主动请他喝酒，但“雄鱼脑壳”常常不请自来，来了也不说什么话，送一个装着礼金的红纸“包封”，然后就帮主人家忙这忙那。到吃饭的时候见没有人留他，又一个人静静地走了。次数多了，镇上的人多少都有点感动，再有红白喜事的时候，就会主动喊“雄鱼脑壳”来帮忙，忙完后请他入席，饭后告别时，还要给他包点食物带给“鱼嫩子”。

“雄鱼脑壳”脸红润起来了，心情也好了，他恢复了喝酒的习惯，每次在别人家忙完了，都要美美地和主人家喝上一顿，然后踏着月光，迈着酒步，带着美食回家给儿子吃。他曾不止一次地对我说："叶警官，我真的满足了，我只希望在活着的时候，多补偿一些我亏欠的邻居们，死后也落个心安。"

镇上的人大多已经原谅了"雄鱼脑壳"年轻时候做的错事，大家都改口叫他"老鱼头"，言语间多了不少亲切的成分。我很为"雄鱼脑壳"的改变感到欣慰，我把他以前的那些事情整理了一下，想写一篇关于他的正面报道，然后找家报纸刊登。

但没想到文章还没有写完，"雄鱼脑壳"就出事了：在一个平静的周末夜晚，一伙外地来的盗窃犯撬开了镇上先锋车行的大门，把里面的五台新摩托车洗劫一空，而那一幕正好被喝酒归来的"雄鱼脑壳"撞见了。当时的情形我们已经无从得知了，只知道"雄鱼脑壳"身中四刀，然后在拦车过程中，被车从身上轧了过去，当场死亡了。"鱼嫩子"等到半夜也不见父亲回来，出门去寻找的时候，才发现父亲死了。我们根据现场留下的搏斗痕迹和撞车时留下的车子碎片，只用了二十四个小时就破获了这起盗窃杀人案。据被抓的人交代，那天晚上他们四个人开着一辆四轮小货车到达先锋车行，正把偷出来的摩托车往汽车上搬时，就遇见一个喝醉酒的老头晃晃悠悠地沿着马路走过来。他们刚警告老头不要多管闲事，老头却跳起来问他们知不知道他是谁，要他们立刻滚出镇子。他们以为老头开玩笑，没有理他。哪知道老头扑过来就和他们打到一起，在打斗中有个同伙抽出刀子，把老头捅倒了。他们害怕出人命，赶紧开车逃走。哪知道老头突然爬起来，疯了似的挡在车前面，大喊大叫不让他们离开。当时开车的人一踩油门就撞了过去，谁也没有想到把老头给轧死了。

"雄鱼脑壳"在镇上除了一个养子，就没有其他亲人了，虽然他以前犯过不少错，但毕竟在生命最后的时刻，他在尽心地进行忏悔，我不想让追悼会过于冷清和尴尬。通过档案，我查到了“雄鱼脑壳”前妻的联系方式，并告诉了她“雄鱼脑壳”的死因，还是希望她带着儿子，作为唯一的亲人来出席追悼会。

“雄鱼脑壳”的追悼会是在他死后的第三天，在镇上的大剧院里举行的。我请示了所领导，以派出所的名义，在灵堂里摆上了第一个花圈。紧接着，花圈越来越多。正式开会时，几乎镇上所有的人都来了。追悼会开得很隆重，老镇长对“雄鱼脑壳”这一辈子的评价很中肯，说了一些他的过去，更多的是肯定了他后来的转变，以及生命最后时刻的英勇行为。灵堂里不少人都哭了，“鱼嫩子”是哭得最凶的一个。

追悼会上，“雄鱼脑壳”的前妻和儿子也来了。那是一个干练的女人，一身青黑的装扮。她牵着儿子给父亲磕完头，然后同老镇长商量善后事宜。她听说了“雄鱼脑壳”的事情，并为他的转变感到欣慰。她说她不能看着没人带养的“鱼嫩子”再走“雄鱼脑壳”年轻时的老路，决心把“鱼嫩子”带到城里去当亲生儿子抚养。她在城里开了个小商店，完全有能力养活两个孩子。至于追悼会别人送来的钱，她表示一文不要，都用来办理“雄鱼脑壳”的丧事，多余的钱就捐给镇上的希望小学。

“雄鱼脑壳”的一生，最终在先锋镇画上了一个圆满的句号。

翻开“雄鱼脑壳”的档案，在最后一页的考察表上，我认真地写下一段话：王德志，外号“雄鱼脑壳”，又叫“老鱼头”，2008 年劳动教养结束后，回家在镇上开了一家摩托车维修店，表现良好，收入中等。平日里有悔改表现，邻里关系和睦。× 年 × 月 × 日凌晨，在先锋镇先锋车行门口与盗窃团伙的搏斗中，被刺身亡，属于见义勇为，时年五十四岁。我在这段文字的后面，贴上了我写的关于“雄鱼脑壳”见义勇为、英勇牺牲的一则新闻报道的剪样。然后，我郑重地合上档案夹，把封口小心地封好，放进了档案室柜子的最上一格。

“肥龙”与“瘦虎”

“肥龙”和“瘦虎”分别是两个人的外号，“肥龙”全名叫陈耀龙，“瘦虎”全名叫王大虎。

听同事们说，自从东乡交警中队成立，“肥龙”“瘦虎”就在这里工作，等我大学毕业分配到东乡先锋派出所时，他俩已是交警中队元老级的人物，那些南来北往的车主，国道上两边的住户，没有人不知道他们的大名。都说“铁打的营盘流水的兵”，整个中队十多个人，队长、副队长、民警换了好几拨，就连食堂做饭的师傅也换了好几个，但“肥龙”“瘦虎”两个人却像扎了根似的，动也不动一下。一眨眼，就过去了十余年的光阴。

派出所和交警中队隔得不远，同一条街，斜对面，出门时大家经常打照面。两家本是同行，又经常搞些联合执法行动，日子一长，我便和“肥龙”“瘦虎”熟识起来，这才知道，他俩并不是交警中队的正式在编民警。他们虽然平时上班也穿着警服，戴着警帽，也出警去看交通事故现场，但只是和交警中队签了合同，不过是合同工而已。合同是一年一签，对外叫交通协管员。在别人眼里风风光光，在队里却有点低人一等。毕竟不是固定的国家公务员，说不定哪天政策一变，或者领导不满意了，不再续签合同，那不管多大岁数，也只能拍屁股走人。

“肥龙”“瘦虎”在交警中队待的时间长，对东乡方方面面的情况比其他同事都要熟悉，所以很多时候，队里民警出门处理事情或者看现场，都会带上他俩，因此他俩工作的时间要比其他人多出不少，特别是值夜班的次数。晚上出警处理交通事故是又累又危险的差使，大多数同志都不太乐意干，年龄大点的民警，或者队里的领导，都会把值夜班的任务交给“肥龙”“瘦虎”。

当然，还有一个重要的原因，就是“肥龙”“瘦虎”都是本地人，从太爷爷那辈就扎根在先锋镇先锋村，几代人繁衍下来，已经形成了一个庞大的家族。这里居民的家族观念比较重，村和村，组和组，都沾亲带故的，外人要想插进去处理事情，很多时候难以奏效。让“肥龙”“瘦虎”这样的本地人出去办事，比别人无形中多出很多便利。两人中“肥龙”年龄稍长点，是大哥，“瘦虎”便是老弟。他俩还带点绕着弯的亲缘关系，自然比其他人显得亲密。

算起来，“肥龙”“瘦虎”也都是三十好几的人了，却没有成家，一天三餐在中队食堂吃大锅饭，晚上则睡在中队的值班室里，一边守候出警电话，一边吹空调、看电视。无事的时候，他们则会跑到我们派出所来，和我们摆龙门阵。交警队到了晚上除了他俩，就剩下狗和耗子，自然无趣。我们派出所地方大，人多，大家又都是夜猫子，而且岁数相差不远，聊起来没有阻隔，等天南海北地聊累了，然后再各自回去睡觉。

私下里我和“肥龙”“瘦虎”关系不错，一是我家在外地，和他俩打交道的机会多，一个星期我最少有五天待在所里，要是遇上周末值班，就连着两个星期不能回去，属于派出所的常住人口；二是我性格和他俩合得来，嘴巴也严实，不管听到什么话，从我耳朵里进去，就绝对不会再从嘴巴里冒出来，是倾听"牢骚话"的好听众。所以他俩在不值班的时候，便常常把我从派出所叫出来，然后三人一起去镇上吃夜宵、喝啤酒。"肥龙""瘦虎"都有酒后吐真言的习惯，一喝高，就爱乱说事。"肥龙"多次说到他的工作，干了十余年了，没有功劳也有苦劳，但还是个临时工，这是他最大的心病。我也不好怎么劝慰他，毕竟我一点忙都帮不上，只能一杯又一杯地陪他和"瘦虎"喝酒。

东乡交警中队人不多，加上"肥龙""瘦虎"也才十一个人，却管辖着东乡的十五个乡镇，将近三十万人口。而且东乡是连接外市、外县的咽喉要地，一条省级公路从这里穿过，承担着几乎所有东去西来车辆的过路任务。忙起来的时候，交警队的值班民警一天来回跑一百多公里，看七八起交通事故的现场，累得回到队里，一躺上床就能打出呼噜来。

大家老是喜欢喊他俩叫"肥龙""瘦虎"，我私下里觉得并不礼貌，不过我不好逆潮流，便也跟着大家一起喊。"肥龙"身高刚到一米六五，体重却有近两百斤；当他和身高一米八五，体重才一百三十斤的"瘦虎"站在一起时，"肥龙""瘦虎"的外号才名副其实。也不知道是队上领导的安排，还是他们自己的建议，他俩总是被安排在同一天值班。平日里执勤、出警、看现场，他俩都是同进同出，就像是人和影子一样。很多次我出门办事，看见他俩穿着制服，一高一矮，表情严肃地站在马路上疏导交通、勘测现场时，都会忍不住笑出声来。我觉得他俩要是在舞台上说相声，那真是绝配。

"肥龙"的外形很有特点，脑壳大，身体圆，站在人面前，就像一堵墙一样厚实。他皮肤是那种健康的古铜色，肩膀上和胸上的肌肉很结实，一块一块的，硬邦邦地绷在身上，拳头打下去，就好像击打在弹簧垫子上，对他来说不疼不痒。但如果“肥龙”回击对方一拳，那肯定没人可以承受。“肥龙”的拳头特别大，手背上的皮肤呈暗红色，很粗糙，手掌上全是硬茧，摸起来像一块生铁。听别人说，“肥龙”以前是练过功夫的，他可以用拳头轻而易举地砸断一块红砖，我估摸着要是揍在人的脸上，能砸出一个小坑来。“肥龙”说他这样的身材，属于社会遗留问题，小时候家里穷，事情做得多，营养却跟不上，特别是他自小就扛着扁担上山砍柴，让他苦不堪言。该发育的时候没有发育好，时间一长，个头压了下去。要是换到现在这个好时候，他肯定不会比“瘦虎”矮。说这话的时候，“肥龙”不无羡慕地瞅着“瘦虎”。

“龙哥，你可别羡慕我，你那身板一个可以顶我三个。我现在走在大街上，别人不是认为我吸毒，就是认为我得了甲肝，个个都绕着我走。我是做梦都想有你这样的身坯。”“瘦虎”说这话时，也回望着“肥龙”。然后两人都嘿嘿地笑了。

我听说过不少关于“肥龙”“瘦虎”出警的故事，而且只要一说起来，就没完没了的，能让人笑得肚子疼。说有一次，国道的某段发生了一起两车相撞的交通事故，恰逢那时交警中队的新队长刚上任不久，不熟悉情况，便带着“肥龙”“瘦虎”一起出警。车到现场还没停稳，事故双方的人就围了上来，和“肥龙”又是打招呼又是握手，客气得一塌糊涂，他们都把大头大脑的“肥龙”当成了领导，把交警中队队长却当成了普通跟班给撇在一边。任凭“肥龙”怎么解释，别人也不相信，弄得“肥龙”异常尴尬，脸红得和猴子屁股一样。

还有一次，一个运饮料的集装箱货车翻到了公路下的水田里，几吨重的瓶装饮料滚得到处都是，在村民中引发了哄抢饮料的事情。交警队到达现场后，也无法阻止事态发展。队长和民警劝说无效，急得直跺脚。这时候，就见“肥龙”带着“瘦虎”，把衣袖一撸，冲进了人堆。“肥龙”一手就提起一个人，把那些抢饮料的像丢鸡崽似的往一边丢去。“肥龙”那黑塔似的身躯和“瘦虎”高高的个子，往汽车车顶一站，犹如天神下凡。“肥龙”对着人群大吼一声：“都不准抢了，我们是交警队的‘肥龙’‘瘦虎’，大家肯定都听说过我们。此前拿走的东西暂不计较，现在谁还敢抢，就是和我们兄弟过不去！”他说完，一拳头砸在货车车顶上，只听“哐当”一声响，硬是把车顶砸得凹了下去，这一招立刻让现场安静下来。有些还想造势的地痞、混混，一个个都不敢出声了，一场哄抢运动就这样被妥善地化解了。这样的事情还有很多，为此，队里领导不止一次当面表扬“肥龙”，并教育“瘦虎”说：“多和你哥学学，这才是当警察的料。”接着又叹口气，说：“可惜你们不是正式民警，有机会我一定帮你们争取。”

“瘦虎”也曾想过改变一下自己的形象，这个想法不是一天两天了。也不知道是领导的话起了作用，还是“瘦虎”真的意识到自己身材单薄，后来一段时间，他吃饭总是第一个去，最后一个走，去的时候夹着一个特大的钢精饭盆，把饭打得满满的。而且“瘦虎”吃夜宵的次数也变多了，估计他认准了“人无横财不富，马无夜草不肥”这句话，所以每晚都要来点“夜草”。很多次我们晚上出去执行任务，都可以看见他和一帮子老的、新的朋友，坐在马路边吃夜宵。“瘦虎”总是很热情地打招呼，说：“这么晚还行动啊？等下忙完了，过来吃点东西。”当然，这个时候他身边肯定坐着“肥龙”，不过“肥龙”只喝酒不吃东西，他是不需要增肥的。

为了让自己的身体壮实起来，“瘦虎”坚持着自己的增肥计划，除了早起锻炼身体，他还弄来了不少各式各样的补品，有电视里面经常打广告的，也有一些民间的方子。那段时间，我们只要遇见“瘦虎”，都会大声地问他：“‘瘦虎’，今天你肥了吗？”“瘦虎”不太好意思地笑着回应：“快了，快了。”

不久，我们辖区内接连发生了几起摩托车盗窃案，并由盗窃摩托车上升到持刀抢劫摩托车，在当地造成了极坏的影响。派出所被各方面的舆论所笼罩，全所民警早出晚归地在辖区内摸排线索，黑白颠倒地过着日子。回到所里时，我已经累得身心疲惫，自然再也没有心情去逗“瘦虎”。功夫不负有心人，半个月后，我们陆续地将这伙流窜盗窃团伙的骨干成员抓获归案，这才得以缓了口气。休息下来，我才发现，我每次出门都只看到“肥龙”一个人在马路上执勤，“瘦虎”呢？我忙去交警队打听，才知道“瘦虎”食物中毒住进了医院。他吃的东西太多太杂，其中有的食物和药物发生了冲突，导致他上吐下泻被送去洗胃，现在还在留院观察。我赶紧和所里的兄弟们，一起买了水果跑去医院看他。“瘦虎”被如此折腾了一番，我感觉他比以前更瘦了。不过，他的精神状态还不错，看见我们来，很高兴地从床上坐起身子，乐呵呵地笑着说：“吃东西也可以吃到住院，看来我是一辈子穷命，胖不了啦。”

五月份的时候，上面出台了一些新的政策，其中有关于解决临时工待遇的条款，说只要在基层工作十年以上，就可以经过内部考核破格录取为正式民警。大伙都为“肥龙”“瘦虎”感到高兴，因为他俩都符合这个条件，这么多年来他们的辛劳大家看在眼里，终于可以熬出头了。队里的领导也不止一次地表态：“好好干，转正的报告我已经帮你们递上去了。”“肥龙”“瘦虎”听了，整天像上足了劲的发条一样，做起事来干劲十足，脸上挂着灿烂的微笑。

晚上再喊我吃夜宵的时候，他们的话题更多了，话语里充满着对未来美好生活的向往。“肥龙”说自己从小就想当一名公安民警，成为正式民警是他最大的梦想，等他转正了，他就要认真地考虑自己的终身大事，找个好姑娘，生个胖小子，然后好好地过日子。“瘦虎”也在边上附和着，构思着自己未来的蓝图。我赶紧给他俩敬酒，三个人快活地喝着、聊着。

月底时，派出所接到了保卫通知，要我们配合交警队，第二天上午在东乡国道沿线执行护路任务。听说有重要领导要从先锋镇过身，去下面的县、乡视察，我们的任务是保证车队的安全，不出任何意外状况。

根据局里的统一部署，我们和交警中队的同志第二天早上九点整，准时在国道沿线上岗。派出所同志穿便服，交警队同志穿制服，分布在国道沿线的各个路口。上午十时整，车队准时从先锋镇开过，车队过去后，民警才能撤岗。这样的任务以前也执行过多次，谁也没有想到这次多了一点小插曲。

插曲发生在“肥龙”“瘦虎”守卫的路口。按照正常的程序，只要在车队抵达他们所在的那个路段时，阻拦一下横穿马路的车辆和行人，并行注目礼，目送车队通过就可以了。可是，也许是那天“肥龙”“瘦虎”的过度热情，也许是他们两人因为马上就要转正，心里充满了对上级领导的感激，或者是他们出于一种习惯，在车辆过身时，他俩竟双双向车队敬礼。而那天也不知道是什么原因，领导的车竟然在那个路口停下来了。领导下车后和“肥龙”“瘦虎”一一握手，慰问他们的辛苦，并亲切地询问他们是哪个中队的民警。随后而来的电视台、电台记者立刻进行了照相、采访。接着领导上了车，车队扬长而去，只留下“肥龙”“瘦虎”两人还在那里发呆发愣。

市报第二天就刊发了领导在先锋镇经过时，下车慰问基层民警的通讯报道，还配发了照片。照片上，面对镜头的领导正和侧着身子的“肥龙”握手交谈。我们拿着报纸打趣“肥龙”，说：“兄弟，这次你要请客了，被领导接见，还上了报纸，别说转正，弄个副队长当也不成问题呢。”

“瘦虎”在边上也乐得上蹿下跳，指着报纸对我们说：“我当时也在，你们都不知道领导有多亲切，一脸的笑容，这次我们转正肯定有希望了。”

我们笑着、闹着，就好像“肥龙”“瘦虎”已经转正，成为了正式民警一样。

时间一晃，就到年底了，却久久不闻“肥龙”“瘦虎”转正的消息，我们都感到疑惑。他们也坐不住了，找了不少人，拐弯抹角地去打听情况，颇费了一番周折。

过了一个多月，终于有了消息。

听说那天的护路任务，总的来说是不错的，领导下车慰问基层民警，以及后面的新闻报道都相当成功。不过，领导上车后，很随意、很亲切地说了一句：“这两个人的模样真逗。”跟随领导的人，一时弄不清这句话是什么意思，是批评？还是夸奖？或者是别的什么？

反正，“肥龙”“瘦虎”转正的机会就这么给耽搁了。这个消息到底有多少真实性，则不得而知了。

细节往往会决定一个人的命运，此言不虚。

转正没有希望了，“肥龙”“瘦虎”反倒轻松下来。他们说，临时工就临时工吧，现在出台了新的《劳动法》，只要签了合同，一样可以享受相关的待遇。只要能穿着这身警服，能做自己喜欢的事，也就满足了。

说这话的时候，还是在酒桌上，“肥龙”“瘦虎”又有点喝高了。夜风吹过，让人感觉到凉飕飕的。“肥龙”“瘦虎”各自端着酒杯，看着远方，眼睛里尽是惆怅，我知道这将成为他们一生的遗憾。

爱笑的老木

我不喜欢老木。不单是我不喜欢老木，我们这里的人都不喜欢老木。记得电视里曾有过这么一句经典的台词：喜欢一个人不需要理由，不喜欢一个人同样不需要理由。但如果有人问我为什么不喜欢老木，我肯定能立刻从嘴巴里哗啦啦地吐出千百条理由来。

老木今年四十岁，职业是混混，也叫“打流的”，正式的称呼为无业人员。而在乡下村委会的档案资料中，他的身份仍然是农民，毕竟像老木这种人在乡下多少都有点田地，只是他们从来不去耕种，而是租给别人去春种秋收，靠收租金和租谷过日子。每个地方都有老木这样的人存在，他们的共同点就是好吃懒做，不务正业，成天在街上晃悠，脑壳里面想的就是哪天能突然发一笔横财。

老木不高，人长得很壮实，身上肌肉一块一块的，像铠甲一样紧紧地贴在身上。最特别的是他的拳头，比平常人要大一圈，又黑又硬，他常常在和人聊天时，为了表示亲密，用他的铁拳在你身上捶那么一下，他虽然没怎么用力，但捶到别人身上还是贼疼贼疼的。据老木说，儿时他练过武术，有相当深的功底，可以同时对付七八个人的围攻。平日里没有事做，老木就爱和一帮子志同道合的混混在镇上晒太阳，遇上别人家扯皮打架的事就上前去主持个公道，做个见证，然后混包烟蹭口饭吃。

关于我和老木是怎么认识的，我是想不起来了。记得刚到镇上派出所上班时，就发现这人老喜欢在所里蹿来蹿去，好像镇上发生的每一件案子都和他有着千丝万缕的联系，他总是能提供一些似是而非的"线索"。而且他见谁都自来熟，和别人说话时不是拍对方的肩膀就是捶对方的胸，开口闭口就是和某某乡长是哥们儿，又和某某局长沾亲带故，脸上总带着一种很炫耀的笑。老木的笑声很大，常常是不见其人就先闻其笑，让人以为他是镇上什么了不得的人物。

时间久了，我才发现老木和我的第一印象相差甚远。别看老木笑得大大咧咧，说话牛气哄哄，其实很多人都不爱搭理他，嫌他黏糊，就好像牛皮糖一样，被他一粘上就甩也甩不掉。而且老木在镇上根本谈不上是什么了不得的角色，反倒是连一般的人都不如，别说买车买房，就连基本的一日三顿有时候都不能保证。早几年，老木因为打群架伤了人，被公安机关处理过，在看守所蹲了半年放出来后，老婆早卷了家里值钱的东西跟人跑了，独丢下一个孩子和老木相依为命。因为以前的案底，也没有人愿意要老木做事，老木只好天天在镇上混着，靠出租田地的收入拉扯着孩子长大。听说连老木的儿子也看不起父亲，在中学寄宿读书，吃住都在学校里，虽然离家很近但很少回家。

老木知道我是他们镇上的管区民警，一有时间就跑到我办公室来，打着哈哈和我摆龙门阵，套近乎，有事没事都可以坐一两小时。他是个闲人，时间多的是，而我却奉陪不起。次数多了，我就有点烦他。不过中国古训有云：伸手不打笑脸人。我自然不好为这种小事放下面子驱赶他，便常常找借口躲开，警民一家嘛。老木却很不以为然，我不理他，他就自顾自地坐在我办公室里看一上午报纸，或者找点笑话和办公室里的其他人逗趣，再不然就用我们的值班电话和别人聊天。老木只要看见我们值班室没人，就会溜进去，找个凳子，然后掏出电话本一本正经地和人“煲”起电话来，他开口的第一句话永远都是：“我是老木，我在派出所呢。”老木为他能用派出所的电话而感到光荣，好像经常能从派出所打出电话来，就能证明他老木有无限的能耐。

值班室里进出的人总是很多，也很杂。老木打电话的次数多了，自己也知道难为情。但他却是坚决不改，只是再打电话时先要自言自语地解释一番：今天手机没电，明天又是忘带电话什么的。一边很不好意思地笑笑，一边继续打他的电话。老木打电话的话题相当广泛，国际国内的政治、经济、体育、军事，样样都能侃出点道道，这自然和老木天天怀里揣着那个过时的半导体收音机，走到哪听到哪不无关系。有一个老木这样的“极品”，就已经够让我们烦心的了，没想到他竟然还能在电话里找到志同道合陪他聊天的人！我们无不感叹：真是林子大了，什么鸟都有。

老木一般来所里的时间都掐得比较好，基本上都是在吃饭前的两个小时以内，来所里的时间太长会无所事事，时间太短，一进所里就吃饭又显得仓促，所以吃饭前两个小时来我们所里是最恰当的。老木一般先到各个办公室问候一下；然后跑到我的办公室里来坐一阵，看看今天的报纸；或者瞅着值班室没人，他就大大方方进去打个电话，忙了一圈出来就差不多到吃饭的时间了。接着，老木就可以很自然地端个碗和我们一起去食堂里吃饭。老木饭量很大，用我们的话说“战斗力相当惊人”，每次吃饭，都要战斗到最后一粒饭、最后一点菜才肯罢休。平日里他的那个嘴巴叽叽喳喳地老响个不停，可一到吃饭的时候就完全哑了火。老木也知道自己是来蹭饭的，不好意思占位子，总是随便拣个角落蹲着吃。吃饭时他喜欢卷起裤脚和袖口，抓起个大瓷碗，狠狠地舀上大半碗饭，再夹小半碗菜，狼吞虎咽地吃。他的脸上堆满了笑，别人说话他决不搭腔，只笑着点头。等到其他吃饭的人都走光了，老木才从角落里走出来，坐到桌子边继续吃。厨房里的张师傅时常讥笑他，说只要是老木来了，连半点菜星子都不会剩下，十足一个饿死鬼转世。

老木老是在所里窜来窜去，又蹭饭又打电话的，他自己也知道不好，便常常向我们请战，说自己在镇上人缘如何如何了得，需要什么破案线索他都可以去帮忙查找。正巧前阵子我管区下面发了几起入室盗窃案，发案地点都比较偏远，作案时间又是凌晨，给破案工作带来了不小的难度。虽然我和同事连着一个多星期下去通宵蹲守，但仍然没有什么头绪，反而管区内又有一户人家被盗。连续发生的盗窃案，像一座座大山压得所里的每个人都喘不过气来。所领导在会上发了几次火，就差没有点着我的鼻子开骂了。我自然不敢歇着，写笔录，看现场，和几个同事不分白天黑夜地扑在这个案子上。正巧老木那段时间请战，我索性死马当成活马医，把一些外围资料和线索告诉老木，让他也去帮我查查，多个人帮点忙总没有什么坏处。

让老木参与到案子的外围侦查，老木感到非常兴奋。那段时间他很少来所里，每天晚上我们在管区东边守着，他就拿根棍子守在西边，连白天也不休息，走家串户地寻找线索。偶尔他跑到所里，总会带来点零零碎碎的消息，比如刚从牢里放出来的二狗子最近白天不见人，晚上老出去活动，有作案嫌疑；

又比如说吸毒的范大瓜好久都没有向邻居借钱了，也有作案嫌疑，等等。我被老木说得一惊一乍的，放下手头的工作就和他走村串户地下去了解情况。事实证明，二狗子最近确实是喜欢晚上出动，但不是偷东西，而是和别人家一个姑娘谈恋爱；而范大瓜早就没有吸毒了，当然不用向别人借钱。调查了一大圈，时间花了不少，有用的线索却一点没有。六月的正午，太阳晒在身上热辣辣的疼，我心里憋着老大一股火，这老木嘴里的话有几句是有用的？

老木倒是不急，脸上堆满了没心没肺的笑，一边抹汗一边还安慰我："二狗子这小子咋就不偷东西，改成谈恋爱了呢？你放心，我拍胸脯向党保证，下次一定给你弄到有用的线索。"我看着老木那敞开着的衣服里面，露出的毛茸茸的胸脯，只好无奈地笑一笑。

这阵子我们天天晚上出去巡逻，镇上盗窃案好一段时间没有再发生。所里的压力小了点，但领导还是督促我尽快破案。因连续几个星期白天晚上地忙活，我累狠了，暂时没有下去蹲守，只是在值班室接接电话，写写材料。没想到就在这几天里，盗窃案的侦破有了奇迹般的进展。

那天晚上我正在所里值班，凌晨两点我突然接到一个电话，说老木正和别人在溪河里面打架，要我们赶紧去看看。接了电话我心里一肚子的火，自己正累着，老木又弄出了这样的破事！我说老木你不给我去好好弄线索，夜深人静地还跑溪河里去打架，真是无可救药。

生气归生气，毕竟还得去看看。等我和同事开车到了现场，才发现事情远没有打架那么简单。当时老木和三个人在河里打成一团，警车一到，打架的人立刻四散奔逃，其中一个健壮的中年男子被老木死死地拖住脚摔在了溪河里。而另两个刚爬上岸的青年则被我们抓了个正着。等到把中年男子和老木一起扯上岸时，才发现老木满嘴是血，额头上还肿起几个很大的包。事后我们得知，这几个打老木的人，正是最近这一系列盗窃案的主角。他们当晚实施盗窃时，正好被蹲守的老木发现，当时他们只是想教训老木一顿，警告老木不要声张。没想到老木却以命想拼，缠住了他们。这情景被附近的村民看见了，连忙报了警。

我们把老木搀扶上车时，老木拉着我的手久久不松。他脸上挂着孩子般兴奋的笑，一个劲地对我说："叶警官，今天没丢你的脸吧。要是换到我年轻的时候，我一个人打他们肯定没有问题，现在真是老了，很久没练了，连抓三个蟊贼都费了老劲。"

我看着老木嘴角残留的血迹和身上被扯烂的衣服，突然觉得老木并不像想象中的那么令人讨厌。

连环盗窃案成功告破，老木无疑是第一功臣。老木头上被敲破了两个口子，身上还有多处受伤，按理说是要住院的，但老木却死活不去，只是在镇上的卫生院里做了点简单的包扎。我知道那是因为老木没有钱的缘故，我和所里说了老木的具体情况，所里立刻拿出了五百元钱，作为办案奖励奖给了老木。镇上不少人自发去他家里看望老木，连看不起他的儿子也从学校跑回了家，逢人便宣扬他老爸的光辉事迹。这个事情很快被当地电视台和报纸知道了，他们说要给老木弄个专访。镇政府趁热打铁，抢先破格聘用老木为镇政府的联防队员，这样一来，老木就可以每天在镇政府吃饭，月底还可以领工资。大家都说老木的好日子开始了，工作有了，名声也响了，要说还缺什么？就缺个晚上暖被子的孩子他妈了。

记者来采访的那天，正赶上镇政府给老木颁发奖状。镇政府还特意在大院里摆了十来桌酒席，各村上的书记村长、镇政府的干部，还有我们所里的同事们，都被邀请前来赴宴，当时的气氛比过小年还要热闹。

在一阵猛烈的鞭炮声响过后，镇长把一个带框的红灿灿的奖状，交到了老木的手上，并要老木在台上说几句话。

老木木讷讷地上了台，又木讷讷地接过镇长颁发的红灿灿的奖状。他看看我，又看着台下的村民们，对着那照来照去的照相机和摄像机，木讷讷地站在那里半天没有出声。老木的嘴角微微上翘，想给大家来一个熟悉的笑脸，可嘴角却突然像不受控制似的抽搐起来，一抽一抽，不但没有笑，脸上还突然出现了哭的表情。他先是轻轻地抽泣，然后变成了号啕大哭。世界在这一刻好像静止了，没有谁去劝阻他。

四十岁的老木就这样捧着奖状，站在台上忘情地哭着。眼泪大颗大颗地从他眼睛里滚出来，又大颗大颗地砸到地上。老木就这样卖力地哭着，好像要把这些年的眼泪全部都倒出来。

我似乎听见了眼泪的声音。

春伢子

当春伢子出现在派出所楼前的水泥坪里时，我便认出了他。虽然这是我第一次见他本人，但他那对小眼睛和尖尖的下巴，早就牢固地刻印在我的脑海里。

我得承认，我对春伢子十分感兴趣，这份兴趣让我可以熟练地背出他档案里的任何一个细节：陈春花，别名春伢子，男性，汉族，1988 年出生，先锋镇先锋村屋前组村民，初中文化。养父叫陈老姚，外号陈老鬼，是个单身老赌棍；陈春花两岁时被陈老鬼从村边捡回来，起了个“春花”的小名。陈春花从小吃百家饭长大，因没有人管教，性格叛逆，读书期间就多次被学校批评教育。初中一年级时他退学离校，曾被派出所多次处理。他档案里的最后一次记录是 2006 年，因聚众赌博罪被法院判了四年，那时他才刚满十八岁。

在派出所里，整理档案是一项大家都不太喜欢的活计，看似简单，却很烦琐，总是机械地重复着填表、整理、装订几个步骤，简直能把人憋出病来。可当我站在另一个角度看待时，却乐此不疲。我喜欢边整理边翻阅这些档案，看着里面的文字，我就好像上帝般目视着这个人的成长，看着他一点点地改变。有的人是越变越坏，从最开始的盗窃、打架，发展为抢劫、杀人；有的人是偶尔地犯错，平稳地生活着却突然走上犯罪的道路，如交通肇事、小纠纷引发了血案；还有的则是监子里的常客，从拘留所到看守所，从劳动教养农场到监狱，档案里写得密密麻麻的，一行连着一行，这属于无药可救的类型。

整理档案的时间，是在每个月的月底。我会将全所本月上报来的所有档案，分门别类地排列好顺序，填补里面缺少的数据，然后统一装订好，再打开楼上档案室的门，将它们塞进按年份标记的档案柜里。但春伢子的档案是个例外，我把他始终放在我抽屉的最里面，一直没有将它尘封进档案室，我心里总隐隐地期待着什么，或者说想真实地看一看这个人。

在先锋镇，春伢子是个“名人”，这个名指的是他的“赌名”，也是年少成名的“名”。陈老鬼年轻时候是个赌棍，一天不打牌就手发痒。捡到春伢子后，他出外打牌时便把儿子带在身边，赌到哪，吃到哪。那些年幼时无数次穿梭于牌桌之间的经历，给春伢子的童年留下了难以磨灭的印象，春伢子的赌瘾也应该是那时候开始养成的。

春伢子成名时才十二岁。那年的某一天，陈老鬼代表整个先锋镇和外地的一位高手进行较量。赌博的方式是摇骰子，每人三粒骰子，比骰子加起来的点数多少。最后一局，双方都压上了全部的家当。陈老鬼摇出了十七点，即两个骰子是六点，一个骰子是五点，这已经是很高的点数。在大家都以为陈老鬼稳赢时，对方上来竟然摇出了三个六，十八点，反赢了赌局。

当对方收拾完桌面上的钱，正准备离开时，春伢子不知道什么时候摇摇晃晃挪到了赌桌前，说："这几个骰子有问题，我也能丢出一十八点。"说完，在众人的眼皮下，抓起骰子随手一丢，真丢出了三个六点，接着抓起再丢，又是三个六点。陈老鬼抢过骰子砸碎一看，里面果然藏着铅丸，用来控制骰子的点数。于是，春伢子一夜成名。

十六岁时，春伢子已经成长为远近闻名的"小赌王"，镇上流传了他太多的传说。传说他曾在牌桌上连赌三天三夜，从麻将赌到扑克再赌到牌九，连赢了十几位从各地赶来挑战的高手。传说春伢子十七岁时离开先锋镇，开始跟随陈老鬼外出四处拜访高手，学习赌术。春伢子最厉害的招数，还是摇骰子，只要骰子到了他手里，想摇出多少点，就可以摇出多少点来，而且他听力异常敏锐，可以听出对方摇出的点数。传说澳门的赌场里，曾出高薪聘春伢子去那里当"荷官"，但被陈老鬼以儿子年龄太小而拒绝。2006年，春伢子突然和父亲回到了先锋镇。他们的回归非常低调，有人传说他们因为被仇人追杀，无奈之下才躲了回来。

2006年，正是先锋镇赌博风气最浓烈的时候，上至八九十岁的老人，小到十几岁的孩子，人人都爱赌两把。赌的形式多种多样，麻将、扑克、牌九、字牌，连小孩子之间都猜石头、剪子、布，猜硬币的正反面。赌注也可大可小，赌钱，赌房子，赌家畜、酒烟、衣服，甚至小孩子之间赌谁输了帮对方写作业。田里的活没有人去干了，镇上学校里的孩子也不认真念书了，整个镇子被弄得乌烟瘴气。这股歪风很快引起了有关部门的注意，而最"出名"的春伢子，自然成了公安机关的重点打击对象。也就是在这一年，春伢子因聚众赌博被公安机关抓获，从此，人们再也没有在先锋镇见过他。

我看着一脸稚气的春伢子，夹杂在办身份证的人群里。先锋镇早已经忘记了这个年少时名震一方的"赌王"，他是那么的普通，和周围的环境融洽地统一在一起。我隔着人群朝春伢子招招手，把他喊到我的办公室里。

春伢子本人要比照片上略显白净，可能是由于常年缺少阳光照射的关系，肤色里带着一点病态的苍白。他身材单薄，眯缝眼，细眉毛，眉宇里掩饰不住的稚气，就好像他嘴角上那细细的绒毛一样，大大方方地呈现在外人面前。他和我脑海里那个在牌桌上叱咤风云的赌神形象相差太远，让我心里充满了疑惑和惊讶。

“春伢子你什么时候回来的，怎么没有来派出所报到呢？这可是违反规定的。”我严肃地问。

春伢子匆忙回答：“我、我刚回来。前几天处理完家里的事情，今天就特意过来报到和办新身份证了，这是我的释放证明。”说完，他从口袋里掏出一张叠着的纸递给我。

我接过一看，释放证明上写着：“陈春花因聚众赌博罪判刑四年，服刑期间表现良好，减刑半年，于某年某月某日提前释放。”

“今后有什么打算？”我问春伢子。

春伢子想了想，说：“和父亲学修车吧，走一步看一步。”

春伢子被抓后，陈老鬼也戒了赌，他在镇上摆了一个修理摩托车的小摊，几年时间过去，现已发展成一个可以维修各种车辆的小门面。先锋镇有得天独厚的地理优势，省级高速公路穿镇而过，还和两个县市接壤，不愁没有生意。

“还打牌吗？”我想起那些传说，边问边做了个洗牌的手势。

春伢子摇摇头，把一直揣在口袋里的右手拿出来，脱掉手套，举到我面前。我的笑一下子僵在了脸上，那是怎样的一只手啊，右手上五个指头全部连根切断，只剩下一个手掌连在手腕上，活像鸭子的鸭蹼一样。

“那些传说都是真的？”

“四个字概括：九死一生。过去的都过去了，赌博这碗饭我不会再吃了。”春伢子苦笑着说。

自那次之后，春伢子就正式在修理店上班了。他和父亲一起修车、洗车，给汽车做保养，每天都忙忙碌碌的。偶尔，派出所的警车有了小毛病，我们也会把车开到他的店里，给瘪了的车胎加气，车胎坏了补胎，汽车换个机油什么的。春伢子见到我们，总是会放下手头的事，热情地跑过来打招呼，优先给我们帮忙。春伢子已经适应了他的新生活，过去的一切，似乎都和他没有什么联系了。

日子不咸不淡地过着，上班、下班、吃饭、睡觉。眨眨眼工夫，春伢子回来就有大半年了。

一天晚上，我们派出所获知一个情报，说先锋镇下面的泰兴村里，有一个大型地下赌场，人气很是火爆，每天输赢的总额有十几万元，把周边的赌徒都吸引在那里。经过两天的侦查和布置，我们派出所的全体民警对该赌场进行了突然袭击，当场抓获参赌人员二十多人，扣押赌资二十万元。而最让我们没有想到的是，春伢子竟然也在赌场。

回到派出所，我把春伢子单独叫到我办公室里，使劲一巴掌拍在他肩膀上，骂道：“怎么回事，手又痒了？左手的五个指头也不想要了是吧？”

春伢子站在墙角一声不吭，过了片刻，他捂着脸蹲在地上呜呜地哭起来，哽噎着说：“叶警官，我爸住院了，是肺癌。医生说现在治疗还有百分之五十的希望，可手术费要十五万元。我把店子抵押了，还差三万元，我犹豫了好久，才决定去赌一把，可没有想到，今天刚去就被你们抓了。”

我呆了半晌，才想起真的很久没有去春伢子家的修车店了，没有想到他家发生了这么大的变故。

第二天上午，我和同事们在派出所里开展了一次民警自发的募捐活动，我带头将五百元交到了春伢子手里，同事们也不甘落后，跟着纷纷捐钱。不到一刻钟，春伢子手里就有了四千多元钱。春伢子低着头，一个劲地道谢，我感觉到他那单薄的身体，因激动而在不停地颤抖。我刚要走过去，准备安慰他，办公室的门被推开了。不知道是谁把消息传递了出去，镇上的村民们都陆陆续续地拥了进来。老的、少的、男的、女的，都是和陈老鬼在一起住了十几年的街坊邻居，少的捐几十元钱，多的捐几百元，一直到下午天快黑时，捐款的人还在源源不断地往派出所里拥。

送走最后一个捐款人，时间已经是晚上八点。我们清点捐款，一共收到三万三千多元钱，而且所有的人都没有留下名字，他们说只要知道是老街坊或者老邻居的心意就行了。

望着桌子上那厚厚的一沓沓捐款，春伢子再一次哭出声来。

第二天我们陪着春伢子去城里的医院交了手术费，在这个赌博的案子里，因为春伢子并没有参与赌博，又有旁边的人证明，我们免去了对他的处罚。

陈老鬼的手术很成功，不到两个月他就出院了。他说要感谢那些镇上的老街坊，只要是镇上的人来修车，他都只收一半的费用，保个本就行了。

又过了不久，春伢子也谈对象了，对象是镇上的一个老实妹子。每次我们开车经过春伢子家的修理店，他都会老远就笑着和我们打招呼，那个妹子站在他的身后，脸上也同样洋溢着快乐的笑。

林妹子

第一次遇见林妹子的时候，我还在先锋派出所工作。记得那是一个冬日的午后，刚吃完中饭，离上班还有两个多小时的时间，整个派出所静悄悄的，阳光像细沙般温柔而均匀地普洒在办公楼前的水泥坪上，暖暖和和。这段时间，正适宜午睡。

和往常一样，我搬出办公室的长条椅，摆在水泥坪里，和衣仰躺在上面，闭着眼睛享受阳光的爱抚。睡意像海潮般一阵一阵地漫上来，思绪渐渐地迷失在这片金灿灿的光影里，我就这么舒服地躺着，不知睡了多久。迷迷糊糊间，我感觉到有什么东西，在我的鼻子眼里钻动，痒得难受，鼻子里突如其来的一个喷嚏，震得我一翻身摔下了长椅。我一边揉着被摔疼的胳膊，一边睁眼望去，只见一个穿大红色羽绒服，十六七岁样子的女孩，正左手拿着一根狗尾巴草，右手拿着一个作业本站在我面前，抿着嘴一个劲地微笑。

还没等我说话，女孩就先开口了："大

叔，能帮我看看这道数学题怎么做吗？”

“我有这么老吗？不会做就打电话给老师。”我没好气地咕哝一句。

女孩颇气愤地说道：“电视里都说了，有困难找警察，不帮拉倒，估计你也不会！”

我看着她故作正经的样子，不禁笑出声来，朝她招招手，说：“拿过来吧，让大叔教教你。”

从那天以后，我和这女孩算是认识了。我们交换了网络上的聊天号码，闲暇时开始聊起天来。在断断续续的交谈中，我知道她叫林妹子，家住先锋镇。她正在城里读高中，选的是文科班；她说学校宿舍的条件很简陋，但室友关系很和睦；她的前排坐着一个长得像香港明星一样的大帅哥；她月底考试英语又是第一名……在我的印象里，林妹子总是无忧无虑的，她家里条件不错，从来不用她去操心什么，所以她肆意地挥霍着青春和快乐。

时间就像是一面反射阳光的镜子，它总在不停地转换角度，光线随着镜子的折射照到人的眼睛里，仿佛就是那么一晃之间，这一年就过完了。林妹子放了寒假，整天游手好闲地在镇上的网吧和 KTV 里晃悠，偶尔也会跑到派出所找我聊天晒太阳。她把头发烫了，卷卷地很时尚地搭在脑后，穿着小巧黑色的皮夹克，指甲上涂满了花花绿绿的指甲油，脖子上挂着一个很精巧的小手机，然后蹦蹦跳跳地跑过来告诉我她的手机号码。

“林妹子，你这也太‘潮’了吧？”我嘴巴都惊讶成“O”型。“潮”是网上的新鲜词汇，时尚的意思。

“大家都这样，我只是没有落伍而已。”林妹子辩解道。

林妹子变了，就好像先锋镇一样，一年的时间里发生了太多的故事。在这些故事里，林妹子父母的离婚是先锋镇的一大新闻。

林妹子的父亲是先锋镇上一个服装厂的老板，经营服装业务已经有好多年了。随着近几年来经济形势的大好，服装厂的生意也越做越大。他刚过四十岁，一直对没有儿子耿耿于怀，便利用在外跑业务的机会，又包养了一个女人，并且还偷偷地生了一个男孩。等到林妹子母亲发现的时候，对方已经抱着小孩闹上门了。林妹子的父亲为了儿子，义无反顾地选择了离婚。这场离婚分割财产的官司打了有小半年，弄得整个镇子都沸沸扬扬。这个故事的结局，是林妹子的父亲同儿子离开了先锋镇；林妹子的母亲接管了服装厂和女儿的抚养权。

关于离婚官司的事，我不知道林妹子是否知情，她那时候正在城里读书。我从没有听她谈过这方面的事情，也许她不知道，也或许是她不想说。

寒假过完了，林妹子又回城里读书去了。她家的服装厂也开始了重新运转，她母亲一个人忙里忙外，服装厂没有以前火爆了。因为镇上新开了好几家服装厂，瓜分走了大笔的业务。

网上再遇见林妹子的时候，她话少多了，口里老是说着“没劲”。她说她看不惯身边那些只会读书，什么事情都不想的同学，看不惯老是教训他们的老师。她说她很想念以前的日子，对未来感到很迷茫。林妹子再也不是那一副无忧无虑的样子了，我也不知道该怎么去安慰她。那段时间我为工作的事情奔忙着，无暇顾及他人。

六月的时候，我离开了先锋镇，调到了另外一个城市的公安局工作。一下子，先锋镇的一切都离我遥远了。新的环境，新的同事，新的工作，一切都需要我从头开始适应。

有天晚上，我在家里加班写材料，突然接到了林妹子打来的电话。那是林妹子第一次打电话给我。在电话里她说和母亲吵架，自己离家出走了。她说晚上不想回家，但身上又没有钱，想去我所在的派出所里看我。她还不知道我已经调走了，反复强调要我在派出所门口等她。我在电话里告诉她，我已经调离了先锋镇，甚至调离了她所在的城市。我工作的地方到先锋镇有两个小时的车程，而且现在已经是晚上十一点多了，坐车是不现实的事情。我要她不要和妈妈赌气，赶快回家，外面社会太乱了，一个女孩子在外面很危险。那天天气很差，窗外雷雨交加，电话信号很不好。在断断续续的通话里，林妹子一直在抱怨着父母，抱怨着学校，抱怨着身边的所有事物，她说现在很无助，又无家可归，只想随便找个人收留自己……我在电话里竭尽所能地安慰她，但空间的距离使我的安慰变得如此软弱无力。不知道在电话里说了多久，我突然听见电话里传来“嘟、嘟”的提示音，通话中断了。我再拨打过去只有“无法接通”的提示，估计林妹子的手机没电了。

我推开桌前的窗户，外面瓢泼般的大雨，哗哗地砸在地上，又重又狠。明早八点单位要签到，上午要交总结材料，单位还有一大堆的事情等着我，我不愿意也不可能现在跑到林妹子那里去。我只希望林妹子能听我的劝说，早点回到她妈妈身边去。

一晃又过了好几个月，我的工作终于上了正轨。我才记起自己已经很久没有上网，也很久没有林妹子的消息了。我掐指算算，林妹子应该高中毕业了，只是不知道她考到了什么大学。记得以前她曾说过，她在班里的成绩是前十名，考个大学应该不算难事。我拿出手机翻出她的号码，给她打了过去，里面传出语音提示“该号码已停机”；我打开电脑，上网给她留言，也不见任何回复。我给先锋派出所以前的同事打去电话，一番寒暄后问起了林妹子家的服装厂，问起了林妹子，他们说镇上的服装厂越来越多，林妹子母亲的厂子很快就被竞争对手挤垮了；林妹子母亲改嫁去了外地，林妹子好像没有考上大学，也和她母亲一起走了。

电话不知道是怎么挂断的，但我清楚地听见心里有根弦“嘣”的一声被拉断了。人海茫茫里，我想和林妹子是再也难碰面了。

又快过年了。

年前的几天，全市开展打击“黄、赌、毒”专项行动，全市公安民警集体出动，对城区所有娱乐场所进行了地毯式清查，其中仅在“帝王洗浴中心”就查获“三陪小姐”三十多人。我陪同记者来到现场，对办案过程进行全程跟踪采访。我看着办案的民警，让这些女孩子站成一排，然后一个一个地钻进警车。突然，我在人群里发现了一个熟悉的身影，而她也正转头望向我。就像所有老套的小说结尾，我看见她那烫过的鬈发，手上那花花绿绿的指甲，她就那么弓着背低着头站在那群女子的中间，冷冷地注视着我和我周围的世界。我们之间那几步的距离，却仿佛隔着几个世纪那么远。

“快上车。”有民警在一旁催促。

她一转头，钻进车里。

警车关上门，鸣着笛远去了。

我呆呆地立在那里，我想我一定看错了。想念一个人太久，就容易产生错觉，错把一个人看成是自己想的那个人。林妹子此刻应该在某个大学自习室里看书、复习功课、在日记上写着那些抒情的文字。她的周围坐满了和她同样年龄的少男少女，他们有着花一般的现实和未来。

霎时，我的心感到了一种剧疼。

杨大成

先锋派出所有两个副所长，一个叫杨大成，一个叫刘奋强。按称呼习惯，我们称他们为“杨所”“刘所”。

杨副所长主管社区工作，刘副所长主管刑侦工作，平日里两个人各管一摊，各尽其责。

杨所今年三十有五，正是忙事业的旺年。他年纪不大却长相老成。小眼睛，鹰钩鼻子，平日里不苟言笑，眉宇间透出一股莫名的怒气。与人说话时，他喜欢眯着眼盯着对方看，那眼神很犀利，让人心里发憷。被他瞧一眼，就好像被医院放射科里的X光机扫过一样，从脚底到脊背都凉飕飕的。当然，最让人过目不忘的还是杨所的头发，乌黑浓密而有光泽。我们常恭维杨所，说他可以去当“发模”，上电视拍广告为那些洗发水做代言人。

杨所对于养发有一套很专业的理论，比如要多吃绿色蔬菜，特别是薯类、豆类；不用刺激性的洗发液；要经常梳头，梳子宜选用牛角、桃木等材质的。有一次杨所还故作正经地给我们上课，说："梳头养生，自古就有，并不是女人的专利。北宋人陶谷撰著的《清异录》里提到，'有二事乃养生大要：梳头、洗脚是也。'到了明朝，在《修龄要指》一书中提出了'十六宜'，其中第一宜就是'发宜常梳'。经常梳头不但可以缓解压力、畅通经气、改善血液循环，还能滋养头发、减轻疲劳。牛角本身就是具有凉血、息风、镇静作用的中药，经常用牛角梳子梳头，可消炎镇痛，治疗头疼，还能祛屑护发、治疗失眠。现在的专家还有一种观点，就是多梳头能长寿，为什么女人的寿命普遍高于男人？这和她们经常梳头不无关系。"

这一番话让我们大开眼界，谁也没想到杨所有如此渊博的知识，更没想到梳头还有那么多的讲究。

在那段时间里，派出所的男女同事们，人人随身带着一把梳子，有事没事就拿出来梳头。梳子的种类自然也是五花八门：牛羊角的、黄杨木的、檀香木的；有柄的、没柄的；宽的、窄的、长的、短的；黑白相间的、通体透明的……就连食堂做饭的大姐，都要在城里打工的丈夫买回来一把黄牛角梳子，没事时一边哼歌，一边梳头。

不过好景不长，派出所民警天天梳头的事情引起了周边群众的议论。有一天，派出所开例会，所里的一把手王所长发了火："一个派出所，十几个大老爷们，天天没事就梳头，这像什么话！以后上班时间一律不准梳头，抓到一个罚款一百元！"

一百元啊！我们咋咋舌，这可是一把上等牛角梳子的价钱。王所长看来是动真怒了，大家赶紧将梳子收了起来。

但杨所的梳头理论已经在派出所深入人心，我们只要看见杨所那一头乌黑浓密的头发在眼前晃动，心里就像被猫爪子挠过一样，痒得难受。恨不得立刻将藏在口袋里、提包里、抽屉里的梳子拿出来，猛梳几下头发。硬是忍不住的时候，就和王所长玩起了“躲猫猫”的游戏。或者躲在办公室、厕所里，或者躲在楼梯的转角处，趁着没人看见，拿出梳子来猛梳个十下八下，然后再若无其事地继续回岗位工作。梳头如同注射兴奋剂，梳了头后浑身都是力气。还好，这样的状态并没有持续多久，因为杨所又教给我们一套用手指梳头的指法，虽然没有用牛角梳子梳头效果那么好，但也算差强人意、聊胜于无。

其实拥有一头乌黑浓密的头发，对于满头白发的王所长同样具有吸引力。他不到五十岁，却因公安工作的特殊性，忙得心力憔悴。他经常熬夜，三餐又不准点，头发虽然健在，但却白了不少。特别是近段时间，这些白头发大有一种欲将黑头发歼灭殆尽的趋势。

有一次，我去王所的办公室送文件，他刚换完制服在接电话，示意我在边上等等。我看见他衣柜的柜门没有关紧，便走过去想将其带上。关门的那一瞬间，我看见王所衣柜里架子上放着一把带手柄的红褐色木梳。后来我上网查看，按照同样的颜色和款式，那应该是一把上好的紫檀木梳，网上标价要八百多元。我这才明白，怪不得王所每天来派出所的第一件事，就是关门换衣服，而且还要换那么久，原来他也在梳头养生呢。

杨所主管社区工作，需要经常下社区走动。平日里他在派出所待的时间不多，不准梳头的禁令一下，他在所里的时间就更少了。先锋派出所地处本市的南郊，管辖下面四个乡镇，地域面积宽广，路况曲折复杂，开车随便去辖区内转一圈，就要好几个小时。杨所早上出门办事，中午肯定来不及赶回所里吃午饭，于是便常跟着那些辖区里的公司经理或者厂矿老板在镇上的饭店里解决。这些老板和经理对杨所很尊敬，甚至带着一点献媚。做生意的人，难免会遇见各种各样的事情需要和派出所打交道，如果能和杨所搞好关系，对于他们来说，无异于多了一根致富的“定海神针”。所以每次到了中午的饭点，他们就会盛情邀请杨所出去吃饭。如果杨所推辞，反倒成了不给他们面子，让场面变得难堪。

先锋镇地理位置偏僻，但因祸得福，躲过了城市现代化的污染。镇上的农家饭菜干净卫生，原汁原味，在本市小有名气。特别是蛇肉和鱼肉的独特做法，享誉久矣。一到周末，大批的食客从城里开着汽车成群结队地来到先锋镇，他们在这里休息、钓鱼，吃饭、打牌……玩得舒心惬意，吃得酣畅淋漓。

因为长期在外面吃饭，油水充足，杨所的肚子比刚来派出所上班时大了好几圈。他现在最常做的事情已经不是梳头发，而是坐在值班室的凳子上，用手揉肚子。一边揉，还一边自我打趣地说："唉，又胖了，下次说什么也不能再吃这么多了。"可这话也就说说而已，过不了两天，杨所又会从外面吃得红光满面地回来，然后一屁股坐在值班室的凳子上，一边揉肚子，一边继续后悔。先锋镇的饭菜太好吃了，少有人经得住诱惑，特别是到了周末的时候，满镇的饭菜飘香，鱼肉、蛇肉、土鸡、土狗……光闻闻香味就让人口水四溢、食欲大增。

关于杨所为什么会调到先锋派出所来上班，我曾听不少民警谈论过，但都说不出一个所以然来。杨所在来先锋派出所之前，在城里的一个派出所工作，也是担任主管社区工作的副所长，且已有四五年了。他曾创立"勤走、多聊、互动、互助"的四大社区工作模式，还在局里作为先进经验推广。按常理说，杨所是"多年的媳妇熬成婆"，也该上个台阶了。却不知道为何，在上一次的调整中被调到先锋派出所，仍然担任副所长。先锋派出所是什么地方？穷乡僻壤，山高路远，很少被局里的领导关注。派出所的拨款少，编制少，待遇差，所领导难以得到提拔，民警也不被重用。调到这里上班的民警，除了一些新参加工作的像我这样的"愣头青"，就是一些工作上犯过小过错，或者不听领导话的"刺头"，而且基本上调进来后就很难再调出去。当然，这都是我工作了一段时间之后才知道的情况，我恍然大悟，怪不得杨所圆圆胖胖的脸上，总有一股怀才不遇的怨气。

我参加工作后的第一个单位就是先锋派出所，担任社区民警，杨所成了我的直属上级。据我猜测，杨所对我这个跟班应该是满意的。那段日子，他天天带着我在辖区里转悠，手把手地教我开展工作，登记核查镇上流动人口的信息资料，检查厂矿的消防设施有无过期，查看旅馆住宿登记是否齐全，去废品收购站翻找是否有涉嫌销赃的物品……更多的时候是我陪着杨所，坐在镇上的集市里或是村长、村书记家门口的晒谷坪里，一边晒太阳，一边和老乡拉家常，搜集一些对破案有用的线索。

上午忙完了工作，我便跟着杨所在镇上吃饭。吃饭前，杨所总不忘将我隆重地介绍一番："这是小叶，新调过来的大学生，我们所的笔杆子。他现在是先锋镇的社区民警、我的兵，以后你们要多多关照。"

饭桌上的人听完了杨所的介绍后，纷纷站起来和我握手，打招呼，说一些恭敬的话语。

紧接着，杨所又话锋一转，调侃道："不过现在的这些大学生，细皮嫩肉，缺乏锻炼，根本不能和我们那时候比。我刚参加工作那会儿，身体又黑又壮。有次办案抓捕一个毒贩，一米八高的犯罪分子被我一下摔翻到地上，然后给他戴上手铐。你们再看看现在这些大学生，细胳膊细腿，唉……"杨所边说边晃悠着他的大脑袋看着我，很有一副恨铁不成钢的样子。

在座的人又一起附和，说："是啊，是啊。"然后顺着这个话题在饭桌上聊天，吃饭的气氛变得一派祥和。

杨所这种先褒后贬的开场白，已经成了我们每次出去吃饭的必演节目。这让我很是纳闷，不知道他到底是要介绍我呢，还是要批评、鞭策我？不过日子长了，我也就习惯了。在饭桌上我会主动配合杨所，做出很诚恳的样子说："是啊，是啊，我要多向杨所学习。"

杨所听后，眯着眼很开心地看着我，还不忘记拍拍我的肩膀，给我的碗里夹上一大筷子狗肉。

2006年的时候，电脑已经开始慢慢普及了。局里分配给先锋派出所里两台电脑，供民警日常工作使用。因为使用传统的纸质媒介，办公速度慢、效率低，遇到差错，还要涂改，影响美观，我便尝试着用电脑软件制作各种电子表格和文档，来逐渐取代纸质媒介。从去辖区搞检查的各种检查表到群众来报案的报案登记表，或者是记录报案人、犯罪嫌疑人谈话内容的调查笔录，我都在电脑里制作出相应的电子文档，其他民警需要的时候，只要从电脑里打开这些电子文档，按照不同的内容在电脑上填写，等填写完毕确认无误后，再打印出来即可，既方便随时修改，又可永久保存。而且到月底总结工作的时候，用电脑一分析，各项数据一目了然。这种用电脑办公的方法，受到所里不少民警的好评。

但那个时候，"无纸化办公"只是少数人心中的一个理念，特别是在先锋派出所那种天高皇帝远的地方。所以杨所知道后，在所里的大会上狠狠地发了一回脾气。他不点名地批评说某些新民警，工作上怕苦怕累，一天到晚想着偷懒。还说新民警要虚心向前辈学习，下班后要多出去寻找破案线索，而不是闷在宿舍里看书、写小说。最后，杨所还从养生的角度，说电脑屏幕辐射严重，天天坐在电脑前，轻则掉发、厌食、视力下降，重则影响生育能力！

我不知道杨所为什么会发那么大的火，但我知道杨所已经很久没有带我去镇上吃饭了。我赶紧端正了自己的态度，上班填表格写材料全改用钢笔，下班后也不敢待在宿舍里，而是去辖区里到处转悠。电脑我已经很久不碰了，特别是有杨所在的时候，我离电脑远远的。

杨所对我的印象有一些改观，偶尔在人前还是会发发牢骚："我就看不惯现在的年轻人，字都写不好，却天天想着用电脑偷懒。以前没有电脑的时候，我们不是照样破案，照样抓人……"

杨所对我的批评，派出所里的一些同志并不买账，刘所就是其中一个。有一次休息的时候，刘所和我聊起杨所。他说杨所是市书法家协会的会员，一直以公安局第一书法家的身份自傲。杨所初学的是钟绍京的楷书，后又从欧阳询、黄自元的楷书得法，在行书上追学黄若舟的笔法，逐渐形成了自己的风格。能写一手好字是好事，但不懂低调做人就是坏事。杨所的签字和领导的签字排在一起，这让领导面子往哪里搁？杨所也是三十好几的人了，却还像个"愣头青"一样，人前人后地夸自己写的字如何好，评价领导的字如何差，好像全世界只有他会写字一样。

刘所说这话的那天，所里刚破了一个大案，他破例喝了白酒，有点喝高了。

我被刘所的话镇住了，钟绍京、欧阳询、黄自元、黄若舟哪一个不是历史上赫赫有名的书法大家，刘所能将他们的名字和特点脱口说出，一听就知道他也是行家里手。

刘所看了一眼我惊讶的表情，也不解释，随手拿出一支钢笔，在桌上的一张白纸上写下"虚心竹有低头叶，傲骨梅无仰面花"的联语。写的是行书，字体清新脱俗、灵动飘逸，用笔如行云流水，一气呵成。我突然发现，这和刘所平时签字时用的那种呆笨的字体判若两人。

写完后，刘所笑着对我说："很多本事不是抖出来才叫本事。"随后，他将白纸拿起来撕碎，丢进了废纸篓里。

转眼到了2008年，电游赌博在本市风靡起来。好像一夜之间，电游赌博机不期而至，出现在先锋镇的各个超市、网吧、杂货店、饭店、宾馆里面。电游赌博成本小、赔率高、操作简单，吸引了很多镇上的居民。他们没日没夜地沉迷在电游赌博里，连麻将都不打了。那阵子，在镇上随处都可以听到“哗啦哗啦”的硬币在电游赌博机里面滚动的声音。赢钱的人笑得合不拢嘴，输钱的人则急红了眼，吵架、打架的事情时有发生。后来，镇上还连发了两起因电游赌博引发的持刀抢劫案。

随着电游赌博机的泛滥，市里下发了打击电游赌博的文件，公安局展开了专项行动。所里借着这股专项行动的东风，远赴外省将持刀抢劫的犯罪嫌疑人，连同本地开设电游赌博机的老板等一干人全部抓获，收缴电游赌博机一百余台。我也适时写了一篇《跨省追击电游赌博，快速破获两起刑案》的消息，发在了本市报纸上。在其他单位还处于动员部署阶段的时候，我们先锋派出所已经漂亮地打响了专项行动的第一枪。

市里领导打来电话进行表扬，市局在先锋派出所召开了全市的经验交流会，派出所被树为打击电游赌博的典型。王所长高兴坏了，整天笑得嘴巴都合不上。只要一见到我，不是拍我脑袋，就是拍我肩膀，夸赞我消息写得好，用词准确、宣传及时。先锋派出所好多年没有这么出过风头了，他感到很是扬眉吐气。

派出所弄出了这么大的成绩，却有一个人不高兴，那就是杨所。电游赌博机出现在他的管辖区里，他负有监管不力的责任；派出所破了抢劫案，抓了犯罪嫌疑人，功劳属于主管刑侦破案的刘所；局里有传言，专项行动结束后，王所长就会高升，空出来的位置，将在他和刘所两人之间选择，而现在的局面对他显然不利。况且杨所还批评过我写东西属于不务正业，可现在我的不务正业却让先锋派出所获得了表扬和关注，这让他脸上很是挂不住。在后来的很长一段时间，他都不和我说话，成天阴着脸，遇见了我也只是“哼”一声，侧着脸和我擦肩而过。

专项行动结束后，局里果然进行了人事调整。王所长调到市局的政治部当科长，级别上去了半级。刘所调到局里的刑侦大队当副大队长，级别虽然未变，但岗位重要了许多。

杨所终于熬到了升迁的机会，而且连最忌讳的竞争对手也不在了。他脸上的阴霾一扫而光，整天神采奕奕的。在所里遇见我的时候，他都会亲切地和我打招呼，一副大人不记小人过的得意模样。

快过年的时候，局里为适应全省推进“电脑化办公”的要求，在全局开展了一次电脑摸底考试。考试分为三个项目：第一项为电脑基本操作，第二项是公安基础知识，第三项是检测打字速度。而第三项被列为提拔的硬指标，民警必须在一分钟之内按照各自的年龄打出相应的字数，凡是不能达标的民警，在提拔上实行一票否决。

结果可想而知，杨所不但打字速度达不到标准，电脑操作也是一塌糊涂。

离过年还有几天的时候，我接到调令，调到另外一个城市去工作。因为接着就是过年，过完年上班又忙着熟悉新的环境，先锋派出所一下子被我抛到了脑后。后来我在节假日给派出所的老同事打电话问候时，才断断续续地知道了一些我走后发生的事情。那次电脑摸底考试，否决了一批不会操作电脑的民警，他们心生怨气，居然到处上访告状，其中闹得最凶的就是杨所。杨所变成了公安局里“刺儿头”的代名词，谁看见他都躲得远远的。

“那么后来杨所被提拔了吗？”我问。

“电脑办公是时代发展的趋势，怎么可能因为杨所一个人不会电脑，就停止下来。你走后半年，局里及下属单位就已经完全实现‘无纸化办公’，不管是填写表格、收发文件，还是接受群众报警、写调查材料，或者侦办案件、打印法律文书，全都必须在电脑上操作。那些不会电脑的民警在派出所或在刑侦队啥事都干不了，只能全部调往巡警大队，每天开着车在街上巡逻，处置一些简单的突发事件。杨所自然也不会例外……”

我听出同事语调里的笑意。这个同事当年和我一起进入先锋派出所工作，是一名标准的“80后”，对电脑操作驾轻就熟。他是电脑化办公的既得利益者，在那次考试中名列前茅，接着就被提拔到另一个派出所当了副所长。

我想象着胖胖的杨所，坐在警车里巡逻的样子。他有丰富的社区工作经验，懂得养生的很多知识，还写得一手漂亮的钢笔字，现在却只能在马路上巡逻了。只是不知道杨所的头发，还是不是那么乌黑浓密，他的脸上，是否还笼罩着那股挥散不去的怨气……

刘奋强

刘奋强是先锋派出所的副所长，主管刑侦工作。他是本地人，在先锋派出所已经工作许多年了。

在人们的普遍印象中，搞刑侦工作的警察，肯定身材魁梧、肌肉发达，身上遍布着执行任务时留下的各种伤疤；他们会武功，懂擒拿，一个人对阵两三个犯罪分子毫不怯场；他们的腰里别着手枪，开枪时百发百中；他们通常都是夜间活动，潜伏在暗处，在意想不到的时候跳出来给犯罪分子致命一击；他们不苟言笑，神情冷峻，双目能看透人心，让人不寒而栗……

等到我来到先锋派出所工作，遇见主管刑侦的刘所，我才发现那些从电影、电视里得来的刑警印象，和现实完全是两码事。刘所刚过不惑之年，中等个子，健康但不健硕，腰板还有点儿弯。他理着小平头、穿着短袖 T 恤，模样显得很年轻。他的脸上总挂着笑意，那个笑不同于职业微笑，是一种发自内心的愉悦，像阳光一样，很能感染周边的人。

在不同的场合，刘所有各种不同的笑：和我们说话是开怀的笑，让人觉得轻松愉快；和群众说话是温文尔雅的笑，让人觉得平易近人；就连审讯犯罪嫌疑人的时候，刘所的脸上也带着笑，那是一种高深莫测的笑，带着点讥讽、嘲弄、玩世不恭，他的笑让犯罪嫌疑人害怕、纠结、忐忑不安，最终心理防线崩溃、举手投降。

有民警问他："刘所，在这穷乡僻壤，你哪来那么多高兴的事情？"

刘所笑着回答："工作嘛，哪里都一样，先要苦中作乐，然后才乐在其中。"这话听起来豁达开朗，但仔细回味，里面含着些许的无奈。

先锋派出所在公安局被称为"流放发配"之地，一是因为派出所地理位置偏远，交通不便，领导很少来视察指导；二是因为管辖的乡镇经济落后，民风彪悍，钱不多却事不少。派出所得不到局领导的关注，所里的民警自然难以得到提拔；经济环境落后，又导致民警待遇低下。久而久之，就形成了一个惯例：所里的民警出不去，外面的民警不想来，除了那些刚参加工作的"愣头青"和那些曾犯错、违纪的角色外，谁也不会来先锋派出所。刘所已经在这里工作了二十二年，其中担任副所长十年，就是最好的例证。

形容一个人长相独特，我记得有两种说法：一种是"南人北相"，一种是"男人女相"，而刘所属于后者。在史料记载中，我国古代就有"男人女相者为贵"的评断，意思是男人如果有近似女人的容貌，则非富即贵。我以前对这样的长相也只是听说，等见了刘所，才发现世界上还真有这样的相貌。刘所虽然是个男人，但他五官清秀，细眉毛，大眼睛，说话时脸上带着浅浅的笑意，乍一看去，还真有那么几分女态。特别是他不说话侧着脸盯着你笑的时候，竟然会让人产生一种妩媚的感觉。我在心里暗自叹息，刘所怎么会长期待在先锋派出所这样的地方？这和“非富即贵”的说法反差太大了。

刘所虽然是先锋镇人，但他说话和当地人不同。当地人说话都是大嗓门儿，一开口就像放鞭炮，噼里啪啦的，语速快、声调高。几个当地人在一起聊天，听上去就和吵架一样。而刘所说话慢而平稳，像是山涧里缓缓流淌的小溪；偶尔还带着那么一点俏皮味，如同溪水翻起的美丽浪花。

杨所受不了刘所的腔调，他不止一次地说：“那个娘娘腔，连说话都没有力气，也不知道他怎么去办案子！”

这话传到刘所耳朵里，就像是落进水塘里的一片树叶，连一点水花都没有溅起来就沉掉了，只换来了他微微一笑。

刘所不抽烟，不喝酒，不打麻将，却对下象棋喜爱有加。我曾和他对弈过几次，他总是让我先手落子，还要让一“车”一“马”。就算我有这么大的优势，却走不到四十步棋必大败。刘所下棋，格局虽大，却草蛇灰线，伏脉千里，于无声处起惊雷，让我这棋坛小辈望尘莫及。

刘所拍着我的肩膀说：“你基础不错，但眼光不够长远。年轻人，笑到最后才能笑得最好。”

在无事的时候，刘所喜欢捧着象棋古谱在办公室里细细研读，或者闭着眼睛仰靠在椅背上，双手交叉胸前，陷入假寐的状态。我知道那是刘所在脑海里下盲棋，他喜欢享受这种运筹帷幄、决胜千里之外的感觉。

洗脚是刘所的另一个爱好。杨所说的养生理论里提到过：“有二事乃养生大要：梳头、洗脚是也。”刘所对梳头没兴趣，但对洗脚却无比热衷。每次抓到犯罪嫌疑人，破了大案以后，刘所都要带上办案有功的兄弟们，去城里的洗脚城享受一番，而且是自掏腰包做东。我曾有幸跟着刘所去享受过一次，富丽堂皇的房间，宽大舒适的按摩椅，放一首轻柔舒缓的音乐，点一支檀香，然后将双脚浸泡在灌满各种药材的温水中……在那一刻，我们忘记了工作的劳累和烦恼。

只可惜这种破大案的机会太少了。先锋派出所地处本市远郊，辖区以村镇为主。平日打“110”报案的多是一些鸡毛蒜皮、邻里纠纷的小事。遇见打架伤人的案件，双方当事人肯定有不出五服的血缘关系，村长一出面，事情就协商解决了。偶尔发生盗窃案，那也是一些偷鸡摸狗，顺手拿邻居一件衣服、一条裤子等上不了台面的事情。这些案子都达不到刑事案件的立案标准，不用刘所负责。

只要局里不搞专项行动，刘所的日子就比较清闲。最近一段时间，刘所迷上了研究各类电子产品，如数码相机、录音笔、手机、电脑，等等。按说他四十多岁的年纪，应该属于传统文化的追随者，可他却正好相反，变成了现代科技的忠实拥趸。他用手机看新闻，用数码相机拍摄案发现场，热衷上网聊天，还弄了微博、博客等新潮玩意儿。

我没去辖区搞检查的时候，刘所常喊我到他办公室帮忙。刘所的办公室和我的办公室都在一楼，但一个在南边，一个在北边，中间隔了四个房间和一个楼道。刘所找我的时候，不像我们一把手王所长，会直接打我的手机，然后在电话里说：“小叶，你来我这里！”话语里透着无限的权威；他也不像杨所，站在走廊里扯着喉咙喊：“小叶，过来帮忙！”好像要让所有的人都知道他在做事一样。每次刘所找我的时候，都是走到我办公室的门外，然后用手指敲敲门，门开后，笑着对我招手说：“小叶，我有个东西不会弄，你来帮帮我。”他的声音不大，却恳切真诚。遇见这种情况，不管有多忙，我都会放下手里的活去帮他，有时是在电脑上制作表格、修改照片，有时是教他一些软件的使用方法。刘所对电脑的兴趣很浓，一有时间就在办公室里把键盘敲得“啪啪”作响。刘所常说：“不与时代接轨，就会被时代淘汰。”

这话说得太新潮了，完全不像是刘所这个年纪的人说的。

刘所不好意思地笑着说：“这话是从别人的微博上看来的，觉得不错，就当成了自己的座右铭。”

花了一个多月的时间，刘所和我一起，将先锋派出所历年来的案件信息都录进了电脑，再按照发案时间、地点、案件种类、作案手法等分门别类地做成数据图表。然后，我们利用电脑对其进行分析比对，从中找出破案线索。比如：有一段时间，有一个村晚上发生了两起摩托车盗窃案，而在一天之后，另外一个村也发生了一起摩托车盗窃案。这三起摩托车盗窃案都发生在午夜，地点都在国道边，作案手法都是使用的“暴力开锁”的方式，将一个特制的钥匙片插进摩托车的钥匙孔里将锁芯破坏后，再换上另一把摩托车钥匙将车发动骑走，整个作案过程不到三分钟。而且这两个案发地相距十公里，有一条国道相连。那么我们就可以大胆地推测，这三起案件是同一伙人所为，最少有三个人；第一次作案和第二次作案只间隔了一天，他们很有可能选择在两个案发地的中间地带休息或者消费。按照这个思路，我们立刻调取公路沿线周边的录像，又对中间地带的旅馆、饭店、超市展开排查，重点查找三人团体。果然我们就发现了线索，破获了一个来自外省的流窜盗窃团伙，抓获了三名犯罪嫌疑人。

这种利用电脑分析案件的方法，不但可以破案，还能预防案件的发生。有一次，城里好几个地方都发生了入室盗窃案，盗窃时间均为凌晨两点左右，手法都是使用口香糖开锁。我们通过用电脑分析，发现发案地从北向南一直在不停地迁移，十有八九是流窜作案。按照分析，这个盗窃团伙将会在近期内经过先锋派出所的辖区。那几天晚上，刘所带着我，每天凌晨一点出门巡逻，开着警车、亮着警灯在辖区里面到处转悠，到三点以后才返回所里休息。用刘所的话说，能抓住他们自然是上上策；如果抓不住，能吓跑他们也不失为中策；要是被他们偷了东西，提高了派出所的发案率，则是下下策，我们万万不能允许这样的情况发生。果然，在我们的巡逻下，先锋镇一直风平浪静。又过了几日，邻近的派出所辖区发生了入室盗窃案件。我们知道，这个入室盗窃团伙避开我们这里“安全过境”，往更南边的地段作案去了。

2009 年，局里在全市开展打击电游赌博的专项行动，并将侦破和电游赌博相关的案件情况列入年底的考核之中。

那一阵子，先锋镇上连续发生两起电游赌博引发的持刀抢劫案。局里开大会，局长点名批评了先锋派出所，并要求限期破案，否则将所长就地免职。王所长急得嘴巴都长了疱，天天在派出所骂人，并要求我们放下手里的一切事情，全力侦破此案。

当大家还在着急上火四处寻找线索的时候，刘所已经利用电脑锁定了犯罪嫌疑人的逃跑路线及藏匿地点，然后带着我们赴省外将其抓获归案。刘所的电脑分析破案法，一下子在局里传开了，很多单位都跑来向刘所取经。局里的刑侦大队还专门成立了一个案件研判小组，安排专人操作电脑，并请刘所去传授侦破案件的技巧……这种利用电脑分析情报信息，预防案件、侦破案件的方法，在现在已经普及，很多地方都设立了相关的部门，叫作警情研判中心或者叫情报中心，等等。不过，在那个时候，先锋派出所出了一回大风头。

可没等这股热乎劲过去，先锋派出所就出事了，具体地说是刘所出事了。

那天早晨八点，刚刚开始上班。我突然听到办公室外传来了嘈杂的声响，先是叫骂声，接着是摔东西的声音、巴掌打脸的声音，然后是女人的哭闹声。

我三步并作两步地跑到走廊上，看见刘所办公室门口围着很多人，声音正是从那里传出来的。

我冲过去，拨开人群，刹那间被眼前的场景惊呆了。办公室就好像经历了一场地震，桌子、柜子、椅子东倒西歪地躺在地上，各种各样的案件材料、数据表格被杂乱地丢得到处都是。我看见刘所木然地站在墙角，他的衣服被扯烂了，脸上有红红的巴掌印，一个穿花衣服的女人坐在地上，一边打滚一边声嘶力竭地叫喊。

“还愣着干什么，快把你们的嫂子扶起来！”杨所的断喝声从身后传来。

“嫂子？”我又一愣。

“发什么呆，她是刘所的老婆，你们快把她扶起来。”杨所从后面推了我一把。

这是我第一次看见刘所的老婆。刘所是先锋镇本地人，他老婆也是本地人，但没想到刘所这么一个有涵养的人，老婆却是个泼辣货。

在杨所的指挥下，我和几个同事想一起上前去搀扶她。可没想到，刘所的老婆根本不领情，她躺在地上大声号叫，身体扭来扭去，还将双腿对着我们乱蹬，让人无法靠近。场面失控持续了五六分钟，对我来说，好像有一个小时那么长。我无法想象站在墙角的刘所的心情，恐怕比死还要难受。

杨所看我们无法扶起刘所的老婆，便上前扯着刘所，要把他带离办公室。而这时，刘所的老婆突然从地上坐起来，一把抱住刘所的腿大叫：“你不准走，你这个不要脸的，你在洗脚城养小三，你是畜生……”

人群哄的一声，像炸开了锅。所有围观者的脸上，立刻浮现出复杂的表情，还有人掏出手机拍照。

“我 × ！你敢血口喷人，我撕烂你这张臭嘴！”刘所突然一声咆哮，将所有的声音都盖住了。我才知道刘所原来也是会生气的，我看见他愤怒得有点变形的面孔和那充满着煞气的眼神。我是第一次听刘所说出这么粗痞的话语，他好像变成了一头愤怒的狮子。

“你电脑里面就有证据，别人告诉我的。”刘所的老婆显然也被镇住了，她声调低了八度，只是言语里并不服气。

“我天天加班忙工作，吃在派出所，住在派出所，所里的人谁不知道？好，我现在就把电脑打开，你给我把证据找出来！”刘所愤怒地说。

“哎，都是自家人，何必弄成这样？嫂子，起来吧，家丑不可外扬，大家都冷静冷静。看热闹的都出去吧，出去吧！”杨所说着打圆场的话，上前去扶起刘所的老婆，然后催赶那些站在门外看热闹的人离开。

我不经意间瞟见了杨所嘴角的冷笑。

“姓杨的，你少在这里放屁，什么叫家丑不可外扬？这里的所有人，一个都不许走，谁敢走别怪我不客气。”刘所话没说完，左手提起办公室的一条木椅子，右手一拳砸在椅背上。一把完好的木椅子，“咔嚓”一声被砸得四分五裂。

人群里“啊”地传出一片惊叹声，我也倒吸了一口冷气，刘所这手上的功夫，可不是一朝一夕可以练出来的。

刚才还吵吵嚷嚷的场面，瞬间安静下来，连同整个办公楼都鸦雀无声。没有一个人敢动，也没有一个人敢说话，在场的所有人都被刘所镇住了。

我看见杨所惨白的脸上，豆大的汗珠从额头上流下来。

“小叶，你去开电脑。”刘所对我说。

“好。”我赶紧走上前，手忙脚乱地将电脑的各个部件从地上捡起来，接好线，再连通电源。好在电脑还经摔，按下开机键，正常运行起来。我长舒了一口气，脊背后已是汗淋淋的了。

电脑里自然不会有关于小三的证据。我对刘所的电脑很了解，里面全是案件资料，还有各种发案现场的照片，刘所聊天的内容也多是和各地刑侦民警聊如何查找线索，如何提取证据，等等。刘所这么一个敬岗爱业的人，大家平素都看在眼里，刘所的老婆是从哪里听来的小道消息？

“证据在哪？你给我说。”刘所看着他老婆，再次愤怒地问。

“我、我是听别人说的。”刘所的老婆低着头坐在地上，声音小得像蚊子嗡嗡一样。

“你听谁说的？”刘所又飞起一脚踢在柜子上，“哐当”一声巨响，把在场的人吓得一颤。

刘所的老婆浑身发抖，抬起头看看刘所又看看我们。那一刻我看清了她的脸，已经没有了蛮横和泼辣，而是布满了恐惧和不安。

“是谁？”刘所再次咆哮道。

“扑通”一声，一个人影蹲到了地上。

大家的目光转了过去，蹲在地上的竟然是杨所。

“刘哥，我糊涂啊，我也是听别人说的。于是就随口和嫂子说了，只是让她留个心眼。我没有想到会这样啊！刘哥，我对不起你！”杨所整个身子瘫软在地上。我感觉到杨所的身体和声音都在颤抖。

“王八蛋，我和你拼了……”好像是晴空一声霹雳，刘所的老婆举起拳头扑向了杨所，两个人滚打在一起，场面再次失控……

为了这事，刘所和他的老婆差点离了婚。这事闹得很大，一直闹到了局里。后来是先锋镇的镇长出面，又请公安局的局长做担保，还刘所一个清白，刘所这才作罢。

也不知道是因先前的案子破得好，还是因这件事的影响，年底人事调整的时候，刘所调到了刑侦大队当副大队长。刑侦大队的案件研判小组正式升格为情报信息中队，下面有八个民警，全归刘所调配。

杨所因为这件事，受到了一个行政警告处分。他沮丧地请了一个月的病假，听说他有一根肋骨被刘所的老婆给打断了，脸上也挂了彩。待到他来上班，我们还看见他脸上，有指甲划过的长长的伤痕。

不久，我调离了这个城市。于是，先锋镇、先锋派出所，一下子离我非常遥远了。

好些年后，我和几个先锋派出所的老同事吃饭聊天，说起当年的事情。我说，没想到刘所那么老实的人发起怒来，竟然那么凶狠，当时把我给吓坏了。

在座的一个朋友听了后，笑了起来，说："刘所可一点都不老实，我们当年都被他耍了。他和他老婆关系一直很好，怎么可能会因为别人的一句话把事情闹得这么大，最后惊动镇长出面，并要局长给他做担保才罢休。刘所当年下了一盘很大的棋，我们都傻傻地充当了他的棋子。"

听他这么一说，我才想起那件事发生后，局里派出几拨人来到先锋镇，向民警和群众打听刘所日常的工作情况和生活情况。大家同情刘所的遭遇，说的全是刘所的优点。就连和他一直有隔阂的杨所，也不敢说他半句坏话。

这个朋友还补充说："这些年，刘所的仕途一路顺风顺水，真是多亏了当年那个事情给他提供的契机。他从刑侦大队的副大队长，被提拔为大队长，接着担任副局长，最后又调往省公安厅。刘所把妻子、孩子也接去了省城，他和我们这些以前的老同事也不联系了。"

我一仰头，将杯中的白酒倒进了肚子，在心里喊了一声："是个人物！"

老贼四叔

四叔在贼道上是个名人，只要是吃这碗饭的，就没有不认识他的。

刚出道的时候，别人叫四叔“四指”，时间长了，长了辈分，才改叫“四指叔”，后来又省了个字，这才叫成现在的“四叔”。四叔得名是因为他的左手，上面只有四个指头——缺个小拇指，他左手中间三个手指一样长，瘦而尖，像三根竹筷，夹东西时又快又准，大的如大哥大，薄的如钞票，他都能轻松自如地夹到手里。

没有人知道四叔的名字，就像没有人知道四叔左手为什么只有四个指头一样。以前是这样，以后还是这样。没有人问这是为什么，也没有人会去追究为什么。

四叔不是这个镇上的人，老家是哪里，估计连他自己也忘了。年轻时走南闯北，走到哪，哪就是家。后来漂泊得累了，便想找个地方落落脚，选择这个镇子后，一住就过去了五年。四叔盖了房子，找了老婆，又添了两个孩子，日子就这么一天一天打着飞脚过去了。

要不是后来发生的事，四叔肯定会一辈子就这么闲适地过下去，养点鸡鸭，伺候点庄稼，再逗逗院子里养的大黄狗。那是一个很平常的早上，四叔打开屋门，伸个懒腰，一辆警车突然停到跟前，随后几个穿制服的警察将四叔带上了车。到第二天四叔从公安局回来，人们才知道，原来邻镇一家信用社晚上发生了盗窃案，丢失了四十多万元现金。周围这些有过盗窃前科的人都被带到公安局比对排查，四叔当然也在其中。

好事不出门，坏事传千里。这次盗窃案虽然没有四叔的份儿，但四叔以前蹲过班房的消息是捂不住了。四叔回家后，邻舍之间对四叔的态度有了明显的转变，以前那些关系挺好的亲戚再不登门，四叔家落得冷冷清清。反倒是贼道上的朋友们开始频繁光顾四叔家，拜师学艺的，切磋本领的，还有的是专程登门拜访只为满足见一面心愿的。一到晚上，来四叔家拜访的人络绎不绝，四叔越是拒绝，登门的越多，他家俨然成了这一带小偷的集合地。那些不知道从哪听来的关于四叔的故事，如油锅里取铜钱、嘴巴穿针、隔空偷钱包，等等，被一传十、十传百，传得神乎其神。有那么一阵子，镇上有谁家小孩不听话了，只要说一句“让四叔把你偷了去”，小孩就能立刻乖乖上床睡觉。

四叔五十岁那年在镇上做了一次寿，那也是当地最风光的一次寿宴。据别人回忆，做寿那天方圆几十里地的小偷全来了，老的少的，男的女的，开车的走路的，穿着体面的，也有衣衫不整的，送过来的贺礼堆了半间房子那么多。做寿的酒席摆了二十多桌，把偌大的打谷场占得满满的，整个镇子就像过年一样喜庆。那天镇上的派出所一刻也没闲着，全体民警待命，随时应付突发情况。你想，好几百个小偷聚在一起，有什么值钱的东西那不眨眼就不见了。当然，这只是玩笑话。不过据我们所里的老民警说，那天吃完饭后还真抓了几个人，都是负案在身，从小听四叔故事长大的网上逃犯，给四叔拜完寿后，当时就到我们派出所自首了。

做寿的当天，四叔宣布金盆洗手。但在这中间发生了一段小插曲，四叔用来金盆洗手的铜脸盆不翼而飞。面对这么多远近朋友，四叔也不追究，只要别人抬来一口油锅，又倒满滚油，两手运气，直接就插到油锅里洗起手来。手上下在油水里翻滚三次，毫发无损。然后，他向四周拱了拱手，说："以后，谁到这里来摸东拿西，别怪我不客气！"四叔这一招油锅洗手技惊四座，其结果直接导致小偷在本镇绝迹。偷鸡的，偷牛的，偷摩托车的，或者来拜访四叔的，在这之后的整整两年时间里，一个也没有出现。

当然，这些事情，都是我从朋友、同事、街坊口中听来的。自从我在这个镇上的派出所上班，并当上这一带的管区民警后，四叔这个名字便常在我的耳边响起。邻里之间闹纠纷了，谁家又丢东西了，或者是某某案子没有头绪，需要线索了，都会有人在边上提起"找四叔啊"。

第一次见四叔，是我刚到派出所上班那天，当时四叔正在所里帮着调解一起邻里纠纷。他穿着一件黑褂子，下面是灯芯绒的老棉裤，整个身体干瘪消瘦。他的脑门儿谢了顶，花白的胡子拉得好长，很有点仙风道骨的样子。我认真地观察了一下他的左手，真的只有四个指头，手指很黄，瘦长瘦长的，有点像腊肠，只是多了张皮包在骨头上。

很遗憾，我没有亲眼看见过四叔"出手"，我不止一次地想象四叔会不会像《天下无贼》里那些大腕一样，把扒窃操持得"炉火纯青"。但这已经永远没有机会了，在我见到四叔的一个多月后，四叔去邻镇一个亲戚家喝酒，晚上回来，不知被谁在背后捅了几刀，然后被丢进了路边的一个水渠里。

我们到达现场后，四叔早就断气了。我们立刻判断，这只可能是那些“道”上的人干的！

派出所立刻设专案侦查。

但四叔在这个镇上，从此就只剩下了一个名号。

夜来风雨声

走到离厕所还有七八步远的地方，张严明就已经闻到了那股浓郁的让人恶心的味道，他狠狠地骂了句脏话，然后从口袋里摸出了香烟。

这是一个充满诗意和田园风情的早晨，阳光温婉，气候舒适，偶尔拂过的凉风里夹带着草尖上露珠的清香。远处有孩子在嬉笑，有老牛在河里饮水，有黄狗在田埂上奔跑……从睡梦中醒来的张严明站在二楼的窗边向外眺望，他心情愉悦、朝气蓬勃，浑身充满着能量。而在下一秒，腹部传来的越来越剧烈的胀痛，让他不得不打飞脚奔向楼下院角的厕所，而早上所有美妙的感觉，也在这一刻突然消失。准确地说，这是一个建造于20世纪的标准乡间茅房，没有瓷砖墙面，没有水泥地板，没有洗脸池，没有蹲便器，只有一个深达两米的粪池，里面爬满了密密麻麻的白蛆以及指头大的绿头苍蝇，两块黑色长条木板一左一右搭在粪池的上方，拼成一个简易的坑位。张严明蹲在木板上，左手捂着鼻子，右手拿着点燃的香烟上下前后挥舞，他一边驱赶“嗡嗡”乱叫伺机而动的蚊虫，一边还得时不时地抬起屁股躲过身下溅起的尿水。

“欧所，咱们还修新厕所吗？蹲这茅坑和上刑一样，太难受了！”提上裤子，张严明一路小跑进了所长欧阳凯的办公室。

“你又来了！你上过刑吗？蹲坑都这么讲究，尽是名堂。这厕所要是不修，你一个大活人难道还被尿憋死？”欧阳凯靠在办公桌后的靠椅上，一脸嘲讽。

“不死也脱一层皮！”张严明撇撇嘴。

“瞎扯！正好我还要找你，今天是星期四，你还没上报一条破案线索，杀人抢劫的大案子我不指望，小偷小摸、打架赌博，你辖区总有吧，破案是硬指标，关系所里年终的排名呢！”

“知道。”

“还有，小张，我还想起个事……”欧阳凯话匣子一打开，一件又一件的事情从他嘴里蹦出来。

看着眼前这两片上下抖动唾沫四溅仿佛永不停歇的厚嘴唇，张严明感到脑袋阵阵发紧。他想插上几句，但嘴巴张了张，终究什么也没说出来。

去年大学毕业后，张严明通过公务员考试考进了警察队伍，现在是派出所的社区民警。他是个“90后”，尖下巴，瘦高个，皮肤白皙，头发微微带点自然卷。张严明大学读的不是警校，而是本地的一所师范大学，学的是音乐系，选的是音乐教育专业。平日里他喜欢听音乐、玩乐器，是朋友口里的艺术家。像这样一个时尚新潮又叛逆的小年轻怎么会到先锋派出所来当警察呢？不知道。

虽然不是科班出身，但张严明年纪轻，脑子活泛，学东西快，各种工作上要注意的事项，老民警只要教一次，他就了然于心。同事间工作上有需要搭把手或者替个班的，喊一声，他就风风火火地过来了，不拖沓，不藏私，大家都喜欢他。

张严明毕业就端起了“铁饭碗”，在同学里算是幸运的。他的好些大学同学还在外面四处奔波寻找工作，租住在城市某个地段的地下室或者廉价房里，天还没亮就起床赶公交车转地铁，为了买便宜的食物穿梭在各大超市……他们对张严明充满了羡慕。常有同学来单位找他玩，到了饭点，张严明会请客去镇上吃一顿正宗的柴火饭。遇到同学有难处，他也会借一些钱出来，数额不大，但足以应急。张严明的工资虽然不高，但每个月都会一分不少地准时打到工资卡上，派出所管理也很人性化，不但提供一日三餐的伙食，还有免费的单人宿舍。张严明是家里的独子，父母都有工作，平日里几乎不需要花钱。他对现在的工作和生活都挺满意，除了一件事：上厕所。当然，这事也不能怪派出所。

张严明工作的派出所全名叫先锋中心派出所，坐落在先锋镇的南边，坐东朝西，紧挨着国道。这是一个占地近半个足球场大的老宅院，四面是红砖砌成的围墙，上面纵横交错地布满了爬山虎的藤蔓。院子当中有一个篮球场，篮架早已坏了，剩下几根铁棍孤单单地支在那里。地上的标线也是模糊不清的，有的地方还断了很长一截。这里曾是先锋镇政府的所在地，始建于上世纪70年代。球场的南北两边一溜两层高的房屋，红砖、灰瓦，曾是党政办、计生办、组织部、武装部的办公室、会议室。也许是历经了这么些年的风吹雨打，宅院显得一派颓废荒僻。

后来，不记得是哪一年，镇政府班子筹集到一笔专项资金，他们在镇子的北边另觅了一块新址，修建了新办公大楼、新礼堂、新食堂，还有一个新篮球场。择了一个良辰吉日，放了一圈震天响的鞭炮，镇政府里的一干人马就“呼啦啦”地全撤走了。

宅院空了出来，却一直没找到新东家，它落寞地闲置在这里，一眨眼就闲置了许多年。去年，公安局要在先锋镇上新建一个派出所，看中了这个宅院，与镇政府一商量，便以极低的价格租借了过来。所里找人给老房子刷上了崭新的蓝白相间的油漆，在大门口挂上了金灿灿的警徽，宅院里原来种植的樟树也被移走了，换成了两排高大的白玉兰，原来显得颓废荒僻的宅院像是换了一副模样。镇上的人再路过这里，心里就莫名地多了几分敬畏。他们从大门口望进去，看见阳光下熠熠生辉的办公楼，看见身着制服走动的年轻民警，偶尔撞见警车亮着警灯、响着警笛、呼啸着跑出去，或者载着一车人呼啸着从外面跑进来，这一切让人感到严肃而神秘。

因为是租借的场地，派出所驻扎进来后，除开面子工程，其他基础设施一概没动，于是，这个坐落在宅院最当头的上世纪茅房也幸运地保留了下来。欧阳凯也不是没想过重修厕所，所里的内勤做过预算，买材料加人工费，紧打紧算也要八千元。派出所刚刚成立，到处需要用钱，汽车要加油，所里要用水电，民警要吃饭，辅警厨师要拿工资……拿出八千元来修一个厕所，实属不易。所长欧阳凯在心里拨了拨算盘，就把这个想法无限期搁置了。

欧阳凯是先锋派出所的第一任所长，刚过不惑之年。他是本地人，方脸、粗眉、大鼻头，说话语速快、声音大，满嘴方言。来派出所之前，他曾担任刑侦大队的副大队长。刑侦大队是正科级单位，副大队长是副科实职，先锋派出所属于农村二级派出所，是副科级单位，欧阳凯从刑侦大队调过来当所长只是平调，级别并没有改变，不过由副职变成了一把手。有句老话叫"宁为鸡头不做凤尾"，说的大概就是这个意思。但是掉过头想，刑侦大队是热门单位，领导重视，也容易弄出成绩；

而先锋派出所位于郊外，天高皇帝远，又是新近成立，欧阳凯虽说是担任一把手，但以后的发展前景并不乐观。当然，这些都是外界传闻，好与不好只有当事人心里清楚。

欧阳凯是个会来事的人，他到派出所上任后，立马把刑侦大队做业务报表的流程全盘搬到派出所里，他督促内勤制作所里的工作报表，将每个民警的工作做出细化，对每一周、每一个月的工作进展情况做出相关要求，比如像张严明这样的社区民警，硬性规定每周必须下社区多少次，登记多少户暂住人口，上报多少条案件线索，检查多少家特种行业、休闲娱乐场所等。每周一早上，欧阳凯要召开全所民警大会，民警逐个汇报上周工作情况，只要发现有民警没有完成规定动作，欧阳凯就会立刻指出，民警轻则被他骂得满脸唾沫，重则直接被扣发奖金。

先锋派出所地处远郊，开车进城要一个小时。所里除开协警、厨师，正式民警不过十人，而且大多是老同志，平均年龄超过四十五岁。被分配到这么一个鸟不拉屎的地方，民警心里多少都有点怨气，现在又被欧阳凯天天拿着报表催工作进度，脾气自然更大，说什么怪话的都有。

“催催催，阎王爷催命也没这么急！”

“还不是想提拔图表现，抓着我们当驴使。”

……

欧阳凯心里清楚，并不计较。现在到处都流行“三三原则”，说一个部门里面三分之一的人做事，三分之一的人不做事，最后三分之一的人不但不做事，还要拖后腿，说风凉话。而领导要想搞出成绩，就要让做事的人多做事，不做事的也要做点事，喜欢 × 蛋的让他不出麻烦事。比如像张严明这样的年轻人，欧阳凯没事就要敲打敲打，年轻人做事热情上去了，一个能顶两个用。

因为有欧阳凯天天在屁股后面挥鞭子，先锋派出所的排名也是“噌噌”地往上涨，还没到年底，就已经在局里的排行榜上独占鳌头。马局长对先锋派出所的工作很满意，有传言说，在下一届的人事调整中欧阳凯将被委以重任。

短时间内新建厕所是没有希望了，所里任务又催得紧，张严明只得调整工作方式，只要不值班，天一亮他就骑着摩托下社区去了。

先锋镇派出所虽然坐落在先锋镇上，但除了先锋镇，还管着相邻的三个乡镇。张严明的社区是南面的青山镇，小镇背靠大青山，与邻县接壤。张严明以前去社区的时间不多，一是山路太多，虽然离所里距离不远，但道路曲折，绕来绕去，骑车过去要四十多分钟时间。再加上村与村之间分布很散，有时候下去搞人口调查，办几张身份证，都得花上一整天的时间，效率很低；二是路况太差，大青山里矿藏丰富，因之前曾被过度开发，唯一一条进出的水泥路被拉矿的卡车轧得千疮百孔，虽然现在矿少了，但路却无人修整。骑车过去，晴天一身土，雨天一身泥。张严明在下面跑一天回来，鼻孔、耳朵孔里面都是灰。但下社区也有好处，那就是可以暂时摆脱在派出所上厕所的尴尬。在青山镇，张严明可以很舒缓地解决内急的问题，网吧、超市、旅社，村干部或者和他关系娴熟的村民家里都有他的足迹。当然，这个事情不能明说，张严明只能每次都如同“恰好”路过，而且还不能经常去同一个地方。

下去的时间多，张严明的社区工作做得很细致。来派出所工作的一年多时间里，他把青山镇的各个村摸了个烂熟。他进行过村里的人口普查，去过矿山、猪场进行消防检查，清查过镇上的特种行业、娱乐场所，调解过村里的邻里纠纷，接待过上访群众，帮村民办理过户口、二代身份证，上门慰问过孤寡老人、留守孩子……搞社区工作的同时，张严明也没忘了所长欧阳凯交代的事，镇上谁家进了贼，哪里又有人买地下六合彩，他全在心里一一记下，有一次还走运地抓获了一个在外地犯案后躲回青山镇的逃犯。

工作搞久了毕竟单调，总是那么几个固定的事情，张严明长时间待在青山镇上，忙完了工作，有大把时间可供他挥霍。闲暇时，他便把大学时的爱好重新捡了起来，每次下社区都在包里放上好几支录音笔，走到哪里，录到哪里。去矿山，他会录下机器的碰击声，金属工具的敲打声，矿工们的号子声；去养猪场，会录下母猪产子的哼哼声，饲养员喂食时的口令声，杀猪时的惨叫声；去村里，会录下集市的喧闹声，孩子的嬉笑声，公鸡打鸣声，猫狗打闹声。有时候他骑着车走在某段山路上，会突然把车停下来，掏出录音笔录下山上溪水的流动声，山谷里风的回声，还有风穿过树林摇动树枝发出的“哗哗”声。甚至连派出所晚上出去搞行动，张严明和同事们一起趴在某个草丛或者某个山坳进行蹲守时，他也会掏出录音笔。草丛里不知名的小虫的鸣叫，远处汽车的喇叭声和路人的说话声、笑声，同事们紧张的呼吸声、轻微的咳嗽声，更多的是晚风在寂静空旷的星空下任意奔窜偶尔拂过耳际的“呼呼”声。他在这一刻，有一种“蝉噪林愈静，鸟鸣山更幽”的空灵感。

“这四周黑漆漆的，鸟毛都没有，有什么好录的？欧所最烦别人不务正业，你要注意哦！”同事善意提醒道。

“我这是工作需要。”张严明连忙解释。

张严明在青山小学挂了一个法制副校长的头衔，定期要去给孩子们普及一些法律方面的知识。下了课，他会拿出一些自己录制的声音放给孩子们听，这些声音里有各种各样的动物、昆虫，让孩子们大开眼界；去养老院或者孤寡老人家里，张严明也会带上他的声音，有的是集市上的喧闹，有的是村里的老山歌，这些声音让老人们想起以前的快乐日子。

录制的声音受到大家的喜欢，张严明很受鼓励，他把更多的时间投入到录制声音上，除开平时上班下班的零散时间，到了周末或者节假日，他背着双肩包，装好水和食物，带上野营用的帐篷，就一头钻进大青山里去了。他带着麦克风、扩音器，一整天一整天地待在深山里录制声音，张严明觉得这才是最美妙的音乐，到处都是跳动的音符。张严明去的那些地方有的很偏远，连手机信号都没有，遇上派出所要加班或者临时有事需要集合，张严明永远是缺席的那个。

欧阳凯为这事大为光火，可是又不好发作。周末毕竟是休息时间，民警有自己活动的自由，而且张严明去的不是外地，他一直待在自己的辖区里。更让人气愤的是，张严明的兴趣爱好并不耽误工作，他的社区工作台账整理得井井有条，让人找不出岔子，向青山镇的村民打听，则全是说他的好话。

张严明录制的声音越来越多，每天一下班，他便钻进自己的宿舍，捣腾各种声音。张严明把这些声音拷进电脑，然后再分门别类地编成各种素材合集，如风和雨，可以分为不同强度、不同地方、不同时段；如鸟叫或者虫鸣，可以分为不同品种、不同大小、不同区域……他还想到了一些新点子，将这些声音拼接在一起，变成一段整体的乐章。

“这东西有什么意思，难道乡下的风和城里的风还有不同？”偶尔有同事来张严明的房间玩，不解地问。

“当然不同，这里面可有意思了。”张严明认真地回答。

“欧所对你搞这个东西有意见呢！”

“那又如何，我只是一个普通民警，又在最偏远的派出所，难道还能把我降为副民警？”张严明莞尔一笑，他戴上耳机，重新沉溺在声音的世界里，连同事什么时候走的都不知道。

转眼快过年了，青山镇出了一起大案。鞭炮厂老板张大发十岁的儿子被同住在镇上的黄有才绑架了。

这个案子事出有因，张严明曾给所里做过详细汇报。年前的时候，张大发鞭炮厂库房堆积的火药过多，发生爆炸，将厂里的员工黄顺炸死了。这事本该鞭炮厂负责，可张大发看黄家只有黄有才一个孤寡老头，便仗着张家是村里的大姓，自己财大气粗，又是县里的人大代表，以黄顺没有和他的厂签用工合同为由，对赔偿的事一拖再拖。黄有才的老婆死得早，这些年一直和儿子相依为命，现在儿子也死了，他受不了打击，变得疯疯癫癫的。清醒的时候他抱着儿子的照片到处上访告状，糊涂起来抱着酒瓶见人就追着喊儿子。

为稳定黄有才的情绪，欧阳凯和黄有才在所里见过面，也拍过胸脯，说一定要给他讨个公道。但张大发家大势大，又是存心抵赖，欧阳凯一时拿他也没有办法，再加上年底正是局里人事调整的关键时候，欧阳凯忙着竞聘刑侦大队队长，不好也不能和本地的这些知名人士撕破脸皮。欧阳凯原想等自己的调令下来再给黄有才伸张正义，可这一拖就拖了大半年。黄有才等到年底，一看派出所也不给自己主持公道，便跑到镇上的小学，趁着下午放学，提前把张大发的儿子接走了。

绑架案是重大刑事案件，黄有才神经又有问题，事态相当严重。欧阳凯不敢隐瞒，一边组织警力收集线索，一边向局里求援。

这是先锋派出所建所以来的第一大案，意义非同小可。公安局马局长第一时间赶到青山镇亲自督战，欧阳凯借来青山镇镇政府的会议室，将这里作为办案的临时指挥所。

“欧所，先锋派出所工作一直搞得不错，怎么会出这样的大事？我听说犯罪嫌疑人还是一名上访户？”坐在会议室里，马局长首先点了欧阳凯的名。

“嫌疑人叫黄有才，是一个孤寡老人，平时脑子有点不正常。”欧所赶紧站起身答道。

“一个精神不正常的上访户，为什么没有安排人重点控制？”

“这……”

“发生绑架案之前难道没有一点征兆？派出所为什么没有掌握线索？”

“啊……”

“你这个所长是怎么搞的？”马局长突然一拍桌子。

“是所里工作疏忽。”豆大的汗珠从欧阳凯的脖子上冒出来，转眼将衣领浸得透湿。

关于黄有才扬言要绑架孩子报仇的事情，张严明曾向他汇报过，当时只以为是黄有才发神经乱说，没当一回事，现在看来却是早有征兆。

“现在事态发展如何？”马局长又问。

“根据目击者提供的线索，黄有才带着孩子进了大青山。”

“大青山地形地貌怎么样，山上山下有没有人居住，上山有几条路，人进山以后好不好找？”

又是一连串的发问，欧阳凯被问得发蒙。他求救似的向所里其他人望去，但谁也不敢接话。

“我是青山镇的社区民警张严明，我来介绍一下情况吧。”现场正有点尴尬，张严明突然从边上站了出来。

“对，小张是我们所的优秀社区民警，这里是他的点，让他介绍最合适。”欧阳凯像是抓住了救命稻草，赶紧走到张严明身边。

“那你说说。”马局长点点头。

张严明早有心理准备，他从随身携带的背包里拿出一张本地地图，然后指着图说起来：“大青山位于青山镇的南面，是本地最大的山，最高的主峰叫青霞峰，海拔有2500米。大青山整个山体呈东北—西南走向，横跨两省四市，绵延150余千米，总面积约1000平方千米，多数地方是未开发的原始森林。山下有一个村子，但只有五户人家，而且都是留守老人，平均年龄六十岁以上，帮不了什么忙。我们的汽车只能开到山下，那里有一个村委会，可以用来临时休息。再往山里面走，汽车就进不去了。上山只有一条一人来宽的山路，而且非常陡，技术好的骑摩托车可以勉强上到半山腰，再往上就完全没路了。地图上这些做了标记的地方我都去过，路不好走，植被也非常多，而且山上气候多变，风雨说来就来。”

“工作做得很细致，不错。那你认为他们现在走到哪里呢？”

“根据目击人说，最后看见黄有才和孩子是在下午五点，现在时间是七点。开车从镇上赶到山下的村委会，还需要十来分钟。根据我的经验，如果他们走唯一的山路上山，两个小时的时间，走不到半山腰，如果骑车追，应该可以追上。但如果他们不走这条山路，那就不好找了，山那么大，只能一点一点地搜。”

“那还等什么，马上分成两组，一组常规搜山，一组由你带队，骑车去追。”马局长大手一挥。

“我技术好，我来骑车。”欧阳凯终于找到了一个说话的机会，赶紧争取表现。

“嗯，再给你两个特警，骑两台车上去。”马局长点头。

欧阳凯心里憋着事，摩托车在山路上跳来跳去，跑得飞快。

其他留下的民警，加上张大发鞭炮厂的员工，村里张姓的族人组成临时的搜救队，按照事先规划的位置，呈“一”字形开始搜山。

不到一刻钟，欧阳凯载着张严明就跑到了半山腰上，路已经到了尽头，却没有发现黄有才的任何踪影。

“看来他们没有选择这条路上山，这事麻烦了。他们在其他路上走了两个多小时，要想在大青山深处找出两个人，真是比大海捞针还难，而且要变天了。”张严明抬头看着天，低沉地说。

远处突然响起了一声闷雷，几乎是眨眼之间，豆大的雨点已经砸在了脸上。

“快下山，现在不下去，我们都会被困在山上。”张严明大喊道。

瓢泼大雨转瞬即至，等欧阳凯驾驶着摩托跑回山下的村委会，几个人已经从里到外都湿透了。搜山的队伍也回来了，一百来号人，歪歪斜斜地挤站在房子里。外面天全黑了，风和雨搅在一起，形成一道雨帘，将屋里屋外隔断成两个世界。这个时候出去，就算打着手电，也难看清三米之外的东西。

“马局长，欧所长，快救救我的儿子啊！”张大发看见外面风雨凶猛，搜山的人又都撤回来了，急得在会议室里哇哇乱叫。

早知今日，又何必当初呢，你把老子给害惨了。欧阳凯望着他，心里气得直咬牙。

“丁零零……”张大发的手机突然响了起来。

“是黄有才！”张大发说。

房间里瞬间安静下来，欧阳凯做了个手势，示意张大发接听电话。

张大发哆嗦着按下接听键。

“爸爸……”孩子稚嫩的哭声从电话里传出来。

“点点，我的儿子！黄有才，你不要害我儿子，你要多少钱我都给！”听见儿子的声音，张大发急得大喊。

“爸爸……”孩子还在哭泣。

“点点，别哭，爸爸就来救你，别哭！”张大发嘴里说着别哭，自己却跟着哭了起来。

怕局势难以控制，欧阳凯一把抓过电话："黄有才，你在吗？黄有才！有什么话好好说，不要为难孩子。"

电话里只有小孩的哭声，夹杂着风声、雨声。

"点点，你不要哭，带你上山的那个爷爷在你边上吗？"看黄有才一直没有回答，欧阳凯改问孩子。

"他，他掉下去了……"

现场的气氛一下紧张起来。

欧阳凯继续说："点点，你千万不要动，等我们来找你，你看看周围有什么东西？"

"有石头，有树，我怕……"孩子在电话那头又哭了起来，但哭声越来越小，越来越微弱，最后只剩下风雨声。

"点点、点点……"张大发抢过电话发疯一样喊起来，不祥的感觉弥漫在房间里。

"让我来听听。"张严明突然从人群里走过来，从张大发手里抢过手机，然后从包里拿出一个黑色耳机，熟练地将接听线插在手机上，戴上耳机闭着眼睛听起来。

"我儿子都要死了，你还搞什么名堂，你们快点出去救人啊！"张大发大叫着要抢回手机。

"不要动！"欧阳凯一个箭步挡在张大发前面，双手将他牢牢地抓住。

"这是什么情况？"站在一旁的马局长一头雾水。

"马局，张严明平时喜欢研究各种声音，是我们所的科技人才，这次只能靠他啦！"欧阳凯赶紧解释。

"那你快听听！"马局长半信半疑。

时间一点一点地流逝，屋外的雨没有一点变缓的迹象，反而越下越大。

屋子里没有人说话，所有的目光都落在张严明身上。大家敛声屏气，连呼吸都压得很轻。

秒钟转了一个圈，张严明突然开口了：“电话里的雨声比我们这的小，纬度有差距；雨打在树叶上的声音很散，打在地上的声音很响，说明现场树木不繁茂；风的声音比山下的风大，又比山顶的风小；风是来回穿梭的，里面带着旋，附近有山洞；孩子说周边有石头，手机信号又不是很好，应该还没有走到和邻县搭界的位置，因为那边完全没信号。他们上山走了两个小时的路程，按照我的判断，他们应该是从西面上山，现在走到青霞峰西边半山腰的位置，那里有一些荒废的矿洞，我们可以顺着矿洞向四周寻找。”

“我带路，大家快跟我来。”张严明一声喊，拿着手电冲进了风雨里，屋子里的人也一窝蜂地跟着追了出去。

张严明的判断果然不差，搜救队在青霞峰西边半山腰的一个山坳处找到了孩子，这个地点距离最近的一个矿洞不到五十米。孩子淋了雨，身体发烫，已经陷入了昏迷。如果不是张严明判断出了大致的位置，搜救队就是在山上再找几天也难发现这里。民警还在边上的山洞里找到了黄有才的尸体，估计他当时发了病，一脚踩空掉了下去，当场摔死了。

这个案子破得很漂亮，也很幸运，局里给张严明评了一个三等功。

“你小子虽然平时不务正业，但这次歪打正着破了案，立了头功。马局长对你印象非常好，点名要提拔你，你小子走狗屎运呢！”欧阳凯不无羡慕地对张严明说。

“谢谢领导厚爱，但我恐怕是要辜负马局长的信任了。”张严明边说边从裤子口袋里拿出一张打印好的辞职信，平放在欧阳凯的办公桌上。

“什么？你、你是不是疯了？”坐着的欧阳凯“腾”地站了起来。

“不，我很正常。”张严明一个转身，走出了办公室。

“你小子以后可别后悔……”欧阳凯的声音从后面气急败坏地追上来，但张严明已经走得连影子都不见了。

张严明连“铁饭碗”都不要了，他还想干什么？

辞职后的张严明可没闲着，他在网上开了一家“声音店铺”，专门出售他平日里录制的各种声音。这些声音可以用作手机铃声、来电提醒；也制作成各种专辑供人欣赏，如动物类声音、流水类声音、风雨声……张严明给每个专辑都取上好听的名字，如“雨夜”“静思”“晨曲”，等等。店里的生意非常火爆，张严明感到很快乐。他现在有更多的时间出去录制声音了。

那张三等功的奖状还放在所里，同事将它贴在办公室的墙壁上，偶一抬头，就可以看见张严明的名字。偶尔地，大家会想起张严明，想一想，随后又各自做事去了。派出所总有做不完的事情。

局里人事调整结束了，欧阳凯没能当上刑侦大队的大队长，他还待在先锋派出所，这一待最少又要三年。他憋了一肚子火，不知道哪个环节出了问题。

过了几天，欧阳凯找来施工队，把所里的粪池填了，然后在上面砌了一个新厕所。欧阳凯每天都要去里面蹲一会儿，他觉得这个厕所确实比以前的茅坑舒服多了。

保安姜富民的北漂时光

姜富民是一名保安，在北京一家设计院工作。他是合同工，合同一年一签。物业公司将他安排在这里，他一做就做了许多年。

姜富民是个瘦子，很瘦，而且很黑。是那种干瘪肤黑的瘦子。尤其是夏天，他穿着肩膀上绣着“保安”二字的蓝色短袖衬衣，露出竹竿一样细长的胳膊和那尖尖的喉结，就显得更黑、更瘦。他偶尔喝一点酒，生一点气，但因为皮肤黑，就算酒气涌到脸上，也一点都看不出来。

姜富民年龄不算大，五十有三。他是南方人，老家在一座靠海的城市，气候宜人。他为什么会到北京来，这话说起来就长了。不过按他家乡的惯例，过了五十岁，是该在家带着孙儿过快活日子的，但因为这样或者那样的原因，他回家的日子被一推再推。

在设计院工作的人都喊他姜师傅，不管是年轻的，还是年长的，就连设计院的院长尚一鸣也这么喊他。姜富民听了心里很受用。在设计院里上班的，都是文化人，肚子里有学问。姜富民称他们为老师，“王老师”“陈老师”“李老师”……他们当然不是上课的老师，但在姜富民的心里，有文化的人就是老师，老师是对所有文化人的尊称。

姜富民的主要职责是守门，顺便签收一下快递。上班的时候，他在设计院大门边站着，有设计院的老师进出，他笑着打个招呼；有外人过来办事，他认真查看对方的证件，在登记本上记下来访的事由。站累了，他会到门口的保安室里坐一会儿，喝一口茶。茶是院长尚一鸣拿过来的，湖南产的绿茶，绿油油的一大包，足有半斤。姜富民不懂喝茶，不过他无端地觉得，既然是文化人拿来的茶，肯定是好茶。他让女儿给他在网上买了一个圆柱形的玻璃保温杯，每天上班的第一件事，就是抓一撮茶叶撒在杯里，然后倒上开水。一直看着茶叶在开水的滋润下舒展开身体，一半缓缓地浮上杯面，另一半打着旋地沉下去，又笔挺地立在杯底，他这才正式开始一天的工作。

保安室不大，两平方米左右，刚能放下一张桌子和一把椅子。桌上除了登记本，还有一台奶黄色的电话。电话刚拿来的时候是白色，时间久了，外壳上不知不觉泛起了黄点，最后成了现在的模样。它是设计院的内线电话，可以接听，但不能拨打出去。电话响的时候很少，多是快递公司的业务员打来的，在电话里询问设计院的地址。北京太大了，老有人找不对地方。放下电话不到一会儿，刚才打电话的人就“呼啦啦”地拖着一车书或者资料送到门口。偶尔也有设计院里的老师打电话过来，告诉姜富民等下会来一个什么样的朋友，请接待一下。姜富民的女儿也打来过电话，不过那种时候更少。

在保安室里待得久的，除了姜富民，还有一只花猫。这是一只名副其实的花猫，如同它的名字“花花”。花猫除了四只脚是纯白色，身上的毛色五彩斑斓，像那些抽象派的油画作品，黄色、棕色、黑色、白色，写意地糅杂在一起。

花猫是设计院里的人抱过来的，后来那人调走了，猫却没有跟走。花猫刚来的时候只有拳头那么大，姜富民平时将它兜在衣服口袋里，上班则放在桌子的抽屉里。设计院的食堂饭菜不错，很合猫的胃口。才两三年的工夫，猫已经肥得不成样子。姜富民抱着它围着院子走一圈，竟然得喘上两口气。

有太阳的时候，花猫在设计院的停车坪里打盹，有时候它睡在车底下，有时候则睡在车顶。院里的人都习惯了。开车的时候，鸣两声喇叭，花猫才很不情愿地爬起来。它前爪抓地，身体绷直向后舒展，伸一个“n”字形的懒腰，然后才“喵喵”地抱怨两声，不疾不缓地挪个地方。刮风下雨的时候，花猫则整日整日地睡在保安室的桌子上。北方下雨的时候很少，就是风大，隔着两层窗户都可以听见风“呼呼”地叫唤，能把猫从屋顶上吹下来。

姜富民工作的设计院，坐落在北四环边上。院子很小，就那么一点点大。一栋楼，一条路，一个小池塘，一名保安。小池塘很小，比两台车停在一起的面积大不了多少。为这巴掌大的地方，设计院里也有人提过意见，说不如把池塘填了，多空两个停车位出来。还是院长尚一鸣站出来说话，才保住了这处风景。院里另一处风景就是满院栽种的白玉兰，老北京人都喜欢这种植物，管它叫“望春树”。白玉兰一开，春天就来了。每年四月左右，白玉兰开花的时候，场面很惊艳。从大门口往院里望去，就好像初冬时节的早上推开窗户，看到下了一宿大雪后的景色。整个院子都是白茫茫的。小路、池塘、大楼，全被白色的花海所淹没。白玉兰的花香很浓郁，特别是刚开花的那几天，满满地填塞在整个院子里。从外面进来的人，会有一种突然被厚重的花香所夹裹的压抑感。那种香味，很霸道，随着呼吸，肆无忌惮地钻进人的五脏六腑里，就算过了很多天，当你打个嗝，或者放个屁，还能带出花香来。十月往后走，天气凉了，白玉兰的叶子也黄了。阳光下金灿灿的一大片，亮得晃眼。“呼呼”的一场大风过去，树叶下雨似的往下落，整个院子就被铺上了一层金色的地毯。这个时候，花猫总是特别兴奋，它“喵喵”地叫着扑进树叶堆里打滚，从这边钻进去，又从那边冒出来，身上、头上沾满了树叶。

不上班的时候，姜富民会去外面逛逛。他脱下保安制服，换上休闲装，穿一双灰色的运动鞋。他从设计院出门，左转走上北四环线，一直往西走，走到“鸟巢”再打转。环线上总是一幅车水马龙的场景。姜富民一边走，一边数汽车。长的、短的、宽的、扁的、有顶的、没顶的……各种颜色款式的汽车。姜富民在环线上看过不少车祸，有的是轻微剐蹭，有的则很严重。有一次一辆黑色的小车撞在环线辅路的护栏上，撞散了架，开车的小伙子当场身亡。姜富民站在人群里，听边上人议论，说那台黑色的小车叫“法拉利”，价值上百万元；说那个小伙子真年轻，一看就是有钱人家的孩子……有的人很惋惜，有的人很痛恨，大多数的人很木然。交警来处理事故，清障车拖走了“法拉利”，救护车运走了小伙子。半个小时的工夫，马路恢复了畅通。人群散了，后面的车“呼呼”地开过去，好像什么事都没有发生过。姜富民摇摇头，又咂咂嘴。他心里感觉少了点什么，有一点不是滋味。

姜富民顺着环线，一直走到奥林匹克公园北门。他从环线的天桥上走过去，到“鸟巢”边的椅子上坐一会儿，抽两根烟，然后往回走。“鸟巢”周围的广场上从来不缺少游人，男的、女的、老的、少的、中国的、外国的，背着相机，背着大包小包……往哪边看都是人，吵吵嚷嚷的，各种声音在空气里飘飞。姜富民记得自己刚来北京那会儿，“鸟巢”才刚开始建设，这里还只是一个大工地，连脚手架都没搭起来。姜富民有好几个老乡在工地上做活，后来活做完了，他们都回了老家，一个也没留下。说是不喜欢这里的气候，太干燥，而且人多，压力大，活得累。

其实哪个地方人不多、活得不累？都一样。只不过北京城里的人确实多了一点，好像是一锅煮熟的饺子，闷在北京这口大锅里无时无刻不在咕噜咕噜地沸腾。这也是姜富民留恋设计院的原因，他来这里后就再没换过工作。设计院小是小点，但安静。上班的时候，院子里静悄悄的；下班的时候，院子里还是静悄悄的。只有树叶被风摇晃的“哗哗”声，还有偶尔花猫睡醒后发出慵懒的“喵喵”声。院里的人说话都很缓，温文尔雅的，好像怕打碎了这满院子的宁静。

姜富民来的时候是从马路对面走过来的，回去的时候从马路这边走回去，正好围着环线走一个圈。他回去的步子会走得慢一点，也许是心境有了些许的变化。一路上会经过一家“肯德基”，一家“必胜客”，一家“全聚德”，一家“稻香村”。走到“稻香村”门口的时候，离设计院就不远了。如果心情不错，姜富民会进去称一些糕点。姜富民不吃晚饭，这是他从院长尚一鸣那里学来的养生习惯。古人云“过午不食”，还有一种说法叫“饿一饿治百病”，姜富民对养生不懂，但既然是文化人说的话，照做准没错，何况还是古代的文化人。但有时候，到了半夜，肚子饿得难受，他便想起买些点心做储备。姜富民不好意思说出来，晚上偷着吃。虽然没人看见，但他还是觉得很惭愧，好像愧对了尚一鸣的养生理论。

北京有很多好玩的地方，但只要是收费的，姜富民一个也没有去过。姜富民一边看地图，一边扳着指头数，天安门、王府井、前门大街、什刹海、南锣鼓巷、钟鼓楼、秀水街、潘家园、“798”，还有各种博物馆、公园、老胡同……免费的地方都玩不过来，为什么还要去花那些冤枉钱。姜富民有一张“一卡通”的交通卡，插在贴身的钱包里。这是女儿帮他办的，能坐地铁，也能坐公交车，对着感应器晃一下，听到“滴”的一响就行了。姜富民的钱包也是女儿在网上买的，黑色皮制的，价值一百多元。姜富民心里美滋滋的，但口里还是埋怨女儿好一阵，怪她乱花钱。

姜富民的女儿叫姜婷婷，在北京的一所初中教书，教的是语文。

不忙的时候，姜婷婷会来设计院看看父亲，她和院里的很多人都认识，尚一鸣也很喜欢她。但这种时候不多，姜婷婷平时要上课，周末还在家带学生补习，很忙。

姜富民和姜婷婷的相貌相差挺大。如果不是姜富民自己介绍，谁也不会往那上面想。姜婷婷个子不高，身材纤细，鼻子和下巴都是尖尖的，小巧可人。她的皮肤不像父亲，很白，笑起来嘴角一边有一个酒窝。她的普通话说得很标准，眉宇间自然地淌出一股书卷气，清新、雅致，像一茎幽兰。

姜婷婷教语文，教作文，也教古典诗词。

姜婷婷在讲台上念：“故人西辞黄鹤楼，烟花三月下扬州。孤帆远影碧空尽，唯见长江天际流。”

孩子们跟着念：“故人西辞黄鹤楼，烟花三月下扬州。孤帆远影碧空尽，唯见长江天际流。”

姜婷婷在学校人缘不错，这点像他父亲。大家很尊敬她，喊她姜老师，或者小姜老师。她上课的时候很严肃，穿着灰色的工作服，戴着黑框眼镜。她将头发梳到脑后，扎成一个马尾辫，干净利索。初中的孩子已经很调皮了，不好管束。但姜婷婷有自己的办法，她上课的时候，学生谁也不敢捣乱。

姜婷婷的年纪不小了，过了年，二十八岁了。她现在最让父亲操心的，就是婚事。虽然这个年龄在北京“单”着很普遍，但在他们老家却是一件比天还大的事。

提起这事，姜富民就上火，他嘴里长了好几个疱，喝水都疼得他直龇牙咧嘴。

“爸，我忙工作呢，您别瞎操心。”姜婷婷回答得很干脆。

“我这是瞎操心吗？”姜富民和尚一鸣聊天的时候问，“您是有学问的人，您说结婚重要不重要？她在北京读大学，读研究生，图的是啥，就是要找个好人家结婚过日子呗！”

“读书是为了结婚过日子？哈哈，姜师傅你啊，哈哈，思想得改……”尚一鸣笑得肚子都疼了，他摆摆手，慢慢踱进办公楼。

姜富民感到有点委屈，他不懂尚一鸣这个文化人的想法。但婷婷是他的女儿，他连女儿的想法也不懂。

姜富民去过几次女儿工作的学校，五次？还是六次？反正不多，数得过来。不是他不想去，是去了以后不知道干什么。女儿刚参加工作，很忙，上课、开会、写教案、准备公开课、辅导学生。姜富民不理解现在的年轻人怎么会那么忙，忙得连谈恋爱的时间都没有。他在女儿的宿舍待着，搞搞卫生，把鞋子摆放整齐，把晒干的衣服收进柜子，然后回设计院。

姜富民想起女儿读大学的日子。那时候，姜富民还是一个四十多岁的中年汉子，精神好，劲头足，没事就去女儿的大学逛。设计院出门右拐有公交车站，往西坐十站路，下车再走十分钟，就到大学门口。校门很大、很庄严，门上方用行书刻有“某某大学”，两边的门柱上还雕刻着龙凤花鸟的图案。校门的右边有一个保安岗亭，姜富民从那里经过时，会和里面的保安打招呼。这个岗亭有两个保安轮班，一个年龄偏大，一个是小年轻。

大学很大，从南门走到北门要花半个小时。校园里有教学楼、图书馆、食堂、体育馆，还有一个大湖。很大的湖，湖水很清澈，有鱼在水草间穿梭。女儿刚来学校报到时，是姜富民提着行李箱送过来的。从学校正门走进来，穿过一个小操场，第一个路口右转，一直往里走，绕过大湖，走过栽满柳树的林荫小路，尽头就是女生宿舍。校园里风景很美，比老家的公园还好。姜富民和女儿看看这里，又看看那里，眼睛里全是喜悦。

姜富民一有空就会坐车来学校。他漫步在校园里的各条小路上，心里满是自豪。他来时并不和女儿提前打招呼，说来就来了。有时候女儿在上课，有时候女儿在图书馆自习，有时候女儿在湖边坐着看书。碰见了，姜富民“嘿嘿”笑着凑上去打招呼：钱够不够花？衣服够不够穿？心情好不好？说几句话，抽两支烟，走了。

次数多了，姜婷婷有点不高兴。年轻人多少都有点好面子，父亲老来找自己，让同学间无端地多了一些饭后的谈资。

“爸，你别老来学校，会影响我学习。”

“好，好。”姜富民摸摸脑袋，很不好意思地笑。他的脸有点微微发红发热，但因为皮肤黑，一点也看不出来。

回去的路上，姜富民心里就有点自责。女儿是来北京读书的，自己却老是跑来影响她，不好，很不好。但过不了几天，姜富民又来了。他不敢惊扰女儿，远远地坐在女生宿舍门外面。他看着女儿和同学们说说笑笑地从宿舍里走出来，绕过大湖，走过栽满柳树的林荫小路，走进教学楼，或者图书馆。一直等到看不见了，姜富民才停下步子。他在湖边找个椅子坐下，很闲适地四处望望。风柔柔地吹过，太阳晒得身子暖暖的，真好；这些学生伢子说话都是细声细气的，走路都捧着书看，真好；女儿在这里读书，将来肯定有出息，真好……想着想着，姜富民睡着了。

姜婷婷读书很刻苦，每天天没亮就起床去教室温习功课，深夜了还泡在图书馆里自习。周末的时候，她在校外兼职，在培训学校上课。她的成绩不错，期期都能领到奖学金。父亲给她的钱，她没舍得花，全都存着。她知道家里的情况，是个很懂事的女孩。

姜婷婷就读的大学属于理工科大学，男多女少。他们班上四十六个人，只有六个女生，女生和熊猫一样珍贵。姜婷婷属于漂亮又聪明的女生，就显得尤为出众。一些高高矮矮、胖胖瘦瘦的男生，开始想方设法地接近她。送花的，送礼物的，传字条的，写情诗的……姜婷婷一概不予理睬。

大三下学期的时候，宿舍六个女生，除了姜婷婷，全都恋爱了。看着别人每天海誓山盟、花前月下，姜婷婷的心里不免也有了些松动。她毕竟只是个刚满二十岁的女生，对青春和爱情，心里总有那么点向往。于是再有追求者出现的时候，她就不像以前拒绝得那么干脆了。追求者中有一个高年级的学长，个子很高，留着长头发，天天抱着吉他在女生宿舍门口对着姜婷婷唱情歌。时间久了，姜婷婷感动了。姜婷婷开始和学长一起去自习室，一起进图书馆，一起在食堂吃饭，晚上还肩并肩、头挨头地坐在校园的湖边看月亮。这事姜婷婷没有告诉父亲，她活在自己的浪漫爱情故事里。

姜富民害怕的事情，终究还是发生了。姜富民不知道如何引导或者劝导女儿，他没这方面的经验。他只好用最笨拙的办法，天天跟着那个学长，偷偷地观察他的兴趣爱好和生活习惯，看他是不是真心对女儿好。

一天晚上，姜富民将女儿和学长堵在湖边的柳树下。

姜富民出现的时候，姜婷婷正坐在学长大腿上聊人生。

“丫头，咱来学校是读书的！”

“我知道。”

“那你在这里弄啥？”

“爸，我，有分寸。”

“你知道他是啥人？他是坏人！”

“他是我的学长，怎么是坏人？”

“他今天抱着你坐在这，前两天搂着一个短头发女孩在外面饭店吃东西，他会是好人？”

“叔叔，你可别乱说哦！”学长声音有点颤。

“你难道还要我找两个证人来？”姜富民问。

学长不敢说话了。

“滚！”姜富民骂道。

学长夺路而逃。

姜婷婷的初恋就这样被扼杀在萌芽里。她很长一段时间都无精打采的，见到父亲也没有太多话说。姜富民倒还是和原来一样，来学校走走，远远地看看女儿，抽两根烟，回去了。女儿一切安好，姜富民就放心了。

姜婷婷大学毕业后，考上了本校的研究生，继续留在学校深造。姜富民感到很骄傲，他知道在设计院工作的老师都是研究生，这是文化人的标志。姜富民捧着女儿的录取通知书，看了又看，眼眶里湿漉漉的。

读研的第二年，姜婷婷迎来了人生的第二段爱情。他是姜婷婷的一个学弟，叫董浩。

董浩是山西人，家里都是做生意的。他和姜婷婷同是校文学社的成员，一起参加过几次文学社举行的活动。董浩个子不高，衣服很新潮，鼻梁上总架着一副没有镜片的金丝眼镜。他的口才很好，说话一套一套的，什么“CPI”“通货膨胀”“GNP 缩减指数”等经济术语，张口就来，很能唬人。姜婷婷就是被董浩的口才唬住了，她看着董浩的时候，眼睛里全是光。

董浩常开着自己的车带姜婷婷出去吃饭逛街。车是外国进口的，流线款式，价格不菲。

姜富民脑袋摇得跟拨浪鼓一样，不同意，坚决不同意。这种公子哥，不是过日子的人。

姜婷婷不听，她觉得董浩挺好，对她也挺好。该买的东西买，不该买的东西也买。姜婷婷在网上看到有人说：肯为女人花钱的男人，就是真正的好男人。姜婷婷觉得说得很对，董浩的爱情就是自己想要的爱情。

姜富民无法说服女儿，他只好故技重施。校门口的两个保安和他很熟络，给他提供了不少信息。于是不管是图书馆、食堂、操场，还是教学楼、大湖边，或者校园周边的餐馆里面，姜富民总能准确无误地将女儿和董浩找出来。姜富民也不说话，就是死死地跟着他们。他们走到哪，他就跟到哪，和牛皮糖一样黏。

姜婷婷问父亲："你到底想干啥？"

"你们在一起不合适。"

"那我和谁合适？"

"反正和他不合适。"

"你怎么知道不合适？"

"他开跑车，穿衣服太艳，眼镜没有镜片只有框。"姜富民很固执。

姜婷婷"哈哈"地笑出声来，她觉得父亲太古董。

姜婷婷从学校宿舍搬了出去，和董浩在校外租的房子里过起了同居生活。

姜富民心里狠狠地疼了一下。女儿大了，他终归管不了她一辈子。

果然出事了，董浩和姜婷婷好了大半年，腻了。他又认识了新的女朋友，在电话里和姜婷婷说分手。

姜婷婷肚子里的孩子已经有两个月了。她给父亲打电话。等到姜富民火烧火燎地赶到女儿的出租屋里，姜婷婷已经吞下整整一瓶安眠药，不省人事。姜富民背着她冲下楼，用最快的速度送往医院。

姜婷婷昏睡了两天两夜，捡回了一条命。她躺在医院洁白的病床上，床边坐着一脸疲倦的父亲。姜婷婷看着父亲，扑到他怀里“呜呜”地哭起来。

“哭吧，哭出来就好。丫头，是爸没管好你。”姜富民揽着女儿，泪水也唰唰地流下来。

过了一周，姜富民悄悄地带着女儿去医院做了人流手术。

日子重新回到了正轨。姜婷婷读书、考试、研究生毕业了。她参加教育局的公开招聘，被分配到一所中学教书。去中学报到的时候，是姜富民陪着去的。和读大学那年一样，姜婷婷在前面走着，姜富民在后面拖着行李箱。行李箱比当年那个大了许多。

中学的待遇不错，每个老师都配备一间单身宿舍，二十平方米，摆放着一张床、一个书桌、一个衣柜。学校还有食堂，早中晚都有饭菜供应。姜婷婷在这里安安静静地上课、备课，以前读书的日子好像遥远了。

姜富民安心了不少，女儿的事情他谁也没有告诉，就连老家的婆娘也没有说。他准备烂在肚子里，直至带进另一个世界。

闲暇的时候，姜富民和家里人打电话。婆娘在电话里说儿子家生了一个八斤七两的男娃，哭起来山崩地裂的；儿媳妇奶水很足，把娃喂得饱饱的。婆娘在电话里还说今年地里的收成不错，山上的果树也可以摘了；最近身体有些不舒服，怕是年龄大了，腿老是疼……姜富民眼睛有些发红，他想回家，可又不放心女儿独自在北京生活。

姜婷婷工作快一年了，感情上一点动静也没有，姜富民很着急。设计院里热心人不少，他们很积极地牵红线，介绍的男士各行各业的都有。公务员、生意人、记者、老师、运动员、军人……有的拿来了电话号码，有的拿来了照片，有的领着人过来给姜富民看。

姜婷婷按照父亲的安排，一到周末就奔波在各种相亲的路上，吃中饭，喝下午茶，或者晚餐。姜婷婷一直摇头，这个，没感觉；那个，也没感觉。

“你到底想找啥样的？”姜富民问。

“我也不知道，就是觉得没那种感觉，那种……心跳的感觉。”姜婷婷沉默了一阵，若有所思地说。

心跳的感觉？嗨，也就年轻人才想得出这样的怪话。姜富民有点泄气。他想起以前防贼一样提防着女儿早恋，后来又千方百计地想着拆散女儿和男朋友，到了现在却不得不天天给女儿介绍对象，这日子过得倒回去了。

姜富民站在门口的时候，就少了那么点精气神，人受了挫，从眉宇间可以看出来。

“姜师傅，我有一个侄子，叫耿乐，今年三十三岁，刚回国。要不改天让这两个年轻人见见？”有天院长尚一鸣从门口经过，对姜富民说。

“好啊，好啊。”尚院长的侄子，那还有啥说的，姜富民心里一百个乐意。

姜富民赶紧将这些情况告诉女儿。

“这门亲事，我看行。尚院长的侄子，准不坏。”姜富民心里美美的，脸上笑出了花。

“爸，八字还没一撇呢。”看姜富民陶醉的样子，姜婷婷打断了他的话。

过了几日，尚一鸣将耿乐的联系方式拿过来，顺便还拿来一张侄子的照片。

照片上的耿乐很精神，身材匀称，平头，尖下巴，穿着一件白色衬衣，搭一条浅蓝色的牛仔裤，和女儿有那么一点夫妻相。

“好啊，好啊。”姜富民一拍大腿。下了班他就往女儿学校赶，女儿正在宿舍吃饭。姜富民敲敲门，进屋后，将耿乐的照片塞到女儿手心里。

“就这个小伙子，周六中午 11 点 30 分，在设计院侧对面的‘米琪茶餐厅’，你俩吃个饭。”

姜婷婷看了看父亲，又看了看照片，脸微微有点发热，说：“行。”

出了门，姜富民又赶紧给耿乐拨去电话，约好了地点、时间。

转眼周六了。

姜富民中午早早地出了门，他借了一副墨镜，戴着口罩，穿了一件高领子的大衣。户外阳光明媚，只是风大。姜富民坐在米琪茶餐厅对面公交站台的铁凳子上，一边假装等车，一边关注着米琪茶餐厅门口的情况。餐厅里的位置他昨天已经在电话里预订好了，现在要做的只是等待主角的出现。十一点二十分，姜富民看见耿乐走进了餐厅，小伙子很有礼貌，早到了十分钟，他穿着黑色风衣，比照片上更加帅气。十一点三十分，女儿没有出现。姜富民的心里焦急起来，他看着马路上川流不息的汽车，有点埋怨，又有点担心。他将手机从口袋里掏出来，又插回去，再掏出来。手机在他的手上翻转，外壳上全是汗水。终于，姜富民看见女儿穿着一件红色风衣从出租车上下来，走进了餐厅。姜富民悬着的心，落了下来。但想到女儿和耿乐见面，那颗心又再次绷紧。餐厅里的情况他一无所知，但他可以想象女儿的表情和神态。女儿进门后肯定会为自己的迟到道歉，她会将风衣挂在椅子背后，然后理一理自己的头发。也许耿乐会给她倒上一杯白开水，女儿不喝饮料，只喝白开水；也许饭前耿乐会说一两个小笑话，女儿喜欢听笑话，她笑起来的时候，嘴角上一边有一个浅浅的酒窝，可爱极了……

时间过得真慢。姜富民看看表，十二点四十分，他们还没有出来；姜富民再看看表，十三点整，他们还是没有出来。终于，姜富民看见耿乐和女儿从餐厅里并排走出来，他看见女儿脸上灿烂的笑。那个笑他很久没有看见过了，忘记了是在女儿刚进大学的时候，还是读研究生的时候。他太熟悉女儿的笑了，那是发自内心的快乐。姜富民悬着的心终于安安稳稳地落了下来。他这才想起自己还没有吃午饭，胃里空落落的，饿得慌。

回设计院的时候，姜富民抱着花猫转了好几个圈，花猫又胖了，可姜富民一点也不觉得沉。

姜婷婷和耿乐开始交往起来。他俩一起吃饭，一起逛街，一起去看电影、话剧，听演唱会，两人好得就和连体婴儿似的，时时刻刻黏在一起。

姜富民好一阵子没有接到女儿电话了，不过对于他来说，这倒是个好消息，女儿忙着恋爱了，没时间管他。

时间一晃过去了两个月。

突然有一天，耿乐到设计院找到姜富民。他说姜婷婷突然不理他了，态度冷淡，电话也不接，信息也不回，去她的学校里，姜婷婷也不见他。他不知道自己做错了什么，感到莫名其妙。姜富民赶紧宽慰他，劝走他后，下班就往姜婷婷的学校奔去。

“耿乐是个挺好的人，但我以前流过孩子，对他不公平。我不敢告诉他，怕他接受不了。”姜婷婷在宿舍哭得很伤心。

“这，唉……”姜富民也不知道该怎么办。他蹲在地上，双手不住地敲头。

姜富民一夜未眠。清早起来，他直奔耿乐家。

耿乐在北三环边上有一套二居室，他一个人居住。这是两个男人之间的对话，姜富民请求耿乐不要告诉第三个人。这是姜富民第一次和外人谈起女儿，他说起女儿年幼时的趣事，说起女儿读书期间的刻苦努力，说起女儿被扼杀在萌芽里的大学初恋，说起女儿被公子哥欺骗后吞安眠药自杀，最后说到他带女儿去流掉了那两个月大的孩子。说到最后，姜富民抱着头蹲在地上，“呜呜”地哭起来。他知道耿乐和女儿是不可能在一起了。女儿是姜富民的心头肉，他是多么希望有那么一个人，能像他爱女儿一样爱着姜婷婷，照顾她，关心她一辈子。

姜富民不知道自己是怎么走回去的，他觉得自己话说得太多了，好像把一辈子的话都说完了。

过了半个月，圣诞节了，街道上到处洋溢着喜庆的气氛。姜婷婷突然跑来设计院。姜富民正坐在值班室喝茶，花猫缩在他的脚底下打盹。姜婷婷说耿乐到学校向她求婚了，耿乐说他不在乎过去，看重的是未来；还说要爱护她、照顾她一辈子。姜婷婷扑到父亲的怀里大哭起来。

婚礼是在设计院里举行的，院长尚一鸣是证婚人。姜富民老家的婆娘、儿子、儿媳妇、孙子都来了，还有姜婷婷学校的同事、设计院的老师，还有男方的亲属，热热闹闹坐满了整个院子。姜富民将女儿的手交到耿乐手里，那一瞬间，他感到身体里像是被取走了一截骨头，整个人都虚脱了。

姜富民到物业公司递交了辞职报告。

“你操劳了大半辈子，该留在北京享福啦，还回去干吗？”尚一鸣不解地问。

“以前留在这里，是为了照顾女儿，现在女儿结婚了，有人代替我照顾她，我也放心了。家里的婆娘身体不好，儿子在外地打工，孙子需要人照顾，我这老胳膊老腿还不能休息，要继续去为孩子们发挥余热。”姜富民笑着说。

姜富民去火车站是姜婷婷和耿乐送的，虽然他一直坚持不要他们送，但最终没有拗过孩子们。

“爸，那您还来北京吗？”姜婷婷问。

“会的。”姜富民点头。

“爸，那您什么时候再来？”姜婷婷追问。

“等你生孩子的时候，到时候，爸妈都来帮你带孩子。”

“嗯。”姜婷婷点点头，眼睛红红的。耿乐从后面轻轻地揽住了她。

姜富民有太多话想说，但又什么都说不出来。他看着女儿，突然想起女儿第一次来北京时的场景，也是这个车站，也是这个站台。那时候女儿才那么点高，干瘦干瘦的，扎着麻花辫，提着一个黑色的行李箱。一眨眼，八年了，女儿长大了，工作了，结婚了。一切就好像是做梦一样，一睁眼，这辈子就走完一大半了。

火车徐徐开动了，女儿和女婿在站台上挥手道别。

姜富民突然把脑袋伸出去，对着外面大喊：“丫头，要幸福哦！你幸福，爸妈就幸福。”泪水从姜富民的眼眶里大团大团地涌出来，迷糊了他的视线。

“爸……”女儿追着火车跑起来。

寒 夜

“我要回去了！”豆豆没有表情地说。

声音一出口马上被喧哗的音乐盖了过去，“酷酷”迪厅的音响震耳欲聋，豆豆的话像是扔进大海里的一粒小石子，连点波澜都没有惊起，就沉了下去。

“再玩一会，等秀秀过来，半夜十二点一起走。”坐在身边的糖糖朝人群里把头扬了扬，人头攒动的舞池里，秀秀正和一群同龄人疯狂地舞动着。

秀秀在这家新街口的“酷酷”迪厅做DJ（主持），每逢星期五、六的晚上，秀秀都要来这里上班。秀秀在这里工作已经半年了，“酷酷”迪厅的老板很欣赏她，不但工资给得高，而且秀秀带来的朋友酒水都可以打折。

“我是说，我准备离开北京回湖南了。”豆豆把头凑到糖糖的耳边一字一顿地说道。

“什么？”糖糖手一抖，拿在手里的玻璃杯滑了下来，杯子在棕红的地毯上跳了跳，啤酒淌得满地都是。

“你什么时候决定的？”糖糖盯着豆豆的眼睛问。

“很久了。”豆豆痛苦地摇摇头。

来北京一年半了，当一切都还刚刚走上正轨，却要悄然结束了。就好像豆豆、秀秀、糖糖三人之间的友谊；就好像她们刚开头还没有写完的北京自考日记。

秀秀和糖糖是豆豆来北京最早认识的朋友，她们都是1985年出生的女孩，都在北京A大学读自考，同一个班，住同一个寝室。

豆豆是相信缘分的，有句话叫“有缘千里来相会”。在豆豆没有遇见糖糖和秀秀之前，她们三人还各自生活在中国广袤土地的不同方位上，各自过着独立的生活。而她们现在却走到了一起，成为了无话不说的好朋友，这就是一种缘分。就像张爱玲文章中说过的一句话：于千万人之中遇见你所要遇见的人，于千万年之中，时间的无涯的荒野里没有早一步，也没有晚一步，刚巧赶上了，那也没有别的话可说，唯有轻轻地问一声：“噢，你也在这里吗？”

如果不是同样地高考落榜，如果不是同样地选择来北京读自考，如果不是同样地选择现在这所学校。那么，她们三人这一辈子，是永远不会认识的。她们生活在自己的世界里，如同一个空间内的三条直线，或许她们会偶尔地在同一个平面内产生一个交点，就像在茫茫的人海中，她们偶尔会擦肩而过一样。那也仅仅是于万千人海中的偶遇，就像我们每天在大街上遇见无数的陌生人一样。或许她们相遇后会彼此惊讶于对方美丽的容貌、活力四射的青春，彼此在心底涌起一点羡慕甚至妒忌。但，等转过一个街口，走出不过百步，她们便已彻底忘记对方。

豆豆曾不止一次地说过：“我们的缘分是天定的。”

她们三人便格外地珍惜起来。她们一起出门，一起买早餐，一起上课，一起回寝室。她们三人总是黏在一起，如同三只欢快的小喜鹊，走到哪里就会把叽叽喳喳的笑声带到哪里。

如果哪一天她们之中突然少了一个，那另两个女孩的脸上便会露出明显的忧虑和不安，她俩在路上行色匆匆，恨不得立马飞到独处的那个女孩身边，带去自己的关心和慰问，但这种时候实在是太少了。

“回家后你还会来北京吗？”泪水从糖糖的双眼里涌了出来。

“不知道。”豆豆再次摇摇头。

豆豆出生在南方的一个中等城市，父母在当地有着体面的职位和不菲的收入。

但豆豆的童年并不快乐，至少她不懂得什么叫真正的快乐。

豆豆是在父母的阴影里长大的孩子，邻居说起她来总会带着几分艳羡的表情：“看，那是某某的女儿，多漂亮！”小学、初中，甚至高中的时候，学校的老师也不止一次地说过：“你怎么一点也不像你父母？”

为什么一定要像呢？豆豆不明白。

豆豆有时候很恨父母，他们有名，他们厉害，可这跟自己有什么关系呢？豆豆很无奈，她想不出办法来改变。从小到大，豆豆都是按照父母的规划一步一步地走了过来，她学习跳舞，学习钢琴，学习绘画，学习书法……豆豆像个木偶一般，被父母一直用绳子牵着。自己真正喜欢什么，爱好什么，连她自己也不清楚。

豆豆的高考没有考好，她反觉得如释重负，她从小到大都是按父母的安排走的，现在事实说明他们也会有走错的时候。

这次考试的结果不但打乱了豆豆父母对她一生的愿景规划，也让他们对自己的教育方式产生了怀疑，他们在很长一段时间里都不能接受这个现实。

八月时，豆豆有个玩得挺好的同学联系去北京读自考，而且还是一所在全国都非常有名的大学。豆豆没有和家里商量，就和同学一起去报了名。豆豆的家里是一百个不乐意的，他们想让豆豆读本市的一所专科院校，这样豆豆仍然在他们规划的蓝图里。但豆豆这次是铁了心要走，这么多年她都是按照父母的意愿生活着、学习着，她觉得该听听自己的想法，该挣脱父母的羁绊出去闯闯了。

九月初，豆豆在母亲的陪伴下来到了北京。北京，一个在中国青少年心目中何等神圣的地方。天安门、长城、故宫、圆明园……任何一个地名都足以让人展开绵长的想象。

人人都以为读自考很容易，考试科目只要求及格就可以，很多人去北京读自考都是冲着那里的大学牌子和北京自考容易去的。可是真正等到自己去读才知道，自考并不是那么简单。每年北京自考的通过率也就百分之三十三，而且有很多科目都人为地限制通过率，有的科目通过率连百分之十五都不到。

一想到自学考试，豆豆的心情坏了下来。在北京，每年举行两次自学考试，一次可以报考四门到六门不等，可自己连续参加三次考试，才考下来五门。没过的科目里，有几科卡在五十九分的边缘，五十分以上的更是数不胜数。这样下去别说四年拿下本科文凭，就是六年都有困难。前途渺茫的学业，是豆豆决定回家的因素之一。

“干。”豆豆叹口气，一仰头，把面前的一杯啤酒全倒了下去。

自己什么时候学会喝酒的？在家的时候可不是这样啊。豆豆又想起了在家的日子，记得以前只要稍微喝点葡萄酒，头就会发晕，脸也瞬间变成猪肝色，为此，还不止一次地被亲戚朋友们笑过。可现在，一升啤酒，脖子一抬就灌了下去，连点感觉都没有。

对了，还有烟。豆豆摸摸放在口袋里的那半包“520”，这不都是她和秀秀、糖糖三人抽的吗？以前只是觉得好玩，现在呢，一种需要？豆豆自顾自地笑了。回家后烟和酒都是要戒掉的，还有自己的蓝头发，身上佩戴的“海盗船”的饰品，所用的各种牌子的香水，家里都是不能接受的。

“想什么呢？”糖糖摇了摇豆豆的肩膀。

“没、没事。想起了一些以前的事情。”豆豆点点头，思绪一时还停留在过去。

“给我根烟。豆豆，我给你说个事。”糖糖坐直身子，一本正经地说道。

豆豆摸出裤子口袋里的半包香烟，给自己点上一根，然后全递了过去：“都给你，明天我就再不需要了。”

“我昨天去医院检查，医生说我怀了二十多天了。”糖糖点上烟，含到嘴里。

“和张小亮？”豆豆一惊。

糖糖不说话，算是默认了。

张小亮在化学系里素有“系草”的美誉，他凭借着北京本地人的身份和家里有点权势，不知在学校里找了多少个女朋友。

当时张小亮最先看中的是豆豆，在豆豆身上他可没少花心思。平时天天捧着鲜花在寝室楼下等着，过节又是打电话又是送礼品，隔三岔五地还请豆豆她们三人出去吃饭、买东西，王府井、西单、前门这些地方没少去，美国的麦当劳、日本的生鱼片、意大利的比萨饼没少吃，可豆豆对张小亮却一点也看不上眼。

张小亮长得还算周正，但那一口京油子的腔调，还有那自以为是的优越感，让豆豆觉得恶心。说起来他爸也就是个正处长，这还是在北京，换到地方也就是个正科长，手下管了两三个人，就很拿自己当回事的样子，处处摆着个公子哥儿的架势。张小亮追了豆豆两个多月，豆豆硬是连手都没让张小亮牵过。

但后来，豆豆还是遭了暗算。

那次，张小亮和一帮朋友在酒吧给她庆祝生日，在她的酒里下了东西，当时她喝了后就变得迷迷糊糊的，心里很清醒，但说不出话，身体发软无力。

秀秀和糖糖被张小亮刻意地支开，而豆豆被张小亮扶到附近宾馆早已开好的房间里。

空调开得很足，安静的房间里只听见张小亮气喘的声音。豆豆被张小亮摔在床上，她感觉到张小亮在一件一件地脱去自己的衣服：外套、毛衣，然后是牛仔裤、鞋子。她就像是一个长熟的苞谷，被人抓在手里，一片一片地剥去表皮。

张小亮一张臭烘烘的嘴在她的脸上摩擦、亲吻，然后是脖子，再越来越往下。

“张小亮你这个王八蛋，你不得好死。”豆豆心里拼命地骂着，但嘴里发出的却是无力的呻吟。

张小亮剥去豆豆身上最后的衣服，尖锐的刺痛，猛地贯穿豆豆的身体。

豆豆感觉得到血缓缓地从下面流了出来。

“张小亮，我 × 你八辈子祖宗。”豆豆身体里不知从哪儿突然蹿出一股力气，她一掌把张小亮从床上扇了下去。

豆豆快速地从床边裤子口袋里掏出一把小巧的折叠水果刀，右手弹开刀片，顶在左手手腕的动脉上。

“你给我滚，你再敢过来我就死在这里！”豆豆大喊一声，泪水顺着她的脸颊涌了下来。

“别、别，我走，我走。”张小亮被突如其来的变故吓呆了，他一边穿裤子一边倒退着走出门去。

那次后，张小亮再没找过豆豆，他托了不少人来说情，还送来五百元钱。

这件事豆豆和谁也没有说过，事情过去了，但并不表示完结了。

张小亮放弃了豆豆，但同寝室的糖糖却悄无声息地陷了进去，她是真正地喜欢张小亮。

“你和她在一起玩玩可以，张小亮那种花花少爷，靠不住的。”背着张小亮，豆豆没少提醒糖糖，但有的话不好点明，多说无益。

而且自从迷上张小亮后，糖糖对豆豆便流露出了一丝敌意，当然那并不明显，也许是豆豆的直觉。

张小亮那张俊美的脸庞和能说会道的嘴，没出一个星期就把糖糖哄得服服帖帖。豆豆看在眼里，急在心里。

事情终于还是发生了。

“要你自己小心注意，你怎么一点都不往心里去啊。张小亮是什么鸟，学校谁不知道？我让你不要和他在一起，你不听，让你不要去他住的地方，你也不听。张小亮知道吗？他怎么说？”豆豆心里的火直往上冒，她努力克制着自己的语气。

“他给了我两百元，要我自己去流掉。”糖糖的声音好小，完全淹没在了音乐声中。

“两百元？两百元在北京当什么用？他把你当要饭的打发啊。”豆豆恨恨地说，“我提醒过你多少次，张小亮那种人你能碰吗？你没有金刚钻就别去揽细瓷活！”

糖糖抽泣起来。

“只知道哭，哭有用的话还要警察干吗。我现在就给张小亮那王八蛋打电话，我看他敢说个‘不’字。”豆豆边说边往怀里摸去。

“不，是我的错。我已经和他分手了，我不想再去找他。”

糖糖双手死死地抓住豆豆的衣袖，不让豆豆把手机拿出来。

豆豆记得那次她在宾馆被张小亮暗算后，回到寝室。整整哭了一晚上，一生的泪都在那一晚流完了。她在卫生间里一边哭，一边一遍又一遍地擦洗着自己的身体，直到皮肤全部红肿。

“我坐明晚的火车走，明早我陪你一起去医院，把孩子流掉。”豆豆冷冷地说。

“会很疼吗？”糖糖低着头说道。

“怕疼？怕疼的话你当时就别让他上你的床，怕疼的话你就该要他戴避孕套。”豆豆气愤地扭过头去。

糖糖可怜兮兮地坐着，不敢言语。

糖糖是善良的，同时也是软弱的。早在张小亮追求豆豆时，糖糖就已经喜欢上了张小亮，但她并不敢表白自己的心意，她小心翼翼地守护着心中这个小小的秘密，一直等到张小亮放弃了豆豆，才流露出来。

看着糖糖，豆豆像看到了自己从前的影子：温柔的外表下包裹着一颗水晶般脆弱的心，那是生活在温室里的花朵，种到室外随时随地都有夭折的可能。

“我觉得自己活得很失败。”糖糖小声地说。

“不。一切都会好的。”豆豆一把将糖糖揽到怀里，“没事的，糖糖。不要有傻念头，孩子不到一个月，可以使用药流，不疼。”

“你们怎么总坐着啊，来，跟我一起去蹦两圈，有人请客喝酒啊！”一曲终了时，秀秀一跳一跳地走了过来。

豆豆刚要开口，糖糖抢先说道：“豆豆明天回湖南。”

说完使劲地用眼睛瞟了瞟豆豆。

“回家，什么时候？”秀秀望着豆豆，疑惑地问。

“明天晚上的火车，北京西到衡阳的那趟。”豆豆明白糖糖的意思，最近秀秀和一个姓吴的老板在一起打得火热，已经越来越远离豆豆和糖糖的群体。

“美女们，晚上好！”吴老板忽然从秀秀背后走了出来，脸上挂着职业的微笑。

吴老板是浙江人，来北京做生意已经有五六年了。今天他穿着一套藏青色的西装，胸前特意打了条红黑相间的条纹领带。

豆豆和糖糖打心眼里不喜欢吴老板，他是个有家室的人，孩子老婆都在北京，但自己却成天不归家。四十多岁的人，还经常出入酒吧、夜总会勾引小姑娘。吴老板就是在这个迪厅里认识秀秀的，一看见秀秀后他就挪不动步子，他把一百元一百元的钞票当小费，像一个个炸药包，不出一个星期就把秀秀这个碉堡给炸倒了。秀秀自从跟了吴老板后，与豆豆、糖糖的联系少多了，每天上学放学都车接车送，在寝室睡觉的日子也屈指可数。

豆豆不懂秀秀的想法，难道就只是为了钱吗？

秀秀在家乡是有男朋友的。这件事，秀秀来学校的时候就告诉过豆豆和糖糖。秀秀的男朋友是她的高中同学，毕业后，秀秀来北京读自考，她男朋友在家乡找了份工作。

豆豆和糖糖曾看过秀秀男朋友的照片，高高的个子，脸上白白净净，文质彬彬的样子。这张照片，让豆豆和糖糖羡慕了秀秀很长一段时间。

秀秀的男朋友对秀秀很好，经常打电话过来问寒问暖。有时候秀秀不在，他也不挂电话，总要和豆豆、糖糖闲聊一阵。

秀秀刚来北京的时候，一点也不适应北方没有辣椒的伙食，每次吃饭就像吃毒药一样，随便扒两筷子，或者干脆只吃零食。冬天时，秀秀大病一场。秀秀的男朋友知道后，马上用特快专递寄来了很多药品、辣味的零食和四川火锅作料，连整箱整箱的“辣翻天”四川方便面也托人捎了过来。

但感动归感动，秀秀对男朋友的态度却一天天变淡。也许是分隔得太远，也许是严酷的现实生活使然。

第二年，国庆节时，秀秀回了一趟四川。

返回学校后，秀秀对男朋友的态度更显冷淡。她说男朋友根本没有在机关工作，只是在机关大院守传达室，月收入很少，还不够秀秀在北京一个月的花销，他男朋友更不知道香奈儿、欧莱雅、碧欧泉等品牌到底是什么。秀秀再和男朋友通电话，就很不耐烦了，或者干脆找借口不接电话。等到秀秀认识吴老板的时候，钱包里男朋友的照片也早不知道扔哪去了。

对秀秀与吴老板的事，豆豆是有看法的，可又能说什么呢？

“你去叫两瓶酒来，我今天要和我的好姐妹聊聊。”秀秀揽住吴老板的胳膊甜甜地说道。

“好好好，你们慢慢聊女生的话题，我去找男人聊男人的话题。”吴老板打了个哈哈，向吧台走去。不一会儿，服务生端来了一打啤酒。

“豆豆，离开北京你舍得？”秀秀给豆豆、糖糖面前的杯子依次倒满，又给自己倒上了一杯。

豆豆不作声。

“豆豆，你看看外面，看看那万家灯火，家乡能和这里比吗？你回去能干什么？你来北京一年半了，现在回去，以前的努力不都前功尽弃了？”秀秀说得很快，边说边摇晃着手中盛满啤酒的玻璃杯。

“现在回去，我还有机会参加六月的高考，我准备再拼一次。”豆豆抿了口酒，“秀秀，有句话我想对你说，一直没有开口。”

“关于吴老板是吗？”秀秀自嘲地笑笑。

“对，他是有家室的人，你就没想一想以后怎么办？”

“以后？我家有六口人，我在家最大，下面还有两个弟弟一个妹妹，我父母是农民，一年到头伺候着那几亩地，可挣的钱连吴老板给我一个月的零花钱都比不上。一个弟弟在镇上上高中，一个上初中，小妹妹小学毕业，就辍学在家帮父母干活。”说到这里，秀秀狠灌了一口酒。

“家里穷啊，连锅都没有第二口。我之所以来北京读自考，是想一边读书一边打工挣钱。我妈前几天住院了，尿毒症，光住院费一天就是好几百元，妹妹打电话来要我快寄钱回去，还说她想去城里打工。我这一辈子算是完了，我还能让妹妹走我的路吗？”秀秀眼睛红红的，灯光反射着她的泪光，一闪一闪。

“我需要钱，我没有选择。”秀秀掏出打火机，点上烟。

“吴老板给我在三里屯那边买了一套房子，还请了保姆，我过几天就搬过去。吴老板希望我好好地待着。我怀了他的孩子。”

“啊？”豆豆和糖糖同时一惊。

“四个月了。吴老板说要是生个男孩，他一次性付给我十万元。”

豆豆的身体僵在了那里，她没有想到秀秀的家庭情况竟然是这样，更没有想到秀秀会为吴老板生下孩子。

“请问你是秀秀小姐吗？门口有位男士想请你过去一下。”一位服务生走到了秀秀身边，指着门口说道。

她们三人顺着服务生的手向门口望去，果然有一个穿黑色西装的年轻人站在门口。

“不认识。我去去就来。”秀秀放下手中的酒杯，朝门口走去。

豆豆望着秀秀远去的背影，心里突然感到有点不安。

“啊……”一声尖叫从门口传来，紧接着是喊声、骂声、拳脚声。

“不好，秀秀出事了。”豆豆猛地站了起来，向门口奔去。门外的马路边，一群人正围着秀秀拳打脚踢。

一个中年女人在尖锐地叫喊着：“小小年纪就偷我家的汉子，给我打，用力打。你还敢生孩子，往肚子上踢，使劲踢……”

“别打了，再打要出人命了。”豆豆冲出门，一下扑到秀秀的身上，用身体把秀秀挡在身下。

“别打了。”糖糖也扑上来，护住秀秀的另半边身体。

拳头无情地落在她们三人身上，“砰砰”作响。

“住手。”吴老板和迪厅的保安冲了出来，拨开了围着的打手。

秀秀已经晕倒在地上，身子下流出了一摊殷红的血。

“快，快叫救护车。”豆豆声嘶力竭地大喊。

吴老板的老婆和那些打手乘机溜掉了。

不到五分钟，救护车出现在迪厅门口，吴老板抱着秀秀上了车，因救护车坐不了这么多人，豆豆和糖糖被挡在了车门外。

一阵寒风吹来，围观的人群散开了，大家重新向迪厅里涌去。

迪厅里的音乐声又疯狂地响了起来。

救护车越走越远，车顶上闪烁的红灯逐渐小成了一个淡淡的红点，最终消失在夜色里。

头上的月亮冷冰冰的，白白的月光铺在那摊殷红的血迹上，像在出血的伤口上撒了一把盐。

“冷，真冷。我们也回家去吧。”糖糖颤抖着身子，无力地说。

豆豆忽然哭了起来，哽咽着说：“这个城市不属于我们，我们只是它的过客……”

子夜了。

苏文和他的父亲

一

我第一次遇见苏文和他的父亲，是大一开学报到的那天中午。虽早已入秋，但白天的温度还是相当高。寝室里的空气又湿又闷，黏腻腻地附在身上。大家都龟缩在各自的寝室里，安安静静的走道上，没有人迹，只听见头上的电扇“吱吱”乱响。

吃过午饭，我爬上床正准备躺一会儿，门“嘎吱”一声被推开了。单瘦的苏文，拖着一个褐色的行李箱，顶着刺眼的阳光走进了寝室。紧跟着他进来的，是他矮矮的，背着彩色编织袋，笑得一脸灿烂的父亲。

我之所以在第一时间就肯定，那是苏文和他的父亲，刚开始完全是出于一种下意识的猜想。但在后来漫长的大学时光中，我再回想起当时的情景，当其他记忆中的细节都逐渐在脑海中隐去时，苏文的父亲脸上那灿烂的笑容却越来越清晰地凸现出来，像阳光一样流淌在我的心里。那是农民兄弟在一年辛苦劳作后，换来谷物丰收时发出的会心微笑，那个笑脸曾被无数油画和照片定格成永恒。

苏文进门的时候，很礼貌地向我点点头。他穿一件灰白色长袖格子衬衣，鼻梁上架着一副黑边细框眼镜。他的身子骨很瘦，细长的手腕从袖口里伸出来，像一节光秃秃的竹竿。理得很精神的四六开小分头，细细地抹了一层发胶，使得空气中飘散着一股淡淡的芳香，让坐在床上的我连打了两个喷嚏，瞌睡算是被彻底赶跑了。走在后面的苏文的父亲比苏文矮了半个头，年龄大概在五十岁上下，身体结实，皮肤黝黑，穿一件洗得发白的蓝色衬衣，套着一双年代久远的解放鞋，穿孔的鞋尖上露出两个黑黑的脚趾。苏文的父亲微微仰起脸朝我看来，脸上带着很友好的笑。那是一张怎样的脸，一条条深深的皱纹，像阡陌一样把他那焦黑的脸庞划得支离破碎，光线折射在上面，像阳光在水田里打下大大小小的暗影。

“你们刚到学校吧？”我笑着和他们打招呼。

“是啊。是啊。”苏文回答。

“我也是早上才住进来的，其他的人还没有来呢。”我打了个哈欠，拍拍头说。

“挺好，挺好。”苏文的父亲不知什么时候已走到了寝室中间，他一边环视寝室，一边频频地点头说。也不知道是说我来得早挺好，还是说寝室环境挺好。

“我叫叶子，这里还有三个床位，你自己随便选一个就是。”看来是没法睡了，我从床上跳下来，向苏文伸出右手。

“我叫苏文。这是我爸。”苏文一推眼镜，伸出手和我握了握，他的脸略显苍白，说一口塑料普通话。

苏文的父亲也走过来，两手抓住我的右手使劲地摇了摇，边摇边说：“你也是外语系的吧？出门在外，以后你要多多照顾我娃。”

“爸，我们是同学，是互相帮助。”苏文在旁边纠正说。

“互相帮助，互相帮助。”苏文的父亲不好意思地笑笑，拿着我的手又摇了摇。

“睡最里面这个床吧，靠门远，安静。”苏文自语了一句，又像在告诉他父亲。

“好，好。”苏文的父亲一阵点头，这才放开我的手。他把行李箱和塑料编织袋提到床边，然后不知从哪里突然掏出一块抹布，麻利地爬上了床。我们的床都是组合式结构，分为上下两层，下面是书桌衣柜，上层才是床，有一人来高。苏文的父亲上床时那敏捷的身手真把我吓了一跳。

“叶子，你是从哪来的？”苏文转头来问我。

“我家就在这个城市，离学校不远。”我回答。

“那还真方便。”苏文的话语里充满了羡慕。

我和苏文还没聊两句，他的父亲已经忙活起来，抹桌子、清理衣柜，又拿了个扫帚扫地，然后拖洗卫生间。

“叔叔，您歇着，我来吧。”我快步走上前帮忙。

早上搬进寝室时我也没觉得怎么脏，就拿扫把胡乱扫了几把，现在让苏文的父亲搞起卫生来，心里还真过意不去。

“不用，不用。”苏文的父亲一摆手，很坚定地把我推出了卫生间。

我尴尬地搓搓手，回头看见苏文也在清理行李。他们带来的东西可真多，光吃的就把书桌给堆满了，橘子、花生、干红薯片，堆得像小山一样高，还有衣服、布鞋、被套、蚊帐，最后还掏出一个墨绿的小斗笠。

“嘿！这玩意儿有点历史了吧，是防雨用的吗？”我伸手抓过斗笠戴到头上，感觉非常新奇。

“对啊，这个可比打伞方便多了。”苏文的父亲从卫生间里探出头来，抢着说。

“大学生哪有戴这个的，戴了多丢脸。”苏文有点抱怨地说。

“大学生怎么了？大学生不要穿衣吃饭啊？你嫌我们丢你脸了是吧？”苏文的父亲听见了，立刻从卫生间里面伸出头来大声说。

苏文转个身，自顾自地清东西，不再说话。

我一看气氛不对，打个圆场，对苏文说：“苏文，你们这些橘子、花生都是自己家种的吧？”

“是哦，你随便吃，随便吃。”苏文连忙接过我的话说。

“好。那我可要尝尝这纯天然的绿色食品了。”我伸手拿起一个橘子，剥了皮就吃起来，肉厚汁甜。刚想夸奖两句，我口袋里的手机突然响了。

拿起手机一听，原来是高中的朋友来学校找我。我看在寝室里也帮不上什么忙，于是向苏文和他的父亲打了招呼，说有事先走了。我把半盒没吃完的巧克力丢在苏文的桌子上，让苏文和他的父亲尝尝。然后又抓了一把花生，赶快溜出了寝室。

玩了一个下午，吃晚饭时又多喝了点酒，回寝室时已经十点多了。

寝室的灯还亮着，里面传来苏文的父亲的声音。苏文的父亲说一口地道的湘西话，意思大概是说家里好不容易出了个大学生，要苏文好好读书，和同学们搞好关系，家里的事不要他操心。接着又说到家里不容易，要苏文节省用钱，不要浪费，平日里饭菜一定要吃饱，不要饿坏了身体，等等。

我准备敲门的手悬在半空中，不忍也不想进去打断他们的谈话。头晕晕的，那些话在我脑子里流过来流过去，让我仿佛看见了湘西的大山，山上的苞谷地，以及飘着袅袅炊烟的老土屋……我顺势坐下来，靠在了门边。

“叶子，你怎么在门口睡着了？”突然一双手拍在我的肩膀上。

我一下子惊醒过来，没想到酒劲一上来，稀里糊涂地在门外睡着了，大概是我的呼噜声引起了苏文的注意。

看来苏文父子的谈话已经结束了，他父亲躺在寝室的另外一张床铺上，和苏文的床紧挨着。听见我进来，他父亲赶紧一骨碌坐了起来，很友好地冲着我笑。

“不好意思，回来这么晚把你们都吵醒了！”我愧疚地说。

“没事。我们也刚睡。”苏文重新爬上了床。

等我洗脸刷牙后再上床时，他们那边已经响起了此起彼伏的呼噜声。

第二天早上，我迷迷糊糊听到苏文和他父亲说话的声音，然后一切在一声门响后归于平静。

起床时，苏文的父亲已经回家了。苏文说家里还有一摊子事等着他父亲做。我的书桌上放着一大包花生和红薯片，还有几个橘子，都是苏文的父亲特意留给我尝尝的。我想起苏文的父亲那充满了沧桑的笑脸，心里涌过一阵阵暖意。

二

再一次见到苏文的父亲，是大学第三年的下学期。苏文因拖欠学费，并累积十门功课需要重修，按照校规，学校领导用书面的形式请苏文的家长来学校面谈。

苏文的父亲是在一个冬天的上午，出现在寝室门口的。当时我正面朝门，坐在窗台边看书，时间是上午十点。阳光暖洋洋地洒在身上，让人心里都感到温馨，我就是在这样一种极度的惬意中，突然看见站在门口的苏文的父亲。一个矮小、干瘪的老头，他怯生生地站在门口，用手指敲了两下敞开的寝室门，已引起我的注意。我看见他那写满了沧桑的脸上，堆满了很牵强的笑。他的身影如此熟悉，但一时又想不起是谁。

“小叶！我娃在吗？”他开口问。

我脑海中豁然一亮，这是苏文的父亲？是三年前送苏文来读大学的那位老人？我放下书快步迎了上去。三年的时间并不长，但却像一个抽气筒一样，抽干了苏文父亲身上的精气神。他的身体不再结实，干干瘦瘦的，还带着点微微的驼背。那爬满了皱纹的脸，看上去异常苍老和憔悴，流露着迷茫而无奈的神情。

苏文的父亲，也许是我在大学中最不愿意见到的人之一。世界上有很多事情我们可以谈论它，可以评价它，但发生在自己身上时，我们却很难面对它，比如现在苏文的父亲就是一例。苏文的事情同学们都知道，但是谁也不能去告诉他的父亲，还要在话语间为他掩饰。我想起大一那年的秋天，想起苏文的父亲对我说：“出门在外，以后你要多多照顾我娃。”想起那时候他脸上灿烂的笑容。

“苏文不在。您先坐，我去旁边寝室找找。”我心虚地回答，把苏文的父亲让进寝室，又倒了杯水给他。

苏文当然不在寝室，或者说他已经好久没有在寝室住过。他和同学在校外合租了一套房子，天天住在外面。走出寝室一拐弯，我立刻拿出手机给苏文打了过去。

电话那头的苏文还没有睡醒，听完我的叙述，电话那头有杂乱的声响。

“叶子，你帮我哄一下，我马上回寝室。我爸要问，就说我一大早去图书馆了。”苏文在电话里面大声地喊着。

放下电话我慢慢地回到寝室，很小心地告诉苏文的父亲：“叔叔，苏文一大早就去图书馆了，应该快回来了。”

“哦，哦。”苏文的父亲站起身，点头答应了两声，然后又坐回凳子上。他从口袋里摸出一个小烟锅，塞了点烟丝，点上火，含到嘴里深深一吸，接着又吐出了一大团烟雾。

幸亏寝室另两个室友一大早就出门了，他们可是一点烟味都不能沾的，这也是苏文搬出我们寝室的原因之一。

“小叶，我娃是不是很久没有在寝室住了？”苏文的父亲突然问。他翻弄着苏文书桌上的课本，上面积着厚厚的一层灰尘。

“苏文，他现在睡另外一个寝室，那边有他一个老乡。”我解释道。

“你知道我娃考试不及格，还没有交学费的事吗？”苏文的父亲忽然又问。

我一惊，看来学校在写给苏文的父亲的通知书上，已经写明了一切，他现在心里比谁都清楚。

“知道一点。苏文睡到别的寝室去后，我和他联系就少了。”我不敢触碰事情的真相，我也不知道如何回答苏文父亲的提问。

刚开学那阵，苏文学习很刻苦。他每天早早地爬起来到走廊上朗读外语课文，星期六、星期天整天泡在图书馆里看书、记笔记，平日里有空闲他就会拿出字典来背单词，一本学校发的外语字典被他翻得稀烂。

苏文从不和我们一起下馆子吃饭，餐餐都在食堂里吃，遇见有同学请客或邀请出去一起唱歌、泡吧什么的，苏文也一律找借口推托，不是因为功课太忙，就是因为某某老师找他有事。我知道那是因为苏文怕要回请，所以才找借口不参加。食堂里的饭菜没有什么油水，苏文的脸老是蜡黄蜡黄的，隔几天我就找个借口喊寝室的兄弟们下馆子吃饭，很正当地带上苏文，让他改善一下伙食。开始的时候，苏文总是显得很不好意思，次数多了，他也能坐下和我们开点无伤大雅的玩笑，一起喝点啤酒。苏文酒量不错，到底是从小喝苞谷酒长大的，我们都笑他“酒”经考验。

大学里功课不多，作业几乎没有，每个任课老师似乎都是大忙人，打了铃进教室，下了课就走，一个星期难得见上两三回。没有考试，也没有老师管，高中三年苦苦追寻的自由现在就好像呼吸空气一样简单，谁还不想好好地享用一番。有的同学爱好旅游，今天去衡山，过两天去泰山。别说老师，连我们本班的同学都搞不清楚他们的行踪，只能从一张又一张的请假条，还有同寝室的室友口中才知道他最近又出了远门。有的同学喜欢做生意，几个人合伙在校外租了门面，进一些服装和首饰，然后轮流守在店里，上课时一个寝室四个人老是少一个。还有的同学迷恋上了网络，迷恋上了酒吧，更有的迷恋上了赌博，在寝室里通宵达旦地“砌长城”。当然这里面也有爱好学习的，比如苏文，他大多时间都花在了图书馆里，只是晚上回来后，才很偶尔地和我们一起去其他男生寝室串串门，聊聊感兴趣的话题。

一次偶然的闲谈中，苏文认识了另一个寝室的，外号叫“老烟枪”的老乡。“老烟枪”是体育系的，两人以前就读的高中竟然还相隔不远。由于是老乡的缘故，他们聊得非常投机，在以后的日子里，苏文去“老烟枪”寝室的次数多了起来。“老烟枪”也不知道是怎么混进体育系的，他整个人都很干瘪，像是电视里抽鸦片烟过多的那种，与体育实在没有任何瓜葛。据“老烟枪”说，自小他就爱捡他爸的烟屁股抽，到上中学后发展到用早饭钱自己买烟抽，算来最少已有上十年的烟龄。休息日的晚上，“老烟枪”的寝室喜欢打点牌娱乐一下，然后由胜者出钱请吃宵夜。“老烟枪”很豪气，牌技也比较厉害，每次赢了后都会喊上苏文，然后一伙人哗啦啦地拥出校门去“撮”一顿。苏文的性格比起开学的时候已经大方了许多，常常和“老烟枪”那一群人去校外玩，到晚上两三点后才尽兴而返。这时候学校已经早关门了，他们只好像飞虎队一样，翻过围墙跳入校内。苏文进寝室时，手脚很重，身上带着一股浓烈的烟酒味，往往把我们都熏醒了。

苏文早已经从一个牌桌边的看客，锻炼成为亲自上阵的一员，这个我们都心知肚明。但当我有一天晚上，去“老烟枪”的寝室找他时，看到他卷着衣袖，嘴里斜叼着一根烟，熟练地坐在牌桌边揭牌出牌时，我内心的惊诧，仍然无可言喻。

我找了个机会，单独约了苏文，想问问他的近况。

“没事，叶哥！我也就随便玩玩，抽烟是为了提提神而已。”苏文随意地笑笑，他的表情很自然，自然得让我更觉可怕。

“打牌娱乐一下就行了，千万不要赌钱啊。”我又认真地叮嘱了一句。

“知道。我怎么可能赌钱呢？”苏文很地道地拍了拍我的肩膀，说。

大学时光说快也快，一眨眼一年就过去了。第二年开学后，“老烟枪”寝室里，有一个同学在外面租了房，住到校外去了，苏文干脆搬进了他们的寝室。我猜想他们打牌可能已经不局限于娱乐了，他们用窗帘把正对着走廊上的窗子，严严实实地遮了起来，还经常有不认识的其他系的男生从里面进进出出。

苏文早起读外语的习惯，还有平日里去图书馆的习惯，都消逝了。他留着长长的头发，买了手机，常常和一大帮子外面认识的人，出入学校附近的酒吧和饭店。他在外面租了间房，找了个低年级的女朋友。偶尔在课堂上见到他时，也是一脸疲倦地趴在桌子上睡觉。下课铃一响，他就快捷地冲出了教室，一眨眼间就不见了。

我再也找不到机会询问苏文的近况，当苏文叼着烟，搂着女朋友，打着手机，和我在校园里擦肩而过时，我甚至都认不出他来，我们疏远的速度是如此之快，这令我猝不及防。我听说苏文没有交学费和住宿费；我听说苏文常催着家里寄钱，说是要参加各种培训班；我听说苏文的牌技很高，现在已经不满足在寝室玩玩，而是改去外面的牌馆，和社会上的人“切磋”技艺，一晚上就有好几百元的输赢；我还听说苏文把周围同学们的钱都借遍了，他经常请同学们下馆子，然后再向他们借钱去打牌。不过苏文倒是从来没有向我借过钱，不知道是不好意思，还是留着最后一点善心。

每当回寝室时，看见苏文空荡荡的床和积满了灰尘的书桌，还有那丢在桌底下长满了蜘蛛网的墨绿色斗笠，我便感到一种莫名的压抑，我不知道是什么让苏文变成了这样，到底是该怪学校还是该怪他自己。我想起苏文和他父亲刚来的时候，想起那个笑得一脸灿烂的老人，想起他脸上那一条条阡陌般纵横交错的皱纹。我不知道苏文的父亲知道这一切后，会是怎样的一种心情。但我知道，这些事情迟早会传到苏文父亲的耳朵里……

时间过得真慢，只有两个人的寝室里，显得分外的空落。我和苏文的父亲面对面地坐着，在某个瞬间，我仿佛又回到了刚开学的时候，但也就是一瞬间而已。苏文父亲的话把我扯回到现实中，他说苏文的妹妹去广州打工了，家里的地租给了别人种，苏文的母亲身体不太好，一直在吃药，学校也不知怎么搞的，老要交钱，只好到处向邻居和亲友们借贷。他说他到处找零工做，目的是挣点现钱，他的身体差多了，全身的骨头老是疼。

我沉默地听着，双眼注视着这个神情沮丧的老人。他的笑容像河床一样干枯了，脸上写满了落寞。从喜悦地送孩子上大学，到现在对孩子的失望，中间的落差太大了。时间不知不觉过去了一个多小时，苏文的父亲已经喝了足足有六杯水。

“爸，你来了！”苏文的身影终于出现在了门口。

“苏文，你来了。”我有了一种如释重负的感觉。

苏文今天的穿着很朴实，并重新戴上了黑框眼镜，他的眉眼间充满了惶恐不安的神情，这一瞬间我觉得他很可怜。但他憔悴的脸上那双睡意蒙眬的眼睛，还有张嘴就露出的因为抽烟而熏黄的满口牙齿，都表明他已经不是当年的苏文了。我对苏文的父亲说：“叔叔，苏文来了。中午我有点事不陪您，就先走了。”

“好。”苏文的父亲朝我点点头。

如同得了特赦令，我赶紧向寝室外走去，门慢慢地在身后合上。

我听见苏文的父亲在大声质问苏文：为什么没有交学费？为什么总是问家里要钱？为什么还要向同学借钱？为什么有那么多功课不及格……接着我听见“叭”的一声脆响，分明是耳光声，然后是人摔倒在地的声音。我完全可以想象，这个老人失望后的愤怒如山呼海啸，够苏文这小子喝一壶的！

中午我再没回寝室，下午直接从邻班同学那里借了本书，就去上课了。整个下午苏文都没有出现，有人看见苏文的父亲像押着囚犯一样，押着苏文去了校长办公室。大家都在小声地议论这件事。

放学后我回到寝室，发现苏文和他父亲已经先回来了。两人正用家乡话说着什么，看见我进来，寝室里的气氛变得有点尴尬。苏文始终低着头，他的左脸有点红肿，眼镜断了一条腿横躺在书桌上。

上晚自习时，我断断续续地了解到苏文的情况。苏文拖欠了学费八千元，累计有十门考试科目不及格，学校给出了劝退的处理意见。后来苏文的父亲当场补交了五千元学费，并且给校长、副校长长跪不起，这才换来了苏文暂时留在学校读书的机会。这话是一位外语系学生会的干部说的，他当时正从校长室门口经过，无意间目睹了这个场景。

我不敢想象五十多岁的苏文的父亲，跪在四十岁出头的校长面前的样子，我不知道苏文当时心中会不会有一种震动，是否也会为他曾经的那些荒唐有过一丝懊悔。

还有那位苏文的老乡“老烟枪”，已经被勒令退学了。听说“老烟枪”离开学校时很潇洒，到班上向各位学友拱了拱手，说：“兄弟先去闯江湖了，你们有事要帮忙，只管找我！”

晚上回寝室时，苏文和他的父亲都已经离开了。空空的寝室里，只留下一屋子淡淡的烟叶味。室友告诉我，苏文的父亲连夜赶回去了，说是工地上的老板要他尽快回去，否则那份守材料的工作就要换人了。苏文送走父亲后，腻腻地回了他外面租住的房子。

同学们都聚在我们寝室里谈论着苏文，在班上，大家都一直以为苏文家很有钱，以为苏文的父亲是乡镇大老板，以为苏文衣服穿得朴实，只是不想太招摇……但当苏文的父亲真实地出现在我们眼前时，大家惊了，傻了，甚至愤怒了，大家感到自己都被苏文给“涮”了。我看着眼前这些义愤填膺的同学，想起以前他们簇拥着苏文下馆子时，还有站在牌馆看苏文打牌时，流露出的那种亲切中略带点献媚的表情，一切就好像发生在昨天。

难道我们这些做学友的就没有一点责任吗？难道我们的学校、我们的老师就没有一点责任吗？我不敢置疑我们的教育制度，毕竟多年来就这么顺顺当当地过来了。

我躺在床上很久很久都不能入睡。

三

最后一次看见苏文的父亲，是发下毕业证的第二天下午。班上的同学已经开始陆陆续续地离开学校。学生寝室一间间地空了出来，一种很依依惜别的情绪在同学们中蔓延。

和前两次一样，苏文的父亲没有一点预兆，就出现在了我们寝室的门口。还是那件蓝衬衣，还是一双洗旧的解放鞋。那么突兀却又那么坚决地站立在门外，好像本来就该出现在那里一样。

我正在清理自己的行李，同寝室的另两个同学，已经在昨天晚上离开了学校，寝室里只剩下我和苏文。那次苏文的父亲来过之后，苏文改变了许多，首先是搬回了寝室睡觉，他把长头发剪了，女朋友也分手了，平日里跟着我们一起上课下课，也不去外面赌博了。只是打牌的习惯还是有，手痒时偶尔去外面的牌馆玩玩，但比起以前已经收敛多了。大四毕业时，苏文还清了学费，但还有四门功课没有过关，学校说如果要拿毕业证和学位证，就必须留级再读一年。

苏文的父亲表情很迷茫，或者说已经很难在他那张过于沧桑的脸上看出他的情绪。苏文还在午睡。苏文的父亲摇摇手，示意我不要喊醒苏文。他把手伸进裤兜里，魔术般变出一把熟花生，塞到了我手上。我鼻子一酸，眼睛湿润了。

苏文的父亲扯了扯我的袖子，把我拉到了寝室外面。然后小声地告诉我：他不能让苏文继续读下去了，这小子不是读书的材料，何况还学坏；家里也供不起他了，这四年读书的费用，还有苏文的母亲治病的花费，家里已经欠了好几万元了，只好卖掉那几间老屋还债；他决定带着苏文，到苏文妹妹打工的那个城市去找事做，也把苏文的母亲一起带去，一家人在一起，也好有个照应……

苏文的父亲说话的时候，老泪纵横，我知道他有太多的委屈要对人倾诉，他把我当成了最信任的人，这一点令我深为感动。

我从口袋里掏出皮夹，把里面的两百来元钱，全塞到苏文父亲的手上，说："路上做点零用吧。"

苏文的父亲执意不肯收，僵持了一阵，最终还是颤颤巍巍地把钱放进了衣兜里。

苏文和他父亲是黄昏时离开学校的，我一直把他们送到校门口。苏文的父亲戴着那顶旧斗笠，扛着塑料编织袋走在前面，苏文拖着深褐色的行李箱跟在后面，谁都没有说话。隐隐地，远处有雷声传来，"轰隆隆"地炸响，空气沉闷得让人窒息。

走到公交车门口，苏文回过头来握住我的手，他扬起嘴角努力地想笑笑，但最终没有笑出来。我看见他眼镜下那双红红的眼睛，里面充满了懊悔。苏文没有说话，他重重地摇了摇我的手，转身跳上了汽车。车厢里很暗很挤，立刻模糊了苏文和他父亲的身影。

又是几声炸雷，大雨"哗哗"地下了起来。汽车启动了，显得很沉重。雨水在天地间拉上了一道雨帘，载着苏文和他父亲的汽车，渐行渐远，最后消失在我的视线里。

别了，苏文。我在心里默默地念着。

刘德利

刘德利喜欢早出晚归。

每晚一回来就钻进他的土碉堡中，脸上总带点得意的笑，给人的感觉，就像无意中捡了个宝似的。

刘德利的床在寝室的最里面，靠着墙，而且还是上铺。他的床上挂着蚊帐，一年四季从不取下来洗洗，灰尘把帐子染得灰蒙蒙的，俨然是一个战争年代的土碉堡。

“德利，你干吗呢？”我把头探到刘德利的帐子里问。

“啊。”刘德利被我突然伸进去的脑袋吓了一跳，慌忙向前一扑，把床上的东西都压在了他的身下。

“这些东西哪来的？”看着刘德利身下散乱的钱包、书籍、随身听，我惊得一叫。

“别叫，别叫。”刘德利用手一把封住我的嘴，“你听我说，这都是我捡的。”

面对我不信任的眼神，刘德利急坏了，耐着性子向我解释。他那些乱七八糟的书、钱包、饭卡、随身听，都是他每天早出晚归，从学校的各个角落、各个自习室里“捡”来的。这么大个学校，上万的学生，里面总有些人会丢三落四，忘东忘西。学校公告栏上，每天不断贴上去的遗失物品启事就是最好的证明。而他，只不过是为大家做做好事，把这些被主人忘记、遗失的东西暂时代为保管起来，然后再一一归还失主。

“你会这么好心？”我有点疑惑。

“这个……你等着，我这就打电话，刚才随身听的主人把遗失启事贴出来了，我就让人家来拿。”刘德利拿起手机就拨了个号。

电话打得很顺利，失主住我们楼上。不一会儿，失主就跑了下来。他说是前天晚自习的时候把随身听忘在教室的。刘德利捡到的那台银灰色随身听正是他掉的，并说出了机子里磁带的名称。物归原主后，失主对刘德利万分感谢，临走时还硬塞了二十元人民币在刘德利的手心里。这下轮到站在一旁的我目瞪口呆了。

“怎么，人家给钱你还真接啊？”

“这个……你想，我帮他捡到了东西，又还给了他。得点酬劳有什么不对。再说，他那个随身听少说也值三四百元吧，要不是我，他赔的可不止二十元啊。”刘德利脸微微一红，转瞬间又得意地笑了。

刘德利家在浙江，听说那地方的人很会做生意，当然，刘德利也不例外。他家有三个兄弟，刘德利最小。刘德利的父亲在刚开学的时候曾来过学校，一半是正好来这个城市进货，一半是怕儿子搞丢学费。我见过他的父亲。五十来岁，胖胖的，话不多，眼睛转得很快，是那种很精明的生意人。

刘德利每天都随身携带着一台计算器和一个记账本，里面密密麻麻地记载着他每天的收入和开销。借他的话说，每一笔巨大的财富都来源于无数细小的积累。

刘德利喜欢逛街，喜欢游超市。他对各种物品价格的误差尤为敏感，有次为了买一包方便面他竟搭了半个多小时公交车，去城郊的一个农贸市场买了一箱回来。他的解释是：学校超市的方便面一包是两块五，而城郊的农贸市场一箱方便面只要三十五元，一箱有二十包，折合下来一包只要一块七毛五，他来回坐公交车用的是月票，月票又是向同学借的，所以最后算下来等于自己纯挣了十五元。

平日里上街刘德利也经常帮同学们捎带东西，只要你托他买的，他一定会在最短的时间里把东西送到你的手上，价钱绝对是市场上的最底价。当然这都是他自己说的，大家也无从考证。尽管如此，女生们还是很乐意让刘德利帮她们代买东西，毕竟省下了车费和不少时间，而刘德利也乐此不疲。

刘德利还有一个嗜好，就是每天放学回寝室后，用抹布擦拭他心爱的“耐克”球鞋，边擦边细细品玩。这是一双有乔丹亲笔签名的价值三千多元人民币的球鞋，是他父亲出国做生意时给他带回来的，他从不舍得穿，一直把球鞋放在枕头边。

一个午后，我吃完饭刚回到寝室。进门就见刘德利沮丧地坐在床沿，一副失魂落魄的样子。向寝室兄弟们一打听才知道，原来早上刘德利看天气不错，把他心爱的“耐克”鞋放到窗台上晾一晾，可去上课时忘记收了，中午一回来才发现，“耐克”鞋不见了。

“刘德利，你也写个遗失启事吧，兴许能把鞋子找回来。”我说。

“对。”刘德利眼睛一亮，一下子从床上跳了下来。

“遗失启事：本人于某月某日上午在寝室窗台上遗失‘耐克’球鞋一双，深蓝色鞋面，银白色鞋底。请拾主与本人联系，当面重谢。电话：×××××××××，联系人：刘德利。”

启事写好了，刘德利看了看，又在重谢后面加上“人民币一百元”六个字，才重重地松了口气。

启事抄写了十份，当天晚上就贴了出去。

鞋子最后还是没有找回来。我估计，鞋子是被混进学校的小偷偷走了。

此后，刘得利出门更早，回宿舍更迟了，他拾到的东西也似乎比以前更多了。

他的手机响得很勤，基本上是通知失主来宿舍领东西的，失主总会对他有所表示。

刘德利有次对我说，他不可能白白损失一双“耐克”鞋的，不久他肯定会买一双新的“耐克”鞋，当然乔丹签名是不可能的了！

张大鹏

张大鹏在我们寝室里年龄最小，个头却最大。

张大鹏身高一米八〇，体重一百八十斤，再加上人长得白白胖胖，活像个发了酵的面粉团。于是我们给他取了个外号，叫“发发发”，取八的谐音，又贴近他的形象。

张大鹏曾在部队当过两年炮兵，还学过点中国武术，如今在学校的武术协会担任副会长一职，举手投足很有点古代大侠的样子。

张大鹏有两件事每天必做。第一件是早上起来练功夫，第二件是傍晚在床上看武侠小说，这也是他在部队养成的习惯，酷暑寒冬从来没有停止过。

每天清晨天刚亮，张大鹏就穿好衣服来到楼顶的天台，先站半小时马步，接着再把两个十来斤重的哑铃舞得呼呼作响，最后还要打上一套组合拳，方才休息。

晚上时候张大鹏则靠在床上就着台灯，美滋滋地看起了他钟情的武侠小说，而每每一沉迷进去就把时间给忘了，好几次我睡眼蒙眬地翻个身，发现张大鹏那边的台灯还明晃晃地亮着。幸亏张大鹏的床在我的斜对面，对我影响还不是很大，但睡在张大鹏下铺的李牧可就深受其害了。每天早上张大鹏早早地起来，一百八十斤的体重就那么“砰”的一声从上铺往下一跳，好像震得整栋寝室楼都晃了一晃。夜深更惨，张大鹏床头的台灯光就那么直直地投射在李牧的头上，照得李牧翻来覆去，怎么也睡不着。有那么一段时间，李牧走路都像在梦游，脸色蜡黄，说话声音很虚，活像个乙肝患者。

李牧为此专门找张大鹏详谈了一次，谈话内容我们当然无从得知。但看张大鹏每天照样练拳，照样看书，我们便知道了这次详谈的结果。

这以后，李牧很少待在寝室里，每天早出晚归混迹于各个自习室，并且专门买了个睡觉用的眼罩，以应付上铺张大鹏的台灯光。

张大鹏在学校里是有点霸道的，这从很多事情上都可以看出来。上下楼梯或穿过走廊过道时，张大鹏走的都是正中间，他体积大，个子高，别人只有靠边的份；中午食堂吃饭，张大鹏也懒得排队，往队前一插，手一伸，饭盒就进了打饭的窗口，排在前面的男生刚想发作，抬头看见他这种身躯、这种架势，话到嘴边也只能硬生生地吞回去。

张大鹏在学校里最爱的运动是打篮球。白天闲着时，张大鹏就爱到篮球场上去晃悠，逮着机会就上场和人分组打比赛。

星期天的下午，篮球场上的人比平日多了很多，张大鹏不知道被什么事给耽搁了。当他提着个篮球站到篮球场外时，有点沮丧地发现所有的篮球场都已经满了。

张大鹏站在球场外，往四处看了看，然后走向我们这边。大家打得正起劲，谁也没有搭理他。

张大鹏一下子火了，走到矮个子同学李牧面前，把他向后一推："喂，李牧，你下去，换我玩玩。"

"凭什么让我下？"李牧满脸不服。

"喊你下你就下，还要什么解释吗？"张大鹏猛地一弓腰，双手往前一伸，突然抓住李牧的领子和皮带头，往场外一甩。

就在张大鹏要把李牧甩出去的那一瞬间，李牧闪电般地一回身，两手突然反扣住张大鹏袖口和衣领，伸出左脚，狠狠地踹在张大鹏右脚的膝关节上。

张大鹏"哎哟"叫了一声，身子像一棵树般倒了下去。

"我们继续打球。"李牧没事似的向我们招招手。

球场上一片死寂。

这事可真的闹大了，等张大鹏爬起来，还不把李牧给揍个半死。大家都为李牧捏了一把汗。

张大鹏慢慢地从地上爬了起来。

围观的人不由自主地都向后退去。张大鹏这次可能要发威了，他可是当过兵，练过武术的啊。

出乎所有人的预料，张大鹏面无表情地站起来，看了看李牧后，便头也不回地走了。

当晚张大鹏彻夜未归。

第二天清早，张大鹏一瘸一拐地回到了寝室，看样子他的伤势不轻。

"张大鹏，昨天你怎么了？你不是练过武功，当过兵吗？"我悄悄地问张大鹏。

"你知道什么？李牧那小子的功夫没有十年八载是练不出来的。哼，要是换了你，整个身子都要被他踹散架。"张大鹏说着，狠狠地瞪了我一眼。

脚好了后，张大鹏比先前收敛了许多。他走路不再横冲直闯，打饭也规规矩矩排队，晚上熄灯的时间也比先前早了许多。

马文豪

马文豪睡在我的上铺，年龄和我一般大。你别以为名字叫“文豪”的学习就会有多好，文章有多棒，那只是长辈对他的一种期待。

马文豪可不想当什么文豪，他最大的梦想是当一名歌星，梦想有朝一日能冲出这大学的校园，走向全国。马文豪长得挺帅气，嗓音也不错，有当歌星的潜质。这是一位行家给他的评价。

为了能当歌星，马文豪也确实下了一番苦功夫。每天清晨，当天边微微露出一点光亮时，马文豪就早早地从床上爬起来，跑到楼顶的天台去吊嗓子。老实说，马文豪唱歌还是挺像那么回事的，偶尔听他哼两曲，给人的感觉是也清新也自然。但要是每天大清早的，就有这么个人跑到楼顶上那么“咿……啊……”地做半个小时的发声练习，就让人感到不能忍受了。同学中有神经脆弱的、胆子小的、身体状态不佳的便来找他商量，想让他把发声练习时间往后挪挪，等大伙都起床了再练。他的回答却让你气个半死："这是吊嗓子。你懂吗？你不乐意你早点起啊。"马文豪是北京人，京油子，特爱跟你贫。你要再说，他就跟你铆上了。"我在天台上，碍你哪了，我就是喜欢唱，你管得着吗？再说了，我大清早爬起来，我容易吗？你们怎么连点同情心也没有啊？"他好像倒还受了天大的委屈。

这样持续了足有一个多月，直到每天也同样来天台晨练的张大鹏也忍无可忍了，说再听见他哼哼就揍他，他这才把清晨起来吊嗓子的习惯给彻底改了。

不吊嗓子了，但功夫不能丢啊。于是马文豪买了个随身听，走到哪听到哪，连上课、吃饭也不例外。马文豪坐在食堂里，边嚼萝卜边"咿咿啊啊"叨咕的痴迷劲，使同学不得不对他另眼相看。

在马文豪的书包里，《当代歌坛》和《时尚前线》这两本杂志是必备之物。一本介绍本月最新的歌坛花絮，哪个明星出新歌了，谁和谁又有绯闻了，某某某在哪开新闻发布会了，等等。另一本介绍最新的时尚动态，这个月流行什么颜色，怎么样搭配眼镜和裤子，一根皮带的几种系法，等等。平日里，马文豪说得最多的也是明星，你只要挑起他的兴头来，那他和你侃上两三个小时，中间是气都不喘一口。你要中途不想听了，他一定跟你急。

付出了这么多的马文豪还是没有成名，除了在学校的文艺汇演上唱过一首歌外，他还是和我们一样，吃饭，上课，回寝室睡觉，平凡的生活让他感到很郁闷。有那么一段时间，他总闷闷不乐地带着他的杂志，揣着随身听行走在学校的林荫小道上，和谁也不说话。

但没多久，马文豪就给了我们一个彻头彻尾的惊喜。

那是一个星期天的晚上，时钟跳过十一点。大伙都爬上了床，进入临睡状态。寝室里一片寂静。

“砰！”寝室门猛地一下被打开来。灯也同时被扯亮了。

“Hello，Everybody，看看谁来了。”一个熟悉的声音在门口炸开来。

“马文豪！”我们在睡梦中睁开眼睛，纷纷向门口望去。

这是马文豪吗？一副宽大的墨镜把脸遮去了一半，剪得像个刺猬的发型，杂乱地向上扬起，还被染成了红褐色；上身穿一件宽大的正面写满了英文字母的花哨黄T恤，下身是一条很肥大的半长黑色牛仔裤，脚蹬一双黑色皮靴；手上、腰上挂满了金属饰物，一动就“叮当”作响。

“文豪，你，你怎么搞成这样了？”我抬起手向他的刺猬头摸去。

“别动。这可是别人特意给我设计的。”马文豪往后一退，接着从怀里摸出一张折叠得整整齐齐的录取通知书，“告诉你们，我今天下午去明星学院培训班面试，已经被录取了。”

“看看，让我看看。”寝室里的兄弟们全从床上爬了起来，争抢着观看这张通知书，寝室里一下子乱成了一锅粥。

马文豪从此开始了他走向明星的征途。每天下午放学后，他就早早地背上书包外出学艺，直到晚上十一点多钟才匆匆地赶回寝室。听他说上课的地方离这很远，在东城那边，先乘地铁，再倒公交车，来回要花两个多小时，但马文豪乐此不疲。马文豪每晚回来后，不管多累都要给我们说说上课的情形，哪些大腕来上了课，哪个同学又被电视台看中了……然后这些珍贵的信息，再经我们的口添油加醋地散播到校园的各个角落。

那段时间，马文豪在学校里很是风光，脸上的笑也异常灿烂。

随着时间的推移，马文豪的话越来越少，人也显得越来越成熟了，我们为拥有这样的室友而感到骄傲。

有一天晚上，我去东城区的朋友家玩，回来时正好路过马文豪上课的地方，于是我想顺便去看看马文豪。

我来到了马文豪多次提到的那个培养明星的地方，没想到却是一座四星级宾馆。我走进去向服务员打听明星学院在哪一层楼。

“哦，你说的是那个明星学院吧？那个院长是个骗子。他租了我们三楼的会议室当教室，上了一个星期课就卷款逃跑了，连我们的房租都没付清。我们已经报案了！”

当晚，我独自一人打车回到学校。我进寝室不久，马文豪也回来了。他还是一副风尘仆仆累坏了的样子。我本来想好问他的话，到了嘴边又咽了回去。

这个学期快结束时，马文豪在寝室宣布，他已经顺利地从明星学院毕业了，他从此再也不用外出奔波，受车马劳顿之苦。寝室的室友在一家小饭店为他举行了一个庆祝会，预祝他早日实现明星之梦。

放假的前几天，学校准备排一台晚会。很多人都向系里推荐了马文豪，毕竟他是受过专业训练的，水平肯定要高得多。

“不不不，这次活动我就不参加了，要给新人一点空间嘛。我去了，给别人压力太大了。”说这话时，马文豪正坐在课桌边抄别人的听课笔记。

我突然想起，马文豪已经很久没有听“随身听”了。

胖子刘津

刘津是我们系的大忙人。在一千来号人的文秘系里，你可能不知道系主任叫什么，可能不知道明天上什么课，但一提起“胖子刘津”四个字，谁都会答道：“哦！我知道。”“哦”字用的是阳平，在现代汉语中发第二声。

刘津很胖，具体有多胖，不好说，因为这就和他的生日一样，有忌讳，从不告诉别人。这不像身高，两人往门口一站，背靠背一比，高多少低多少大家立刻明白。体重不一样，大家虽然知道刘津胖，可具体重多少斤，比别人胖多少，没有秤谁也说不上来。夏天的黄昏，刘津常穿着背心、裤衩，拿着大蒲扇坐在走廊上纳凉，他身上袒露在外面的白花花的肉，活像装满了水的面口袋，沉甸甸地绑在他身体周围，随着他身体的移动而左右摇晃。

“又胖了，又胖了。”迎着我们的目光，刘津常常自我解嘲地笑着，他的一对小眼睛眯缝在一起，如一尊含笑的弥勒佛。

在大多数时间里，刘津都是一副风尘仆仆、公务繁忙的样子。他是系里的创业部部长，大二年级党小组组长，并且还身兼院广播站负责人一职。用他的话说，忙起来，三餐都没个准。

刘津常常在学校周边的饭店请客吃饭，当然大部分时候是别人埋单，他吃饭。学校周边的饭店很多，而且菜价不贵，适合学生消费。刘津是文秘系创业部部长，手里掌握着不少勤工俭学岗位的资料，如校外有人需要找家教，某品牌服装或化妆品需要在学校找促销员发传单，或者系里搞活动要到外面拉赞助什么的，这些都离不开他。刘津帮着联系弄成了这些事情，别人或多或少总有所表示，在学校里是不时兴送东西的，大家便客客气气去外面吃一顿。更有那些想争取进步，或者有稿件想在广播站播发的同学，也免不了要请刘津隔三岔五地去外面撮一顿。吃得多了，刘津对学校周边的饭店了如指掌，哪个地段又开了一家新饭店，哪家的剁椒鱼头最好吃，哪家的服务周到、饭菜分量地道……刘津一边说一边晃动着他那硕大的头颅，很有点“指点江山”的味道。

我和刘津一个寝室，刘津睡我的下铺，晚上睡觉前我俩总爱摆摆龙门阵。从谈话中我知道，他爸是本市旅游局的副局长，手下管着十几家旅行社；他妈在组织部当政工科科长，在调动干部上有点小权力……

“从小我就发现家里很少做饭，老在外面吃。唉，习惯了。”刘津常常不无感慨地说。

同学们过生日请客吃饭，也总不会忘记叫上刘津。一是他平时的人缘不错，热心肠；二是他担任的那些个职务，多多少少总会给身边的朋友带来实惠。和刘津吃饭是件很快乐的事情，这点在班上是公认的。

刘津在吃的方面很有见地，一道菜端上了，刘津从气味、外形、色泽这三点上就可以说出个甲乙丙丁，再夹一筷子扔进嘴里，说："哎呀，猪肝炒老了，肉有点死，咬起来缺乏弹性。好的熘猪肝，上面应该还沾有血丝，脆，不粘牙。就像那二成熟的牛排，上面沾着血，带着点腥味……"接着再喝一口桌上的啤酒，又惊呼："太涩，不好不好。还是德国黑啤好喝，劲大、口感好。不过，这馆子嘛能这样就很不错了，大家吃，吃……"听他这么一说，我们无不对那沾有血丝的二成熟的牛排和德国黑啤向往起来。刘津还有一绝活就是能讲段子，也不知道他脑袋里哪来那么多有意思的小笑话，从他嘴巴里蹦跳出来，弄得一桌子人哈哈大笑，捧腹不止。

休完五一长假，我提前一天回了学校，家在本市的刘津邀请我去他家做客。中午的太阳很厉害，走出校门，刘津拦了一辆的士。他的身体很肥硕，在阳光下拖出一个圆圆的影子，进车门的时候，他是勉强挤进去的。汽车笔直地走过三个街口，再一转弯，前后不出一刻钟，到了。

"师傅，开票啊！"下车时，刘津老练地说了句。

刘津的家在旅游局家属大院四栋301，楼道口正对着马路。上了楼，刘津掏出钥匙，打开了防盗门，一进客厅，连忙打开柜式空调，然后扛着一把折叠躺椅放到空调的风口前，解开衣服扣子，袒露出圆硕的肚子，躺着享受冷气。

"冰箱里有雪糕，那边有饮水机，茶几上的西瓜、荔枝，你随便吃，别客气！"

我点点头，打量起房子来。四室两厅，装修得豪华而又典雅。米黄色的落地窗帘隔绝开外界的纷扰，一排仿明式高背靠椅，中间摆着古香古色的长茶几，墙壁上恰到好处地挂着几幅名家字画，窗帘前面摆着大屏幕等离子电视，左右配高保真音响。一般的人家是没有这种布置的。

"房子是包给人家装修的，家具也是别人帮忙给订的，我爸我妈忙，没人管这些。唉，能凑合就行。”刘津见我看得出神，漫不经心地说。

“我昨天刚借了几个科幻大片，在美国刚上映，听说特火爆。怎么样，看看？”刘津边说边从电视柜下的抽屉里抽出几张影碟来。

“好。”我点头同意，说实话刘津说好的东西，就没有什么不好的道理。

下午五点半时，刘津的爸爸打电话回家，说他有饭局不回家了，并且妈妈也不回，要刘津自己解决晚饭问题。

“没事，等下出门找个饭店，我请你。”我随口说道。

“那怎么行，今天你是客人。”

刘津想了想，拿出他随身携带的电话本翻了翻，再在座机上纯熟地拨了个号，电话通了。

“喂，请问是长城旅行社吗？我找一下王经理。哦，是你，王叔叔！我是刘津哦，我爸在你们那里吗？没有？哎，我还没吃晚饭呢，也不知道他们干什么去了。来你们那里吃晚饭？不好不好，我还有个同学和我在一起，一起来？不行不行。让我自个儿请客，开张票给你？哎呀，王叔叔您太关心我们年轻人了，谢谢。”

刘津放下话筒，得意地打了个响指，说：“今晚我带你去‘莫斯科’吃地道的俄式大餐。”

这一顿确实吃得我大开眼界，猪排、牛排、鱼子酱、西红柿汤、俄式大面包，还有“伏尔加”高度白酒……

“干！”他端起了玻璃酒杯。

我也端起了酒杯。

“下次有机会，我再请你去德国人开的‘汉斯啤酒屋’享受享受。”

瘦子王富强

瘦子王富强不喜欢别人喊他瘦子，虽然他瘦高瘦高的，不动的时候像一只站立的竹节虫。

王富强的皮肤很白净，细细的脖子上，托着一张清秀而俊朗的脸。他的头发长而蓬松，用一条黑皮筋随意地扎在脑后，很有艺术家的气度。王富强的吉他弹得很好，在我们学院每学期期末举行的文艺晚会上，他都要上台表演吉他弹唱，前一阵子模仿“黑豹”“唐朝”，走摇滚路线，最近在学习校园名谣，没事就哼着那首《睡在我上铺的兄弟》。

据说王富强的女朋友、本院博士生导师董教授的千金，就是被他每天晚自习后，站在女生楼下弹吉他、唱歌，给追到手的。有那么一段时间，我们常看见一米八五的王富强搂着他一米五五的女朋友，缠绵在校园的林荫道上；或者在校园池塘边的某棵柳树下，王富强弹着吉他为女朋友现场演唱《同桌的你》，这一度成为我们校园的一道风景，不知羡煞了多少心怀浪漫的女生。

王富强和我同一个班，但不同寝室，我住 303，他住 304。王富强常来我们寝室串门，一进门，便径直走到我桌前，和我探讨文学。当然，大多数时间都是他说，我听。王富强谈得最多的是诗歌，说起诗歌，他的脸上常常显露出亢奋的表情。他和我谈莎士比亚，谈十四行诗，谈拜伦、雪莱，也谈台湾的余光中……他说得很快，那不太熟练的普通话里，常常会蹦出几句湘西方言，但这一点也不影响他激动的情绪。偶尔，他会突然停下来看着我，好像要倾听我的意见，但我刚想张口，他又马上继续说了下去。王富强还常念一些他自己创作的诗给我听，诗句文白夹杂，翻动跳跃的幅度很大，有点故作高深的味道。我心里明白，他需要的只是一个听众，一个能对他的诗歌予以肯定并且在同学中有一定影响力的听众。因为我曾在报刊上发表过一些散文和小说，所以他选择了我。

“他们——不懂。”王富强对他们寝室的同学有点不屑一顾，就像那些同学对王富强的新诗不屑一顾一样。

王富强除了写诗和弹吉他，大多数的时间都花在了打工上。王富强在校外兼了两份初中家教，星期六、星期天的晚上还要去市里一个酒吧唱歌。对于打工挣钱，王富强自有他的理论根据。

“成年了，能用双手挣一点钱供自己日常花销，是一件很有成就感的事情。而在酒吧唱歌，那完全是因为个人爱好，而且在那里演出的现场感特别强烈，很体现自身的价值。”说这话时，王富强正靠在床上写乐谱，他的样子很随意，脸上却写满了疲劳。

不久，有一个同学在寝室里抖出一内幕消息，听说王富强的父亲是他们湘西当地一个大农场的农场主，承包着一百多亩土地。播种、施肥、收割全部机械化，叫作什么集约型管理。

“好家伙，一百多亩土地，一年得挣多少钱啊？”在座的人听了，无不咋舌。对于王富强富而犹勤，大家更是佩服。

王富强家里的情况真是这样吗？我有点怀疑。

记得有一次下晚自习后，我去隔壁寝室304借课堂笔记。当时，王富强正在挤牙膏，就那么绿豆大的一点抹在牙刷上，然后含进了嘴里。他的动作很自然，一看便是那种长久以来养成的习惯。而且在我的记忆中，王富强从来没有和我们一起去食堂打过饭，他不是声称在外面馆子吃，就是说还不饿，让我们先吃，这也是一个让人费解的地方。

星期四的下午，放了学，大家熙熙攘攘地回了寝室，然后一个个端着碗和盆去食堂打饭。照惯例，王富强没有和大家一起去食堂，而是独自坐在寝室做作业。过了晚上七点，食堂里的人稀少下来，王富强从寝室走了出去。我连忙拿上饭盒，远远地跟在他后面。

王富强在食堂里兜了一圈，然后停在了面食柜前。为了看清楚王富强在买什么，我快步从他身边插了上去。

“富强，吃什么了？”我一拍王富强的肩膀。

“哦，肚子不饿，买两个馒头开开胃口。”王富强的手一颤，脸上挤出点笑容。

“食堂的馒头做得好，我挺喜欢吃。师傅，我也买两个。”我递上五角钱，接过馒头，然后和王富强肩并肩地走出了食堂。

难道王富强一直以来就是这样过？

晚上十一点，我把王富强喊出了寝室，说：“今天我取了稿费，咱哥俩出去撮一顿，好好聊聊。”

我们选择了男生宿舍楼下一家名叫“烛光饭店”的地方，店面不大，里面总共才五张桌子。每张桌子中间点一根小蜡烛，别有一番情调。

“老板，先来四瓶啤酒，给我来一大份红烧肉、一大份排骨，再上两个蛋炒饭。”我打了个响指，然后和王富强坐到了靠角落的一张桌子旁。

昏暗的烛光下，就着下酒菜，我们一杯一杯地喝着啤酒。我们聊文学，聊诗歌，聊大学的生活，最后聊到了各自的现状。

“唉，做人真累！”王富强有了醉意，忽然叹了一口气。

“富强，你是不是有什么难处，如果我可以帮上忙，你尽管开口。”我的话说得很诚恳。

王富强又喝了一大口啤酒，说：“我知道你家境好，你没有缺钱的体会，而且你这人心地也好，不会看不起没有钱的人。我为什么打那么多工？我家里前几天打电话来，弟弟在县城上初中，学费加建校费合起来要两千多元。两千多元啊！抵得上我爸妈辛苦一年的钱。”

“你爸爸不是承包了一百多亩土地吗？”我问。

“那只是为了面子，也为了女朋友，我编的。”

“以你这种情况，为什么不申请学校的贫困生助学贷款呢？”我好心地说。

“贫困生助学贷款？那我不就成为贫困生了。校园里谁瞧得起贫困生？我是贫困生，那我还能弹吉他吗？我还能平静地生活吗？女朋友还会和我在一起吗？”王富强把杯子用力地往桌上一戳，有些愤慨地说。

那天晚上我们喝得很晚，四瓶不够又加了六瓶。王富强起身的时候，身体有点发飘。

到了寝室门口，王富强把我拉到一旁，神情尴尬地说：“最近手头紧，能先借两百元钱给我救救急吗？”

“行。”

……

日子还是这样过着，但王富强没有来还过钱，也再没有和我说起过那个晚上的事情，他躲避着到我们宿舍来聊天，偶尔在路上劈面碰到，他也只是和我随便打个招呼，便匆匆一掠而过。那个烛光摇晃的夜晚，就好像是一个梦，随着时间的推移，变得越发模糊。但我知道，那个夜晚深深地印刻在了王富强的脑海里，他一定为那晚的言行而后悔。

不久，那个博导的千金和王富强分手了。

学院举行的文艺晚会上，王富强演奏吉他的身影，也再看不到了。

党员马力

马力是我们班最早入党的学生，也是我们班唯一的一个党员。

从高中二年级到大学三年级，马力已经有了五年的党龄，在我们这些同龄人当中算得上是一个佼佼者。

马力为人和善，又爱帮助同学，是班上公认的大好人。平日里他着装很庄重，总穿中山装或西装，下配休闲裤和皮鞋；加上头上五五分开的发型，显得一副很古板的样子。我们从来没有看他穿过牛仔裤或者皮夹克什么的，用我们的话说，马力一点也不新潮。

马力这个名字让我们联想到任天堂的经典单机游戏“超级马力”，说的是一个平凡的水管工克服重重困难，打败各种怪物，最终救出公主的故事。这个经典游戏对我们这一代影响甚深。再遇见马力的时候，我们就会用那种很地道的美国口语喊他为“马力奥”或者是“党员马力奥”。平日里马力并不介意我们和他开玩笑，有时候过火了他也只是一笑了之。但这次马力听了却很不高兴，他认为作为一个中国人，并且还是一名共产党员，却叫外国名字着实有点崇洋媚外。于是当我们下次再喊他的时候，他就假装没有听见，或者干脆不答应。这样几次后，我们只好把后面的“马力奥”三字给省了，张口闭口“党员、党员”地叫他，马力这才有了回答。

马力最喜欢的句子是“路遥知马力，日久见人心”。刚进大学时，他就请人用毛笔把这句话写好，贴在自己书桌正前方的墙壁上。据马力说，在高中的时候他便品学兼优，每逢学校组织学雷锋活动，捐款捐物支援灾区，或者是去敬老院、孤儿院打扫卫生，他一概积极参加，在班上若有同学需要帮助，都会倾尽自己最大的力量，绝对没有一点怨言。也正因为这样，在高二的时候，他光荣地加入了中国共产党。

提起从前的日子，马力也会有良多感叹。他们以前住的寝室和我们现在的一样大，但我们现在睡四个人，而他们却要睡十个人；他们那时候的宿舍，一层楼才一个卫生间，冬天的夜晚出门上厕所，被喻为在校的四大难事之一。而至于其他三件难事是什么，马力打死也不说了。

所以每当我们寝室的其他人抱怨天寒地冻，抱怨晚上拉闸限电时，党员总要站出来安慰我们两句。顺带说说他们以前的惨状。末了，他还不忘发句感叹：“还是经济发展得快哦……”听到这里，寝室的每个人都会“哈哈”大笑，我们说马力可真的是个不折不扣的党员。

从大学二年级以来，马力身兼班上的团支部书记、系党小组组长和院宿管部副部长三项要职。在寝室里他还是我们的寝室长，寝室里的所有事情都归他管。

在班上，马力要主持每周的班会，定时开展团组织活动；在系里，马力要参加每周的党小组会议，要按时听报告，然后再开会把上面的精神和指示传达给各班的干部；在院里，他要负责检查全院寝室的卫生和晚归情况，还要经常参加宿管部会议，或者是作为宿管部工作者被借调去参加各种文艺晚会，负责维持现场的秩序。等到回了寝室，寝室里还有各种各样的大小事情等着他做。如厕所水管漏水了需要修理，寝室保险丝烧断了，再或者是饮水机的水喝完了需要打电话喊人来送水什么的，大多是马力亲自动手。只因为马力是党员，大家都觉得党员就要比群众多做点。偶尔看见党员在寝室的时候，那也是一刻不停地趴在书桌上写某个材料，或制定某项宿管部的规章制度，再不然就是帮同学们填报各种表格或做统计。

期末快到了，院里系里的活动都格外频繁。马力在外面忙得像是个团团乱转的陀螺，一天到晚不归寝室。等到回寝室后，马力还必须挤时间复习自己的考试课目，所以常常得加夜班。很多次我梦里醒来，蒙眬间还看见党员的应急灯在桌上淡淡地亮着，他整个人都埋在这恬静的灯影里。我知道那是马力怕光线打扰我们休息而故意调暗的。寂静的冬夜里只听见钢笔在纸上划过的沙沙声，和外面的风声一应一和。

“中午要进行卫生检查，放学后大家都要回寝室参加劳动啊。”每个星期二早上，党员都会叮嘱我们。

“党员，你要带好头帮我们这些群众多搞点，我们下午有事，中午回不来。”同寝室的阿憨和达达嬉笑着，头也不回地跑出了寝室。

马力轻轻地叹了口气，和我一起并排走出了宿舍。边走，马力边不时地打着哈欠。

其实不只在我们寝室，在班上很多时候都是这样。同学们看马力是党员，平常又光做事，不说话，就经常把一些难办的事情推给他做，或者请他帮忙，还美名其曰是跟着党走，让党先带头。

“他们不扫，我来扫。”我拍拍马力的肩膀，“昨晚又熬夜了？”

“凌晨两点半才睡。还是为了我们班贫困生申请补助金的事情。”马力无奈地点点头。

“那些材料不是说申请人写吗？你只要负责收齐交上去啊。”我不解地说。

“一个年级申请贫困生补助金的有一百来人，但名额只有五个，竞争相当激烈。我对我们班的那两个材料不放心，就熬夜把材料又修改了一遍，争取两个名额都拿下来。”

“马力。你这个党员当得也实在是太亏了。”我看着马力深深的眼窝，心里有点感动。

马力平时工作忙，学习时间少，经常性的开会和活动占用了他大量的课外时间，他大二后成绩下滑和这些有很大的关联。而在我们学校，众多的奖项都要与学习成绩挂钩，如三好学生、奖学金、优秀干部、学习先进分子，等等。虽然党员为大家做了那么多的事，但每次都因为成绩差那么一点，与评奖评优失之交臂。到现在大三了，马力得到的奖项还屈指可数。

可马力似乎并不在意，每天该干什么还干什么，一点也不为评奖评优的事上心。

“党员，你难道就一点想法也没有？”私下里我问马力。

马力看看我，又看了看窗外，表情异常的复杂：“说没有一点想法当然是假的，但作为一个党员，就该比别人多做些事，这是应该的。我的成绩没有达到评优的标准，大家都不选我，这也是对的。我不后悔。”

马力的声音低低的。

今年快放寒假时，印度尼西亚苏门答腊岛北面海域发生强烈地震引发海啸，席卷南亚、东南亚多个国家，世界各国都向受灾国运送了救援物资。我们学校由院学生会出面，策划了一台以“支援灾区，重建家园”为主题的大型元旦文艺晚会，号召广大师生献出自己的爱心，为受灾国人民重建家园出一分力。

为了这次活动，马力整整奔忙了一个星期，从最开始的主题策划、筛选节目、联系场地，到后来去外面拉赞助，去电台、电视台、报社联系采访，请学院各系领导出席……

此时，大家都在如火如荼地复习功课，马力却天天早出晚归地忙碌着元旦晚会的事情。等到晚上马力回寝室时，我们已经都躺在床上了。每次马力进了寝室，都要端起他桌上的凉白开猛灌几大口，然后才坐下复习功课。

元旦晚会举办得很成功，在社会上掀起了强烈反响。本地多家媒体报道了此事，学校院长、书记在会上发表了讲话，当晚在演出现场就收到了近十万元的捐款。

晚上十点三十分，我们看完晚会回到了寝室。没想到马力已经早回来了。

“党员，今天的晚会太成功了！”

“党员，本地电视台、报纸、电台都来人采访了。”

“特别是最后的那个万人签名场面好壮观！”

……

大家看见马力在寝室，你一言我一语地聊了起来。

马力咳嗽着，躺在床上疲惫地回答：“晚会成功就好。我这次是真的累了——累病了。可惜明天就要考试了……”

围绕着文艺汇演的话题还在继续，但不久我们便听见马力那轻微而又匀称的呼噜声。一瞬间大家安静了下来，静静地结束了这次谈话。

深夜，马力的床上不时传来压抑的咳嗽声，我的心被这一阵一阵的声音揪得紧紧的，真替马力明天的考试捏一把汗。

一周的考试说过就过了，考完最后一门功课，本学期也就结束了。

放假的前一天，成绩公布了出来，同学们喜忧参半。我和同寝室的阿憨、达达忙着清点行李，准备乘下午的火车离开学校，隔壁寝室的同学都来为我们送行，大家在一起说着话，显得有点伤感。马力默默地坐在一旁，因为他在系里还有一些工作要做，要晚我们几天回家。

“考得怎么样？党员。”不知谁问了一句。

马力摇摇头，捂着嘴向洗漱池走去，几声重重的咳嗽从他嘴里迸发出来，一下一下像锥子扎在我们心上。

“马力这次的平均成绩是七十八分，离评优又差了两分。”达达小声告诉我们。

“唉……”轻轻的叹息声在人群中扩散开来。

“是我自己没有复习好，唉……”马力回到座位上，扬头吞下了手中的几粒“感康”。

“可惜，下个学期的评优你……”阿憨站在一旁说道。

“那有什么办法。”马力又重重地咳嗽了两声，

“党员，规矩是死的，人是活的。你为大家做的事不是一点分数就能概括的，下个学期我一定会投你一票！”我从人群中插进去，站到马力面前，声音都激动得有些发抖。

“党员，我也会投你一票。”达达附和着说。

“对，我们大家都投你的票。”不知谁喊了一句。

“谢谢，谢谢大家。”马力猛地站了起来，晶莹的眼泪从他的眼角慢慢地爬了出来，然后不可抑制地奔泻而下。

正午的太阳从云缝里钻出半个头来，冬天里竟然迎来了难得的好天气。

西　施

西施是我们班四大美女之一。她最开始的外号叫“病西施”，一是因为长得漂亮；二是因为她体质不好，三天两头得病。西施的五官小巧精致，瓜子脸，柳叶眉，微微翘起的嘴巴勾勒出迷人的弧度。更突出的是她还拥有着南方女孩都羡慕的傲人身高，在初中时就达到一米六七的个头，站在同学们中像根旗杆一样抢眼。

平日里，西施不爱说话，或者说不爱和我们说话。她个子高，上课时，坐在最后一排，做操时，站在最后一个，距离使她和我们大多数同学之间的关系变得疏远，也给她的形象蒙上了一层略带神秘的面纱。在关于她有限的记忆中，我只记得西施总喜欢坐在座位上埋头看名著，放学后则奔波在各种特长班之间。

西施的身材偏瘦，用现在的话说很有点“骨感美”，仿佛稍微不慎她的腰就会闪折。她说话的声音不大，很绵，听得人心里软软的。只有在笑的时候，她苍白的脸上才会露出点红润。大多数时候她脸上都是冷冰冰的，好像对什么都不感兴趣，一副拒人千里之外的样子。

在衣服的细节上，西施常别出心裁地弄出一些小花样，这都是受她母亲的影响。据西施说，她母亲年轻时曾是厂工会文艺宣传队的顶梁柱，能歌善舞，对于穿着打扮自然有独特的眼光。西施总是把这些微小的花样控制在校规允许的范围之内，又把一个女孩爱美的想法体现得淋漓尽致。如学校规定要穿统一的校服，她便在胸前用黑色碳素笔画上和校牌近似的卡通图案；学校规定留统一的齐耳短发，她便在头发深处用彩色的皮筋扎两个小辫；或者在白色跑鞋上，自己绘上一些彩色图案。她的这些小细节被女生们学习并传播开来，不断地引领着我们班的时尚风气。

西施的成绩不算好，她的语文还行，但数学却一塌糊涂。她妈帮她报了好几个课外特长班，练体操，学舞蹈，学钢琴、小提琴、萨克斯，一个都不能少，使她放学后回家也不能好好休息。学习时间的压缩，导致她成绩一直上不来，我常看见她上课的时候精神萎靡不振。西施曾告诉我，她父亲并不赞成这种强制性教育，为此，家里常发生争吵。

西施是家里的独生女，身体又不好，除了上特长班要花大笔的费用，日常还需要吃一些营养品。西施的父亲在小学教书，工资很低，西施的母亲做服装生意，是家里的主要经济支柱，家里所有的事都是她说了算，自然也包括西施未来的发展方向。西施母亲年轻时曾有过当演员的梦想，可惜未能如愿，现在把所有的希望都寄托在女儿身上。

“其实我对当明星一点也不感兴趣，可有什么办法呢，在家里老妈说了算。”西施偶尔谈起那些课外特长班，总是一脸无奈，然后低下头更专心地看她的名著。也许只有在学校里的这段时间，才能够让她自由支配。

西施曾经很得意地让我参观过她满满一书包的读物，代价是把当天的数学作业借给她“参考”一下。西施有着一种与周围同龄人格格不入的成熟，她的书包里塞满了各种经典文本，外国的《红与黑》《呼啸山庄》《茶花女》《牛虻》，中国的《红楼梦》《西厢记》《拍案惊奇》，等等。西施的书大多来自她父亲的收藏，她父亲是语文老师，平时还喜欢写一些散文、诗歌。西施常常骄傲地拿着印有她父亲作品的报纸给我们看，在文学上她深受父亲的影响。

“我特佩服我爸，将来我要当作家，随心所欲地写心里的东西。”西施曾经很自信地对我们说。

转眼中考到了，西施自然没有考上高中。

上了高中的我在学习的间隙里，偶尔听到一些关于初中同学的消息，才知道某某某在我们城市的某个角落开了饭店，某某某跟随父母下海经商，而西施在初中毕业后，去了郊区的一所艺术职业学校。

今年年初的时候，在网站的初中同学录上，我突然看见有人发布了西施杀进了模特界，并且在今年的“新思潮”模特大赛中夺得第二名的消息。

我的脑海里立刻出现了那个高高瘦瘦的女孩，带着一脸无奈的苦笑。我去“百度”上输入西施的名字，然后查找，果然看见她的照片和获奖介绍。照片上，她的父母一左一右把女儿夹在中间，西施的脸还是那样冷冰冰的，目光里带着点茫然。她的母亲确实很漂亮，一身珠光宝气，修饰得很好的面容上，看上去有种不真切的美。相比之下，她的父亲则显得木讷多了。

如果西施不当模特的话，她现在会不会成为一个作家呢？我听人说，模特西施正在创作她的第一本书《“T”台回忆录》，也不知是真是假？

鲁 义

鲁义是我们班最矮的男生，或者说是发育最晚的男生。他进初一的时候身高一米五，到初三毕业，我们都拔节似的疯长，他还是一米五。我们常常喊他“小义子”，用湖南话读出来就变成了“小意思”。

鲁义个子不高，模样很周正，眉清目秀的。白白净净的脸上，连绒毛都没有一根。脸的两侧各嵌着一个浅浅的酒窝，一笑就会浮现出来，很是可爱。我们便常逗弄他，或者直接挠他胳肢窝，他一紧张，脸羞得通红，两个酒窝也时隐时现，像女孩子一样。这让我们常常想起台湾版《新白娘子传奇》里，叶童扮演许仙的样子。鲁义的相貌，一笑一颦，认起真来比女孩还更像女孩。当然，鲁义最出名的地方不是他的长相，而是他的歌声，准确地说是他的童音。在一年一度的学校艺术节上，鲁义的独唱是学校的保留节目。

记得刚进初中那会儿，鲁义性格很内向，说话细声细气，面皮也薄，一激动就脸红。一次上语文课，老师点名让他回答问题，鲁义站起来后，看着全班几十双目光都射向自己，一张脸憋得通红，不但半天没有说出一句话，反倒趴在桌子上哭了。为此，我们没少笑话他。鲁义太像女孩子，又喜欢和女孩子们玩，男同学便有点孤立他，背地里给他起了个外号叫“鲁宝玉”。

挖掘出鲁义的歌唱潜力，要归功于我们的班主任萧老师。那阵子电视台正在播放根据金庸原著改编的电视连续剧《倚天屠龙记》，里面的种种盖世神功被我们争相模仿，什么乾坤大挪移、降龙十八掌、九阳真经，一下课就在走廊上你来我往打得不亦乐乎。鲁义有时也会加入到我们的行列中，他最擅长的是模仿电视剧中“金毛狮王”谢逊的“狮吼功”。他的嗓子尖锐、嘹亮，对着你尖叫时，让人耳膜有种针扎的刺痛感。鲁义发功的时候是没有预兆的，他一声不响地站到某个男同学的背后，突然施展他的“狮吼功”，发出分贝极高的尖叫。我就曾中过一次招，在其后大概一分钟的时间里，听力大幅度下降，耳朵里嗡嗡作响。鲁义对展示他的神功乐此不疲，虽然每次都换来我们的追打，但这是一个快速融入男同学圈子，被我们所认同的捷径。萧老师就是在鲁义一次发功后突然出现的，她先严厉地批评了我们这种游戏，然后把鲁义单独带回了办公室。看着萧老师和鲁义远去的背影，我们不禁轻轻地吟出了那流传千古，且让人荡气回肠的名句：“风萧萧兮易水寒，壮士一去兮不复还……”

有谁会想到，这一去，让鲁义以后的生活发生了重大的变化。萧老师是音乐老师，科班出身，分到我们学校大有怀才不遇之感。平日里她总是上了课就走，大部分精力都用在课余带音乐辅导班挣外快上。听见鲁义的声音，让萧老师大感震惊，她把鲁义带回办公室，又让鲁义做了一些简单的发声练习后，决定让鲁义到自己的辅导班上课，并减免所有的学习费用。

鲁义很争气，有先天的好嗓子做基础，又经过萧老师两个多月的训练，在年末的学校十佳歌手比赛上，凭借一首《听妈妈讲那过去的事情》夺得第一名，接着又在元旦晚会上大放异彩。他那不带丝毫杂质近乎天籁般的童音，为他赢得了最佳男歌手奖、最高人气奖、最佳新人奖等多个奖项，鲁义成为了我们班乃至学校的大名人。鲁义并没有就此打住，在以后的日子里，鲁义跟随着萧老师冲出学校，走向了全省，先是在市少年歌手比赛中夺得一等奖，接着又在省少年歌手大赛上夺得了二等奖，为学校挣来了一大堆的荣誉。我们学校也得了最佳组织奖，上了报纸，名气大增。一直不喜欢萧老师的校长、书记成天乐呵呵的，有事没事都要来她的办公室坐坐，其他老师对萧老师的态度也很亲切。

我们班被评为优秀班集体，萧老师当选年度优秀班主任，学校给萧老师加了工资，评了职称。怀才不遇的萧老师终于证实了她的才干，她的脸也像鲁义一样，整天红扑扑的。她开始经常在班上走动，热心地帮助学生解决一些问题，荣誉分明使她增加了责任感。她的话语里，常下意识地出现“我们班鲁义”这个词组，鲁义成为她光辉事业的一个焦点。

鲁义的性格比以前开朗多了，也许是经常去外面参加比赛的原因。他的笑多了，脸红的时候少了，虽然脸上还是白白净净的，但怎么看都像少了点什么。下课后，大家常常围到鲁义座位周围，要他说在外面比赛的趣闻。鲁义一点也不怯场，大大方方的，边说边用手比画，引得同学们哈哈大笑，现在男生女生都喜欢他，亲热地喊他“鲁义”，再也没有人喊他“小意思”了。

萧老师对鲁义有很高的期望，她带的课外辅导班里还没有一个人能有鲁义这样的潜质，她干脆草草地把辅导班关了门，全心全意地指导鲁义。学校也已经决定保送鲁义进高中就读，并且承诺可以适当地减免一部分学费。我们仿佛都可以看见鲁义灿烂的未来：考进艺术院校，然后成为一个伟大的歌唱家。大家都对鲁义充满了羡慕，同时在羡慕中带着一点点妒忌。但大家都好像忘了，鲁义一直是用他的童声在歌唱，有谁能一辈子唱童声呢。

初三下学期时，鲁义开始变声。一圈圈的绒毛在他嘴角边疯长，喉结也凸现了出来。他的声音变得粗犷，甚至有点沙哑，那没有丝毫杂质天籁般的童声一去不复返。医生说这属于倒嗓，需要一段时间的恢复，运气好可以恢复过来，运气不好就再也不能唱歌了。

谁也没有想到会是这样的结局，学校对萧老师的态度冷却下来，一些人幸灾乐祸地观望着事态的发展。鲁义自然失去了保送高中读书的资格，他一蹶不振，在中考时发挥失常，毕业后黯然地去了另一所中专技术学校。萧老师大病一场，病好后，毅然辞职去了南方的一个城市。

时间一晃过去了很多年，再看见鲁义的时候是在前几天的电视上。我们市厂矿系统正在举行飙歌大赛，鲁义穿着一身陈旧的牛仔装，在电视直播时演唱刀郎的歌曲。他长高了，身体也强壮了，脸上倒还是白白净净的，只是眉眼处多了几分沧桑。他的声音很沙哑，却极具穿透力，获得了现场观众的一致好评。

郭小漫

遇见郭小漫时，我正面临大学毕业，在我家附近的一所中学教育实习，天天早出晚归俨然上班一族。

实习很清闲，一个星期上六节语文课，早晚自习时到教室看一下。我们班的学生都挺尊敬我，自习的时候不吵不闹，我就不用像其他老师那样一天到晚守着他们，省下了不少时间。

有天下午放学，正走在回家的马路上，老远看见一个人在向我招手。一身黑色的西装，胸前一条红色的条纹领带分外惹眼。

走近了，感觉对方的面貌很熟悉，但一时又想不起是谁。

“还记得我吗？”对方满脸都是笑，握着我的手摇得很热情。

“你是……”我尴尬至极。

“我是郭小漫啊，我们初中是同学。”郭小漫脸上略带点生气地提醒我。

“哦哦哦……小漫！”初二的时候郭小漫就退学了，连毕业照都没有留下。这一晃过去七八年了，怪不得我会想不起来。

“好多年不见，现在你在哪上班啊？”郭小漫还是以前大大咧咧的样子。

“我大学还没有毕业，正在中学实习。你呢？看你这身衣服应该混得挺不错！”我说。

“我前两年在浙江，现在在广州，几天前刚回来了，混得不好，非常不好。”郭小漫从口袋里掏出香烟，递了根给我。他的话语很真诚，一点也不避讳。

“不抽，谢谢。”我摆摆手。烟很一般，市面上很便宜的那种“红高粱”。

也许是太久没有人和他聊天，郭小漫把这几年的工作生活经历一股脑儿地倒了出来。他父母离婚后没人管他，初二那年他在家里拿了点钱，就南下闯社会去了。那时候他才刚满十六岁，一个人在外地，被抢过，被骗过，被当成小偷挨过打，也被冤枉进过公安局，还差点被传销团伙所控制。饿的时候他吃过别人的剩饭，困了睡过工地里的水泥管。他洗过盘子，捡过垃圾，发过传单……后来好不容易才在一个小区找了个稳定点的工作当保安，干了一个月，又因为自己学历低被别人给挤了。他意识到知识的重要性，先是报了夜校，又在电脑城打工，边工作边学习电脑操作……郭小漫极力压制着心中的激动情绪，点了根烟。他拿打火机的手有点抖，打了几次才把烟点着。

“我这种人，一没有文凭，二没有技术，连扫马路都没有人要。早知道如此，当年真应该好好读书，学点有用的东西。”郭小漫的话语里充满了懊悔。

初中时，郭小漫是我们班的调皮大王，旷课，不交作业，打架……次次上年级批评榜，我们把他归为“四害分子”：害老师，害同学，害学校，害家长。初二时，郭小漫父母离了婚，家里闹得一塌糊涂，他也正好退了学，走上了社会。真没想到，这么多年过去，郭小漫终于后悔了。

第二次遇见郭小漫是在我实习的学校。下午放学后，我和几个学生一起走出教学楼，正巧遇见郭小漫从楼下走上来，还是那身黑西装配着那根红领带。

“郭小漫，你怎么找到这里来了？”我以为郭小漫是来找我有事的，忙上前打招呼。

郭小漫结结巴巴地解释，明天是全国自学考试的日子，这个学校是市里的考点之一，他提前来看看考场，因为明天他要在这里参加考试。

“我边上班边读书，一直在参加自学考试，过了明天这最后一门，我就把计算机专科的课程全部修满了。”郭小漫自豪地说。

那天我和郭小漫聊了好一阵，发现他看了不少的课外书籍，特别是关于计算机的一些知识，他很有一套。

两个多月的时间，眨眼就过去了，我结束了中学实习，坐火车返回学校。在火车站，我再一次和郭小漫不期而遇。他背着黑色单肩包，穿着运动鞋，一副准备出远门的样子。

“小漫，你又要出去？不是听说你找到一份工作了吗？”我惊讶地问。

“对，前一阵子我在初中同学王雷的电脑公司打工，但昨天我辞职了。”郭小漫笑着说。

“好好的一份工作为什么辞掉呢？”我问。

郭小漫说的王雷和我们同一个学校但不同班级，他也是初中毕业后就进入了社会。先是交钱跟着别人学电脑技术，稍后在电脑市场里打工，给别人当技术员，一年多前和别人合伙开了家电脑公司，后来听说又跳了出来，独自开了公司，自任总经理，手下管着四五个员工。我去年曾在王雷公司买过一台电脑，所以对他有些了解。

“好什么呀，王雷开公司靠的是那点可怜的工作经验，对于我给他提出的一些先进管理方法，他听不进去，还在公司处处刁难我。说我学历再高也是个马仔，公司只有他说了算！上了一个月班，我觉得这个公司经营上漏洞很多，没有什么发展潜力，干下去也是死路一条。我现在有了计算机专科文凭，又考了中级程序员证书，沿海那边有个电脑公司要我过去。”郭小漫说。

“行啊！”我对他有些肃然起敬。

“我还是会边工作边学习的，再过两年，把计算机本科学历拿下来。到那时我也是一个堂堂正正的大学本科毕业生了。”

郭小漫说完，朝我挥挥手，快步朝人流里奔去……

甄天二

甄天二是大二的时候插进我们班来的。他和我一个寝室，搬进来的时候正好我们都在上课，等我们放学回到寝室时，他已经旁若无人地坐在床头看书了。

甄天二是东北人，和我们一起在北京外国语学院读自考。他在家排行老二，他哥叫甄天一，比他大两岁。他这个姓挺复杂，不好认，念起来也拗口，我们喊他的时候便把姓给省了，张嘴就“天二、天二”地叫，不知道的还以为我们在喊“天啊！天啊！”

天二个子不高，光头，右耳垂上挂着一个圆形耳环；皮肤黝黑，身上的肌肉很结实；说话的时候带着浓厚的东北口音，有点像赵本山演小品。

天二喜欢打架子鼓，他以前是学音乐的，一直想当个音乐家。他给我们看过他以前学打鼓时的照片，头发很长，人很瘦，和现在判若两人。

在寝室的时候，天二习惯盘腿坐在床上，把练习用的哑鼓平放在两腿之间，

“一二三四,二二三四……”嘴里有节奏地打着拍子，双手握鼓棍使劲地敲打鼓面。哑鼓的表面是牛皮的，很厚。棍子打在上面有弹性，声音很小，因此并不妨碍我们在寝室里学习。我们看书累了也会停下来，看天二敲上一段。这时候天二就敲得很来劲，只见他两手分飞，忽上忽下，竟然可以敲出很多种花样。密密的鼓点蹦蹦跳跳，让人感到热血沸腾。

“如果是架子鼓，那就更来劲了。下次我带你们去五道口的酒吧听真正的摇滚。”天二边敲边闭着眼睛念叨，很陶醉的样子。

我们连连点头，真的希望“下次”快点到来。

读自学考试是没有老师来管的，学与不学全看自己。有那么一段时间，天二很少去上课，不是趴在床上闷头大睡，就是泡在五道口的酒吧里。听说他现在已经是“垃圾桶”乐队的一名正式鼓手，每天大部分的时间都要和队员们在一起排练。

天二回寝室的第一件事，就是问我们他爸来电话没有。

“昨天上午你爸打了电话过来，我们说你去图书馆了。”

“好的，好的。下次也要这么说，不然我这个月的零花钱就泡汤了。”天二长长地松了一口气。

天二很惧怕他老爸。听说天二老爸的生意很大，在北京是有头有脸的人物。天二的老爸希望儿子继承他的生意，十分憎恨天二搞音乐。

天二初中毕业后曾瞒着父母报考了一个艺术学校，学习打架子鼓。这完全违背了天二老爸的初衷，他爸一怒之下，断了天二的伙食费，对天二从此不闻不问。在艺术学校的三年是天二人生中最黑暗也是最快乐的三年，他的所有时间都花在了学习打鼓上。但在生活上，天二失去了经济来源。天二的大哥每个月偷偷寄来的一点伙食费根本不能让天二填饱肚子。为了吃饭，天二守过学校的传达室，深夜里当过学校的巡夜员，下饭馆刷过盘子，去大街上发过传单……

天二在寝室休息的时候，常会从贴身的口袋里摸出以前的那张照片，瞧几眼，又愣愣神，然后自我解嘲地笑笑："瞧我那时候，又瘦又黑，都是饿的，吃了上顿没下顿。我是班上架子鼓打得最好的学生，没日没夜地练，就跟玩命一样，可家里没有一个人欣赏我。"

"你家里就一直没有管过你？"

"到我快毕业那年，我爸来了学校。我爸对我说，如果我毕业后，有公司签约，他就放我去，一辈子不管我。不然就让我彻底死心，乖乖地跟他回去读书，以后继承他的生意。"天二抬起头望向远方。

"你那么刻苦，最后还是没有练出来吗？"我们都觉得有点惋惜。

"毕业晚会那天的情景我永远忘不了。我和我们乐队演奏的《痛苦的生活》，一举拿下了最佳作词、最佳作曲、最佳组合等几项大奖。那天晚上就像是专门为我们准备的节日，所有人都被我们的音乐镇住了。下到后台，我们乐队的其他成员就和当地的一家影视公司签了约。"

"你呢？"

"我？他们说我没有潜力，发展空间不大。"天二把鼓棍丢在床边，向后仰倒在床上。

寝室里一片沉寂。

"后来我才知道，是我爸利用他的关系，让别人故意这样说的。我知道了真相也没用，我不是我爸的对手，我认了。"天二无奈地坐起身，拿起床头书桌上的大茶杯，猛灌了一大口茶。

"我该去排练了。下个月圣诞节的晚上，五道口的'沸点'酒吧会举行'圣诞杯摇滚大赛'。我整七点在酒吧门口等你们，你们一定要来啊。"天二随意地套了件衣服，低着头走出门去。

天二的眼睛红红的，对往事的回忆引起了他的伤感。

圣诞节当晚，天二早早地等在了“沸点”酒吧门口，和他站在一起的还有他们“垃圾桶”乐队的另三名成员，主唱、吉他和贝斯。天二的打扮很前卫，他戴着长长的红色假发，穿着黑皮衣、黑皮裤，皮带上挂满了长长短短的金属饰物，在灯光的映照下，闪闪发光。

“走，都进去坐！我们乐队倒数第二个上场，算是半个压轴。”天二的脸上挂满了幸福的笑，领着我们走进了酒吧。

酒吧装饰得很讲究。外面的门很小巧，酒吧里面却别有洞天。我们跟着天二穿过一个幽暗、狭窄的长廊，走到尽头，眼前豁然一亮。一个巨大的圆形舞台出现在前方舞池的正中央，四周是观众的坐席，上下三层，形成了一个立体式的环形结构，让人想起了古罗马的角斗场。舞池的四周布满了大大小小的彩灯，它们随着音乐的节奏朝地面射出千奇百怪的图案。摇滚大赛还没有开始，只有几个穿着很性感的金发女郎在舞池里尽情地摇摆。现场的气氛已经被煽动起来，人们呼喊着，尖叫着，盼望着比赛的正式开始。

“你们坐好，我去后台了！”天二在我耳边大声地喊着，音乐的声音太大了，震耳欲聋。

“加油！”我拍拍天二的肩膀，和其他人找了个座位坐下。

伴随着一阵山崩海啸般的音乐声，第一支名叫“火柴盒”的乐队出场了。他们是一群十七八岁的高中生，在呐喊中为“圣诞杯摇滚大赛”拉开了序幕。

接下来，“无厘头”乐队、“吃多了”乐队、“臭虫”乐队、“人见人恨”乐队等，纷纷登台亮相，他们狂热的表演把现场的气氛一次又一次地推向了高潮，坐在前排的评委们不断地打出一个又一个的高分。

“下一个出场的乐队是‘垃圾桶’乐队，他们的参赛曲目是《狗日的生活》。”

“天二！天二！”我和同学们站起来大声地呼喊，很多人跟随我们呼喊起来，周围的看台上引起了一片连锁反应。

“如果生活把你卖了，那么不能这样算了；抗争也许没有意义，但生活不能没有目的……”随着主唱的嘶吼，雷霆般的鼓声夹杂着暴风骤雨般的电吉他声，潮水般地向人群扑打过来，尖亢刺耳的音乐，沉重急促的鼓点，完全左右了现场观众的情绪。几乎所有的人都站立了起来，他们随着音乐扭动、尖叫，跟着节奏疯狂地跳跃。

天二把黑皮衣往后一丢，再飞快地扯下白衬衣，光着膀子边甩头边挥舞鼓棍。他的脸色严肃，甚至带着点沉重，鼓棍舞动的节奏很快，以至于只能看见模糊的光影，不仔细看会以为他的手里什么也没有。

“垃圾桶”乐队的演出被评委打出了开赛以来的最高分，他们的音乐征服了评委。天二和他的伙伴在台上拥抱、大笑，观众在台下鼓掌、呐喊，人们甚至忘记了本次大赛还没结束，忘记了还有一支乐队没有开始演出。

下了台，天二高兴地向我们走了过来，他的脸上洋溢着掩饰不住的喜悦，老远就向我们挥手。

我们从座位上站了起来，快步上去迎接这位英雄。

“甄天二！”一声大喝从我们身后爆发出来。

天二一愣，呆站在了原地。

一个魁梧的黑衣男子从我们左后方走出来，伸出右手一个巴掌甩在天二的脸上。天二趔趄了一下，重重地摔倒在地上。

“你干什么！”我们蜂拥着冲了上去，推开黑衣男子，扶起了天二。

“别、别……他是我爸。”天二直起身来，抹了一把嘴角流出的鲜血。

“到外面去！”天二他爸转身向门口走去。

“替我和乐队其他人说一声，我有事先走了。”天二拍拍裤子上的灰尘，取下了头上的假发，跟着他爸走了出去。

音乐又响了起来，人群又发出了尖叫和呼喊，刚才的一切被掩盖了，就好像从来没有发生过一样。

“垃圾桶”乐队的《狗日的生活》不负众望，夺得了摇滚比赛的一等奖。但一直到活动结束，天二再没有在赛场上出现……

圣诞节过后的第三天，天二的哥哥天一来到寝室，拿走了天二的行李和书籍。他说弟弟不会再待在北京了，他爸帮天二找了个好去处。天二练习用的哑鼓和两根鼓棍留在了这里，他说他父亲看见了一定会丢掉，不如留给我们做个纪念。

天二就这样悄无声息地走出了我们的生活，就好像他来的时候那样。那面哑鼓和两根鼓棍，一直放在天二的床头上，唯有它们才能证明天二曾经在这里待过。

天二现在在哪里呢？他还会去打架子鼓吗？

谁知道呢。

蒋球球

蒋球球是我大学时的同学。我们同一个班，还同一个寝室。

蒋球球原名不叫蒋球球，他叫蒋天正。天正是他出生时父亲给他取的，希望孩子长大后天真、正直。而蒋球球这个外号，是他进大学后我们给他安上的。一是因为他是个彻头彻尾的球迷；二是因为他的身材又矮又胖，有点像足球；三是他有一个口头禅，动不动就是“娘个尿”！

蒋球球是河南人，性格很豪爽。他个子不高，一米六，体重却有一百八十斤，浑身上下圆滚滚的。他的脖子被硕大的头颅压得又粗又短，下巴紧紧地贴在前胸上。他的肚子向前凸出，好似一个装满了面的布口袋，一圈圈的肉从他的衣服边沿鼓胀出来，松松垮垮的。

“娘个尿，人倒了霉，喝水都长肉。”坐在寝室吃饭时，蒋球球向我抱怨。这阵子他正在进行清淡减肥法，食谱很简单，顿顿都是苹果、青菜加白开水。他的脸因为缺乏营养，苍白而略泛青色。

“你知道不？中国国脚有‘边城浪子’之称的张耀威，这个月月底要来我们市签名售书。”蒋球球一边痛苦地嚼着饭盆里的青菜一边说。

“张耀威？你怎么知道？”我翻弄着手里的英文书，心不在焉地问。

“张耀威是我老乡，高中时我在我们市的二线队踢球，跟他还在一个球场上训练过。”蒋球球有点得意起来。

“什么？你和张耀威一起训练过？吹牛吧！”寝室里有同学不相信地问道。

“娘个孱，我要是吹牛，我是乌龟王八蛋。别看我现在是胖了点，我以前可不是这样，我当时在我们那里有‘黄金脚’的美誉。我高一入选市二队时，张耀威还是一队的板凳队员，一起训练时我们还聊过天。”蒋球球看大家不相信，激动得跳了起来。

蒋球球刚进大一时，身体确实没有现在这么胖。他的球瘾很重，每天放学后都要去操场踢足球，他技术和意识都很好，要说他受过专业的训练，这点我相信。但随着年龄增长，他像充了气的皮球，从刚进校的一百五十斤迅速地膨胀到了一百八十斤，他再也不能像以前那样迎着球奔跑，只好把对踢球的狂热全部转移到了对足球的鼓吹上，成了一名忠实的球迷。

蒋球球喜欢看德国联赛，因为德国人踢球作风很硬朗，少了几分艺术，但多了几分强悍。他还喜欢看西班牙足球联赛，因为有他喜欢的皇家马德里球队，有他喜欢的菲戈、罗纳尔多、贝克汉姆……当然，他还喜欢中国队，这个让人伤心让人欢喜的中国足球队哦。而在国家足球队里，他最崇拜的又要数他的老乡，有着“边城浪子”之称的张耀威。

蒋球球挨墙的床上，贴满了世界各地球星的海报，欧洲的，美洲的，集体照，单人照。但是中国，乃至亚洲，他就贴了张耀威一人的海报。那是一个射门的瞬间，张耀威正面迎球，身体前倾，右脚向后高高抬起，脸上的表情坚毅，双目注视前方。这张海报一直贴在蒋球球的床头，虽然其他球星的海报换了多少次，但这张海报却从来没有挪动过。我们原来还以为蒋球球只是喜欢张耀威这个国内明星而已，没想到他们还有这么复杂的关系。

"就算你们真的认识，现在张耀威成明星了，他还能记得你？"大伙反问。

"屎！我们那里的人谁不讲情谊，你看看我就知道啊。况且我认识他的那时候，他还打替补，我和他可是患难中的朋友。"

"蒋球球，那是不是只要你出马，弄本亲笔签名的书肯定没问题？"身边的同学嚷起来。

"弄不好，张耀威还会来我们学校，甚至来我们寝室参观呢。"我在边上附和了一句。

"好啊，好啊。要是张耀威过来了，蒋球球你可一定要喊我们，我从小还没有见过明星呢。"宿舍里传出一片哄笑之声。

"安静！得一本亲笔签名的新书，一定是没有问题的。至于张耀威过不过来玩，那就要看他有没有时间，毕竟人家是明星，忙！今天就说到这里吧，张耀威要月底才来，大家少安毋躁，耐心等待。还有，这个秘密可不要随意泄露出去！"蒋球球做了个手势，潇洒地走了。

快到月底时，报纸和电视里果然宣布了著名国脚张耀威将于本月三十一号星期五上午十点，在市中心的阳光广场现场签售他的新书《我与中国足球》的消息。蒋球球果然没有说错。

三十一号这一天，早上七点不到，蒋球球就爬了起来。他迅速地穿好衣服，又背上他心爱的双肩包，和我们一一告别，乘车去了市中心的阳光广场。蒋球球远去的背影显得很魁梧，他的影子在阳光下一跳一跳，很精神。

因为今天学校还有课，我们只好在班上静候消息，并在上课查人的时候负责帮蒋球球蒙混过关。

中午的时候，蒋球球打电话过来，说签名售书的活动很火爆，现场人山人海，因为人太多，他根本就不能接近张耀威，只好老老实实地排队，等待机会。寝室里很安静，大家都围在电话机周围默默地为他祈祷。

下午五点放学后，蒋球球还没有回来，我们再次拨通了他的手机。蒋球球说张耀威中午吃饭去了，休息到两点才开始继续签名，现在还有几百人在排队，估计还要好一阵才能轮到他。

晚上七点钟时，蒋球球终于回到了学校。他的脸上有点瘀伤，双肩包的带子也被扯断了。

“没办法，现场气氛太火爆了，我早上八点到广场的时候就已经是人山人海，我目标大，挤来挤去的，难免被误伤。”蒋球球看着我们惊讶的表情，笑着解释。

“亲笔签名的书呢？”

“这呢。看！”蒋球球把手伸到背包里，往外一掏，说，“《我与中国足球》，全彩页，售价四十八元。看第一页，张耀威，怎么样？这可是他当着我面给我亲笔签的。”

“好小子，行啊！”

“我服了！是张耀威的亲笔签名。”

“给我看看，给我看看，嘿，和真的一样啊！”

大伙拿过书一阵议论。

“娘个屎，就是真的。”蒋球球骄傲地昂起了脑袋。

“大家为等你，都没有吃饭，我提议现在出去撮一顿，为我们的大英雄干一杯。”不知有谁喊了一句，一下子得到了所有人的赞同。

我们簇拥着蒋球球向学校食堂二楼的包厢走去，有跑得快的同学已经选定好了桌子。我们把蒋球球推到上席的位置，菜一会儿就上来了，大家轮着向蒋球球敬酒，饭桌上非常热闹，一箱啤酒快喝完时，气氛达到了最高潮。

“我，我先上个厕所。”蒋球球再次猛灌了一大杯啤酒后，向大家举手告饶。

“快点回来，大家都等着你。”我拍了拍他的肩膀。

时间刚到八点，墙壁上的电视开始报道本市晚间新闻：中国国家队前锋，有“边城浪子”之称的张耀威于今天上午十点在本市的阳光广场举行了大型图书签售活动，整个活动一直持续到晚上六点……

“快看，介绍今天的售书活动了。”不知谁喊了一句，所有人的目光都注视在电视屏幕上。

“看，蒋球球，是蒋球球。”

蒋球球肥硕的身躯在人群中很容易就被辨认出来。他站在一堆人中间，前面就是球星张耀威。画面上蒋球球在不断地向张耀威挥手，两个警察夹在他们之间，把他向后一推，他双肩包的背带被扯断了，背包斜吊在肩上，他的一只手拿着书，另一只手则死死地抓住了张耀威的衣袖。突然，张耀威朝蒋球球挥动了一下胳膊，蒋球球摔倒在地，张耀威很陌生地看了他一眼，然后，在一群保安的保护下迅速离去……

“因为现场球迷人数太多，有关方面怕发生意外情况，于是决定临时终止签售活动，这个举动引起了球迷的不满，有少数过激球迷冲进了广场，强行阻拦张耀威先生离去，并与工作人员发生了小冲突……”

“啪。”有人拿起遥控器一下子关掉了电视。大家你望望我，我望望你，饭桌上一下子寂静下来。

“怎么啦，我不来，你们都不吃饭了？继续，吃吃吃。”蒋球球打着酒嗝从包厢外走了进来，脸上红扑扑的，那块瘀伤分外明显。

他端起桌上的一大杯啤酒，一仰脖子灌了下去，然后趴在桌上呜呜地哭了起来。

“回吧。”我看了看大家，站起来说道。

回去的路上，蒋球球的步子有点乱，他边走边呜呜咽咽地哼起了他们家乡的小调，歌词听不清楚，但曲调很缓慢，很伤感……

以后，我们再也不提签名售书的事了。

日子还是和以前一样平淡。

蒋球球床头上那张张耀威的海报，不知道在什么时候被揭去了，换上了一个性感的外国电影女明星；和大家聊天，他就是失误也不会把话题讲到足球上去；每天早上天刚亮，蒋球球就爬下床，去操场晨跑了，他的身材比起以前“苗条”多了。我还发现，蒋球球已经很久没有在人前说那句口头禅“娘个尿”了。

同学张顺

“丁零零……”一阵急促的电话铃声在周六晚十点的时候响起，刚刚还举行得如火如荼的诗歌朗诵会戛然而止，寝室里一片沉寂。大家保留着各自先前的姿势，你望望我，我望望你，大气都不敢出一口，任凭电话狂躁地响着。

“一定是张顺。”不知谁小声地说了一句。

对，就是张顺，也只可能是他。

张顺是我们寝室的一员。小伙子长得很精神，一米七〇的个子，白白净净。他脑瓜子灵活，说起话来总是一套一套，刚来时大伙都挺喜欢他。但他却有一个毛病：喜欢打麻将，而且上瘾。据他说，他打麻将是家传的，父亲母亲都是个体户，白天做生意，晚上打麻将，且赢多输少，他从小就耳濡目染，对这方城之戏情有独钟。

有了绝活他当然不会甘于寂寞。我们大学西门外有一条小街，那里有很多棋牌馆，张顺便常混迹其间。

张顺打牌是很隐秘的，老师和同学都不

知道。

直到有一天晚上十点后，我和同学们照例上过晚自习，回到寝室。这时电话铃响了。

因为我坐的桌子靠近电话，所以伸手便提起了话筒。

“喂，请问找谁？”

“哦，刘哥吧？是我，张顺啊，能帮我个忙吗？”

“张顺？”我一下没有反应过来，“什么事，你说。”

“是这样，刘哥，你马上带一百元来学校后街这个拉面馆好吗？我吃东西忘了带钱包，学校要关门了，你快点来接我啊。”

“哦，你等着。”我放下电话抓起钱包就跑出了门。

到达拉面馆门口时，张顺已经等在那了。他一看见我，立刻亲热地迎了上来。

“刘哥，刘哥。钱带来了吗？”

我掏出钱递给张顺，却没想到突然从张顺身后闪出了两个陌生人，一下子把钱拽了过去。

“你们这是……”

“没事，没事，刘哥，先回寝室，我慢慢地告诉你。”张顺边说边拉着我，一路小跑回了寝室。

“张顺，你今天怎么没上晚自习，刚才吃什么东西吃了一百元啊？”回寝室的路上我大声地问。

“唉，刘哥，别提了，今天手气特背，从吃晚饭起一直输到现在，把这两个月的伙食费都赔了不说，还欠了一百元，所以就……呵呵。”

“什么？刚才的钱是你打牌输的？你不是说你很厉害吗？”想起刚才羊入虎口的那一百元钱，我的心疼得直滴血。

“再厉害也有输的时候啊，要是老赢，那我还上学干吗？刘哥你别急，玩这东西要看手气，过两天手气好，别说一百元，一千元也随便赢回来。对了，刘哥，和你再商量个事。我这个月伙食费输了，你看，能不能再借我五十元呢？你好事做到底……”

一晃又是一个多星期过去了，这天张顺又没有上晚自习。十点钟晚自习结束后，寝室里的电话铃又响了起来。我下意识地感觉到又是张顺打来的，于是找个借口溜到了隔壁的寝室。过了一阵再回寝室时，就看见邻床的小宋揣着钱包急急忙忙地跑下楼去了。我想，平常挺精明的小宋这次也“栽”了。

时间一晃，又过了两个月。虽然很久没有看见张顺去参加晚自习，但也再没有在寝室里接过张顺的电话。我们寝室的每个人，都被张顺借过钱，油水已经被榨得差不多了，所以寝室的夜晚安静了许多。倒是隔壁寝室的同学们，替我们接过了送钱的“重担”。想想张顺这小子也终于良心发现，不再祸害本寝室的同学了。

上个月月底的一天，张顺又在晚自习后把电话打进了寝室。听到尖锐的电话铃声，几乎在场的所有人都紧张起来。

我立马站起身向卫生间走去。哪知道小宋一个箭步蹿了进去，并咔嚓一下锁上了大门。我偏过头去求救于大鹏，没想到这胖胖的家伙，竟然如猴子般噌噌两下飞速地爬上了床，且头一偏，连呼噜声都响了起来。再看在我们寝室有说有笑的隔壁寝室的同学们，一听见电话铃响，哄的一下作鸟兽散了，刚才还热闹非凡的寝室，一瞬间就剩我一个人孤零零地站在房子中间。这个电话我也不管了，拿上一本书，我头也不回地跑进了隔壁的寝室。

张顺是第二天早上五点，学校开门后才回来的。脸上青一块紫一块，走进寝室时，脚还微跛。肯定是昨晚欠了赌债，被人狠狠地打了一顿。

这次经历后，张顺有了很大的转变，他开始和我们一起去上晚自习，白天上课也到得多了。虽然有时还是迟到和早退，但似乎已经很少去牌馆。

小宋和大鹏悄悄对我说："我不相信他改得了。"

"丁零零……"电话铃把我拉回到现实。电话铃已经不依不饶地响过半分钟了，仍然没有一个同学去接。

"不会是张顺出了什么事吧？"我小声地嘟噜了一句，像是问自己，又像是问别人。

"要接你接，别说我在啊。我现在可没有钱借了。"小宋坐在床上头也不抬地说。

"是啊，别接了，张顺能有什么好事？"大鹏也附和着说。

我伸向电话的手在中途停住了，然后，缓缓地缩了回来。

终于，电话铃停了。大家都松了一口气。

"你可能是太久没有接张顺的电话，反倒有点不适应了。"室友们说道。

"呵呵，是吧！"我尴尬地笑了笑。

今晚张顺又没有回寝室。

再见到张顺时，是在第二天上第二节课的时候。只见他脸色苍白，头发也是乱蓬蓬的，像是熬了个通宵。

"看吧，他昨天又通宵打牌去了，幸亏没有接电话。"我旁边的小宋悄声地说。

张顺好像听见了，又好像一点也没有听见。一进教室他就趴在桌子上，再也没有抬起头来。看来他昨晚打牌打累了。

中午放学时，班主任告诉了我们一个惊人的消息："昨晚我们班的张顺同学，把一个被汽车撞伤的老人送进了市一医院，不但守护了老人一个晚上，并为老人垫上了医药费四百元，其中两百元还是他卖血换来的。张顺啊，这么大的事，昨天晚上为什么不打电话回寝室，不打电话给我，大家知道的话都会帮你啊。"

老师边说边朝张顺望去。

我默默地低下了头，脸火辣辣的。心像被一把火炙着，滚烫滚烫的，大滴的汗水从额前淌下来。

同学们都垂下了头。

正午的太阳很大，柳树上的蝉拼命地聒噪着。

“知了、知了……”

空 号

在“皇都大酒店”吃完丰盛得有些奢侈的晚餐，和正副几个局长同桌尽兴喝酒，马奔的心情好极了。

刚吃下去的美味在马奔的肠胃里翻滚，一股股余香残留在口舌之间。鲍鱼、王八、山麂、龙虾……山珍海味，大快朵颐。对了，还有那两瓶来自法国巴黎的XO，啧啧，一瓶居然值两千多元！

马奔的头有点晕，他感觉自己喝多了。路面在他眼前摇晃，他几乎挪不动步子。马奔是单位的小车司机，平日里专门负责接送领导。今天也不知道领导来了什么兴致，竟然让他也上正席喝酒。这破天荒的头一遭，让马奔感到受宠若惊。

吃完饭，局长让他一个人先开车回去。马奔来单位开车已经三年，他懂这些。能吃一次这样的酒宴，他已经很满足了。

马奔叼着牙签，哼着“我正在城楼观山景……”的戏词，走出酒店。他学的是局长的步态，步子迈得大，但慢而稳重。恍惚间，马奔好像找到了一点当领导的感觉。他觉得人生真好，至少这一刻，真好。

同一时间，马奔的初中同学，胖子张长生开着一辆银灰色的小车停在了“皇都大酒店”门口。

两百来斤的张长生，从黝黑的车窗里探出头来，活像案板上突然长出来的大肉包，把马奔吓了一大跳。

“马奔，狗日的，认不出我了？”张长生朝马奔挥挥手。

马奔定定神，疑惑地朝“大肉包”望去。

“我，张长生！你初中同学，同班，坐你前面。”张长生努力地想唤起马奔的回忆。

张长生？以前张长生可不胖啊！初中的时候，瘦高瘦高的，一米七的个头，刚一百斤，像一根晾衣杆似的，大家都管他叫“瘦猴”。马奔的记忆一点点恢复过来。

张长生从小车里钻出来，他穿着白色的西服，打着一条红色的领带。他的肚子很大，滚圆滚圆的，像一只套在白色塑料袋里的大西瓜。张长生和酒店门口的服务员耳语了几句，然后很老练地把车钥匙交到了对方手里。

那是一辆银灰色的“宝马”，房车的样式，流线型的车身，高贵典雅，开过来的时候一点声音也没有听到。

“最新上市的车型，两百来万。”张长生摸着车顶，很随意地说了句。

“两百万……”马奔心里一紧。

初中时，马奔和张长生就是同班同学。然后一起进了高中，一起高考落榜，都进了电大。他俩年龄相仿，成绩也差不多，于是时常较劲。在内心里，马奔是有点看不起张长生的，比如每次考试成绩他总要高张长生三四分；比如他初、高中时都是担任班长，而张长生只是学习委员；再比如马奔电大的女朋友没有看上张长生，而是选择了自己……这些，都曾经让马奔在张长生面前不止一次地产生优越感。但现在，马奔被彻底击倒了。他只知道电大毕业后，张长生经商去了，没有想到张长生已经阔到了这种程度。

“最近在哪忙啊？从‘皇都’出来，混得应该不错吧。”张长生拍拍马奔的肩膀。

“在机关呢。刚和几个局长吃了饭出来，你知道的，应酬烦人哦。”马奔打着哈哈，不想透露自己的近况。

“你呢？又开宝马，又有将军肚。记得你以前那么瘦，现在一阔身就胖。”怕张长生还问下去，马奔赶紧说。

“呵呵，小公司，跟你们当官的没法比。”张长生也笑笑。他的眼角爬满了细细的皱纹，那应该是长年挣钱劳累所致。

马奔和张长生都很怀念过去的日子，对现在的情况，彼此都一笔带过。马奔只依稀记得，张长生的公司开在城南的天山花园附近。

不一会，张长生的手机响了，他有事要先走。他们聊天的时间如此之短，以致他们都没有意识到，他们还一直站在酒店门口。

“留个电话吧，以后常联系。”

“哎呀，我的名片忘带了。”张长生摸摸口袋，说。

“刚才……我把名片发完了。这样吧，我们互相记个号码。”

报自己的手机号码时，马奔有点犹豫。他并没有当官，只是在单位开小车，今天阴差阳错地进酒店吃了顿饭，他还没有糊涂到不认识自己。万一过几天，张长生打电话来单位找自己，那脸不是丢大了？报到最后一位数时，马奔故意报错了一个数字。

张长生倒是很潇洒，一口气就把手机号码报给了马奔。

马奔一直很小心地保存着写有张长生手机号码的字条，他很仔细地把它夹在日记本里，因为怕丢失，又多抄了一份，存在单位文件柜的小抽屉里。

每天夜深人静的时候，张长生和那辆银灰色的宝马车，就像一群小蛀虫，从马奔的脑袋里钻出来，一点一点地啃咬着马奔的自尊。他开始经常性地失眠，上班也时常走神。

不应该是这样啊，凭什么张长生能发财，而自己还憋在这个公家单位里仰人鼻息。钱少，地位也低，不如去找张长生谋一份差事。这个念头在脑海里一闪，连马奔自己都吓了一跳。他从初中起就比张长生强，高中是这样，电大还是这样。但现在如果打电话找张长生谋差事，那不说明自己混得没张长生好？因此马奔很犹豫。

“都什么时候了，你还要面子，面子值几个钱。人家有公司，有宝马车，你有什么？还亏你姓马，我看你连马屎都不如，我当时真是瞎了眼啊……”马奔老婆小红听到张长生的事后，已经在家里和他吵过几次架，还摔了几次东西。当年马奔和张长生都曾追求过她，但她独独钟情会写两句诗文的马奔。现在一提起张长生，小红就很有点明珠暗投的意思。

马奔没有接话，他转身走进卧室，打开书桌的抽屉，从放在最里面的日记本中间，翻出了写有张长生电话号码的字条。他把字条慢慢地铺在桌子上，一咬牙，拿手机一个号一个号地按了下去。他的心蜷缩在一起，喉咙干干的，他一动不动地听着电话，生怕漏掉里面哪怕是一丝小小的气息。

“对不起，您所拨打的电话号码是空号……”一个悠长的女声从电话那头传来。

怎么回事？马奔重新核对了一遍字条上的号码，又打了过去。仍然是那个女声，仍然是“空号”。马奔不相信，继续打，那个电话再也接不通了。

为什么会这样？张长生的将军肚，张长生的宝马车，一切的一切，飞速地从马奔脑海里闪过。

“号码不会是假的吧？”马奔软塌在椅子上，自言自语。

“假的？你以为别人都和你一样啊，肯定是换号码了。人家一个大老板，每天多少人找啊。要你早打你不打，现在晚了吧。你这个背时鬼，连个电话都打不通。”妻子小红目睹打电话的全过程，哭闹起来。

“别吵了，我明天去他的公司找他。”马奔回头朝妻子吼道。

马奔的心情乱极了，他希望张长生的事是真的，但又害怕是真的。连他自己也说不清自己的想法。

第二天一早，马奔向单位请了假，按照张长生说的大概地址，找到位于城南的天山花园。花园附近只有一个很大的停车楼，上下三层，很多名贵的小车都停在这里，大多是私营业主和文艺界大腕们的车。张长生难道是这里的老板？马奔有了主意，他还记得那辆银灰色的宝马车，于是决定在停车场大门外不远处守株待兔。

不到半个小时，马奔看见了那辆银灰色的宝马车，那辆象征张长生身份的名车，缓缓地开向了停车场。

马奔刚要跑过去，突然看见车里钻出来的是一个中年男子。

“胖子，泊车！”男子喊了一声。

马奔看见张长生胖乎乎的身影，从停车场的值班室里匆匆跑出来。他挺着大肚子，一颠一颠跑步的样子显得非常滑稽。他到了车前，恭谦地弯腰接过钥匙，然后钻进汽车，开向停车场里面。

马奔愣了愣，旋即笑了。张长生原来不过是个泊车员，他只是为一些有钱的阔佬泊车和送车，挣的是几个辛苦钱，他那牛皮也吹得太大了。

回家的路上，马奔特意拦了辆的士，从这里到家，车费有点贵，但他觉得很值！

巧 舌

张侃喜欢说话，他是个会说话的人。

会说话的人，又分为很多种：有引经据典文绉绉的、有谈笑风生幽默机智的、有吹牛皮夸海口不怕吓死人的；还有坑蒙拐骗以话设套的。当然张侃是个好人，在家是好丈夫，在单位是好同志，所以他的会说话属于能说会道，人见人爱型。

张侃会说话的毛病，不，应该说是天赋，是有遗传的，或者说是天生的。据他说，他呱呱落地就会叫爸爸、妈妈。两个月时，家里上上下下、老老少少，他就能一个不落、一声不错地叫个遍。幼儿园时，他是最受宠的孩子，因为他见老师的第一面，说的就是："阿姨，好漂亮！"从小学、初中再到高中，他一直担任班长，这都要归功于他这张能说会道的嘴。

张侃是东北人，说话的口音里总夹着那么股东北味。他个子不高，面相也清秀，典型的北人南相，为此局里的女同事没少开他的玩笑。

“咋的不像！咱父母健在，还有出生证明，绝对纯种东北人。姑奶奶们，你们可不能乱说啊！”张侃也不生气，一边辩解，一边作揖，逗得大家哈哈大笑。

张侃在局里嘴巴甜，人缘好，不到半年，上上下下都知道党委办公室里有这么个巧舌。

有一次，王局长开公家车去邻市办事，半路上出了车祸，把兄弟单位一辆小车给撞了。开车的王局长又喝了酒，认错的态度很不好，这可把对方单位给弄恼了，不依不饶非送交警队处理。车被扣了，人也给拘留了，王局长赶紧打电话到单位求救。国土局的几个副局长带上张侃去了邻市，在当地酒楼摆了一桌。开始时，交警队和兄弟单位的口气还挺硬，直嚷着要公事公办。张侃也不劝架，上了酒桌就开侃。一边聊天，一边说笑话缓和气氛，只见他巧舌如簧，唾液四溅，大到国际关系、伊拉克战争，小到吃穿住行、两市建交，动之以情，晓之以理，大道理小典故，滔滔不绝。一番口舌，总算把对方的火气给熄了。接着开始喝酒，劝酒的本事张侃照样高明，不但让对方喝，更要痛快地喝，不喝还觉得对不起朋友。酒过三巡，桌子上的三家人已经亲如兄弟，就差没磕头拜把子了。酒宴快结束时，对方扔下句话：“哥们儿，甭说了，车、人你们全带走，就当交个朋友，我们服了。”

这一次跨市“救”人行动让张侃在国土局声名鹊起，也从此成为王局长身边的红人。以后逢有大小宴会，什么上级领导检查，兄弟单位参观，王局长都会携张侃出席。张侃劝酒，大家总是喝得很舒服。

王局长曾暗示张侃：好好干，党委办公室主任的位子迟早是你的。

年末的时候，市里的张副市长来国土局检查工作。

按照往年习惯，先吃饭，后汇报。张侃照例参加了在本市五星级宾馆接待上级领导的午宴。

王局长首先端杯站起来，说道：“张市长，我代表全局干部、职工欢迎您来视察，我先干了，你随意。”说完一仰脖，干了个杯底朝天。

张副市长说：“对不起，我不会喝酒。”

因为张副市长是第一次来国土局，大家都显得有点拘谨。王局长马上给张侃递了个眼色，让他搞活现场的气氛。

张侃心领神会，端起酒杯，站起身来，说：“激动的心，颤抖的手，我给领导敬杯酒，领导不喝嫌我丑。”

“不丑，不丑。挺漂亮的一小伙子。”大家哄笑起来，喝了杯中酒。

张副市长只是笑了笑，既没端杯子，也没动筷子。

张侃见现场气氛有了起色，又倒了一杯酒，继续说道：“宁可胃上烂个洞，不叫感情裂条缝。男人不喝酒，交不到好朋友。我敬在座的所有男同胞一杯。”

“扑哧”一声，连站在酒桌边端茶倒酒的女服务员也笑出声来，酒桌上的男同胞好像受到鼓舞，大家都快快活活地把酒灌了下去。

张副市长把杯子放到嘴边，舔了舔。

张副市长终于端杯子了。张侃看到了王局长赞许的眼光，心里感到很受用。

“酒逢知己千杯少，能喝多少算多少。感谢各位领导今天来本单位视察工作，领导辛苦了，我代表单位向上级领导敬一杯。”

“小伙子挺能说，也挺能喝嘛。”张副市长说了句。

“男人不喝酒，枉在世上走。”张侃笑嘻嘻地说。

“好好好，小伙子，有活力。”王局长赞赏地说。

“不会喝酒，前途没有；一喝九两，重点培养；只喝饮料，领导不要；能喝不输，领导赞许；一喝就倒，官位难保；常喝嫌少，人才难找；一半就跑，升官还早；全程领跑，未来领导。上级领导们，希望在今后的工作中，大家多来本单位视察，多给我们一些关怀和帮助……”

因为有张侃敬酒与劝酒，大家喝得都很尽兴，但谁也没有留意到张副市长，他其实只喝了一点点。

“小伙子，有学问嘛。劝酒还一套一套的。”张副市长冷冷地说。

“这里面可学问大了。不是我吹牛，没吃过百把顿正式酒宴，就根本到不了我这个水平，我这可是实战的成果。”张侃喝了酒，脑袋有点发热，一听领导表扬，高兴得心里直痒痒。

“百把顿？不是有文件不准公款吃喝吗？”张副市长继续问。

“上有政策，下有对策。你看看我这个啤酒肚。单位一有酒宴就喊我出来陪，我是早也陪，晚也陪，早晚得陪出个胃下垂。”张侃脸红红的，话顺着口就出去了，刹也刹不住。

张副市长蓦地站起来，敲了敲桌子。

全场瞬间静下来。大家端杯子的手僵在空中，脸上表情凝固。

“中央文件一再禁止公款吃喝，我们今天下来视察，就是因为有群众反映本市吃喝之风屡禁不止。今天一看，竟然连劝酒都已经劝出了一门学问，这难道可以拿出来炫耀吗？”张副市长神情严峻。

张侃这时候酒醒了，吓得软塌在椅子上。

“这是我今天的酒钱。”张副市长从衣兜里掏出两百元钱，拍在桌子上，拂袖而去。

几天后，在市纪委的内参里赫然出现国土局吃喝成风的批评报道。国土局领导受到了批评，还被责令写书面检查。

“张侃，你替我们写个检查！都是你小子嘴巴多事，以后少说点。”王局长说这话时，脸都是僵的，吓得张侃手直哆嗦。

张侃心想：这能怪我吗？

关于张侃当党委办公室主任的事情，王局长再也没有提起过。

后来，张侃被调到行政科管水电和桌椅板凳去了。

小 丁

“丁零零”，一阵急促的手机铃声，撕破了刚刚破晓的黎明，忙碌了一整夜的小丁从睡梦中惊醒，身子一斜，整个人摔在了地板上。

七月以来，气温持续升高，小丁父亲的年岁大了，心脏一直不好，在几日前被送进了医院。小丁是家里的独子，母亲过世得早，从小是父亲把他拉扯大。昨晚父亲突然高烧不退，小丁在病床边守护了整整一夜，直到今早病情稍微稳定，才由老婆阿莹替下，自己在医院走廊边的长椅上和衣躺下。可还不到两小时，电话来了。

小丁揉了揉眼睛，又甩动了两下僵硬的胳膊，从上衣口袋里摸出了手机。

“是小丁吧，我是曹局长。”电话里传来一个低沉的男音。

“哦，曹局长，您好您好。”小丁脑门儿一麻，今天又休息不成了！

小丁是下岗后再招聘到卫生局工作的，还不到两个月。因为小丁年轻，被分配专门给局里的领导开小车。卫生局一位正局长和四位副局长，各有频繁的应酬。特别是曹局长，他是一把手。常常晚上十一二点把小丁从床上喊起来，要他立刻开车去某夜总会门口接他，或者早上七点要小丁去他家楼下等他，等等。星期六、星期天也不闲着。为了方便要车，局里还特意给小丁配了一台手机。

“你又不是领导干部，又没加班工资，你犯得着这么听话吗？”老婆阿莹不止一次地向小丁发脾气。

可又有什么办法呢？一个月八百元的工资，在这个城市里，还是比较诱人的。吃饭、穿衣哪样不要花钱，父亲退了休，每月就只有一点少得可怜的退休金，幸亏他们结婚几年了还没有孩子，因此小丁很看中这份工作。小丁的前面已经换了几任司机，理由都是太懒，不听从领导调遣。

“小丁啊，我上午准备去外市办点事，七点钟你把车开到我家来接我。”局长说得斩钉截铁。

小丁想说父亲病了，能不能找个人替一下，但最终还是没有说出口。

“怎么？你们局长又喊你去？”阿莹听见小丁的通话声，问道。

“局长又要用车。”小丁无奈地回答。

“有你们领导这样使唤人的吗？节假日都没休息。咱不干这个工作了行不行？”阿莹的脸都气白了。

“不要这个工作？工资能从天上掉下来？你好好守着父亲！”

七点整，小丁开着局里白色的丰田车停靠在曹局长的家门口，一按喇叭，曹局长和夫人以及女儿、侄儿欢欢喜喜走出门来。

小丁一看这阵势，知道曹局长是带着全家去度周末。

曹局长拉开前座的车门钻了进来，他的夫人和孩子拥向了后座。

“我太太和孩子们一直想去邻市新建的游乐场看看，今天正好我去那个市开会，就顺路把他们带过去。你先送我，然后转道送他们。”曹局长的话没有半点商量的余地。

小丁真想说，我父亲病了，能不能早点回来？可话在喉咙口鼓了几鼓，又拼命地咽了下去。他不能惹得领导不愉快。

“伯伯，我听说游乐场有滑翔车坐，就是那种从很高很高的地方一直飞下来的车，肯定超级刺激。”局长的侄儿手上还端着一把玩具机枪，边玩边说。

“我想看海豚，海豚会顶球，会翻跟头，可机灵了！”局长女儿的声音又尖又脆。

小丁听着两个小家伙的吵闹声，心里酸酸的。

丰田车轻快地跑在郊区高速公路上，四周是一望无际的田野，电线杆和电线像蜘蛛网一样，把田地一块一块地罩住。窗外的太阳火辣辣的，树叶一动也不动。隔离带两边来往的车辆很多，一辆一辆呼啸而过，阳光在车窗上一晃一晃的，刺得小丁的眼睛生疼生疼。

车厢内，空调“呼呼”地喷着冷气，可小丁一点也不觉得凉爽。他想起父亲还躺在医院里，老婆阿莹还守在父亲床边，而他却要送局长一家四口去邻市的游乐场享受生活。他猛地咬紧牙关，脊背后冒出了一层热汗。

“你带孩子玩的时候要注意安全，包里有几千元钱，还有银行卡。我报个到就来游乐场找你们，到时候手机联系。”局长回头和夫人说着话。

两个孩子还在争论着滑翔车和海豚的话题。

小丁仿佛走进了曹局长的家里，他觉得他成了一个局外人。人家出来玩一趟都带几千元，而他想给父亲买点高级补品，钱却总是不够。人和人就是不同！

“丁零零”，冷不丁地，小丁怀里的手机又响了起来。

小丁左手握着方向盘，腾出右手从腰间掏出手机，他的手神经质般地抖动着，以致手机掏出来后又滑落在了座椅上。小丁终于抓住了手机，按下了通话键。老婆阿莹急促的声音传了过来。

“爸病情突然恶化，刚才抬进急救室了，你快回来、快回来！”

小丁的脑袋“嗡”地一响，身子像被抽去了主心骨，猛地软了下去。小丁的父亲躺在医院，小丁必须随时随地为领导开车，小丁的老婆还守在医院里……无数片段在他的眼前飞驰而过。

白色的丰田车像一只折翅的鸟，在本该转弯的路口直线冲了出去，先是撞在护栏上，然后由于惯性作用车尾被高高地抛起，翻滚着跃过护栏，摔向地面，再向远处滑行了数十米的距离。

小丁听见尖锐的破裂声，一声一声扎进他身体里，他感觉到眼前金光乱射。

小丁听见局长在大喊他的名字，小丁听见很多东西挤压在一起的声音。

所有的声音又突然消失。时间在这一瞬蓦然停止……

刘医生

“砰”的一声闷响，走夜路回家的刘医生，一不小心摔进了一米多深的下水道里。

这条路刘医生走了一年多，从没出过事。可谁会想到，就在头天晚上，靠马路右边的一处下水道的井盖被人偷走，留下个一平方米大小的黑窟窿。万幸的是下水道不太深。借着街边昏暗的路灯，刘医生挣扎着从下水道里爬出来，一瘸一拐地走回了家。他的膝盖、手臂上划出了好几道口子，火辣辣的，幸好没有伤到骨头。

刘医生在红旗路边开了一家小诊所，前后两间房子，三十来平方米。刘医生三十岁出头，还没有成家，诊所里外全由他一个人张罗。没病人的时候，他总爱捧本唐诗坐在诊桌边研读。平日里他也喜欢写写诗，练练毛笔字，只是从来不在人前炫耀。

第二天来诊所的时候，门外已经等着两三个人了。刘医生的诊所开业快一年了，生意不冷不热，今天一大早就有病人候诊，真是破天荒了。

“也不知道谁这么缺德，把下水道的井盖给偷了。我这人爱骑快车，等看见了窟窿，人也摔了。”一个中年男子一手捂着破了皮的膝盖，一边说。

“哎哟，刘医生，您快帮我看看手，我还赶着上班呢，逮住那偷井盖的贼我非揍死他不可！”边上一个小伙子抱着膀子疼得直哼哼。

原来都是井盖给害的。刘医生连忙开了门，快步走进里间，依次给他们消毒、上药、包扎。

送走了病人。刘医生拿下挂在墙上的电话簿，找到了环卫处的电话。

“喂，请问是环卫处吗？红旗路上有一处下水道的井盖被人偷了，已经摔伤了不少人。什么？不归你们管？找城管办！”刘医生放下电话，又向城管办打电话。

电话打到城管办，城管办说，这事不归他们管，要找公路局。公路局干脆说，找当地居委会……

一连打了十几个电话，竟然没有找到一个愿意出来解决问题的单位，刘医生失望了。

这一天，刘医生诊所的生意特别好，不时有摔倒的骑车人来看伤，他的心情却一点也不轻松。

晚上十点，诊所清静下来，刘医生找出一块小木板，钉了个小支架，木板上贴张白纸，用毛笔在上面工整地写下“前方有坑，绕道而行”八个大字。刘医生关了店门，提着木板，把它放在下水道跟前。昏暗的街灯下，白纸黑字显得异常显眼。刘医生打量着自己的杰作，觉得非常满意。

第三天的早晨八点多钟，刘医生快乐地哼着京戏，慢慢地向诊所走去。

“哎呀，刘医生，您可算来了。”离诊所还有十几米远，就见诊所外蹲着的一个壮年人在招呼他。

刘医生快步走了上去，问：“这是怎么回事啊？”

“我今天上班迟到了，心里有点急，过这条路的时候看见牌子立在那一边，没有注意脚下这个窟窿，妈妈的，直接摔进了下水道。也不知道谁这么缺德，把警告牌给挪了地方！”壮年人的头上还再往外渗血，脸上也划出了好几道口子。

刘医生赶紧开了门，把壮年人让进诊所，给他消炎、止血，再一圈一圈缠上纱布。

刘医生感到很内疚，没有收他的药钱。

刘医生把他送出门时，隐约听见隔壁小卖部里两个中年妇女正在小声地议论。

“人心难测啊，隔壁的刘医生昨天晚上写了个警告牌，却故意放在下水道的另一边，过路的骑车人一摔一个准，怪不得隔壁诊所的生意这么好。”

“真看不出来，平时挺老实的一个人……”

刘医生听了，赶快缩回诊所里去。漫长的白天总算熬过去了，等到晚上十点钟，刘医生匆忙收拾好东西，关上诊所的门。

没了井盖的下水道静静地躺在那儿，警告牌倒在一边。刘医生下意识地看了看四周，然后上前拉起警告牌，夹在胳膊下回了家。

好心当成驴肝肺，刘医生发誓再也不管那井盖的事了。

回到家，刘医生泡了一杯龙井茶，悠然地喝着。

电话铃声响了。

是居委会主任胡婶打来的。

“刘医生，刚才红旗路有人打电话给我，说你把别人写的警告牌拿回了家，人家做好事，你可不能做缺德事啊！真要出了人命，你可是要负法律责任的啊。”

胡婶的话像钢针一样扎在刘医生的心尖上，疼得他全身发软。他想解释什么，却又不知怎么去解释，一甩手把电话摔在了桌子上。平素很文雅的他，狠狠地骂了一句粗话。

刘医生的诊所关门了！

没有井盖的下水道还躺在那里……

图书在版编目（CIP）数据

那年那月那些人 / 聂耶著. -- 北京：作家出版社，2018. 12（2023.2重印）
(21世纪文学之星丛书·2017年卷)
ISBN 978-7-5212-0312-7

Ⅰ. ①那… Ⅱ. ①聂… Ⅲ. ①短篇小说－小说集－中国－当代 Ⅳ. ①I247.7

中国版本图书馆CIP数据核字（2018）第294858号

那年那月那些人

作　　者： 聂　耶
责任编辑： 史佳丽　李亚梓
特约编辑： 赵　蓉
装帧设计： 守义盛创
出版发行： 作家出版社有限公司
社　　址： 北京农展馆南里10号　　**邮　　编：** 100125
电话传真： 86-10-65067186（发行中心及邮购部）
86-10-65004079（总编室）
E-mail:zuojia@zuojia.net.cn
http://www.zuojiachubanshe.com
印　　刷： 固安兰星球彩色印刷有限公司
成品尺寸： 142×210
字　　数： 202千
印　　张： 9
版　　次： 2019年5月第1版
印　　次： 2023年2月第2次印刷
ISBN　978-7-5212-0312-7
定　　价： 39.00元
